문장이 바뀌면 인생이 바뀐다

문장이 바뀌면 인생이 바뀐다

2023년 8월 25일 초판 1쇄 펴냄

지은이 나현유
다듬은이 박장호
펴낸이 신길순
펴낸곳 도서출판 **삼인**
전화 (02) 322-1845
팩스 (02) 322-1846
이메일 saminbooks@naver.com
등록 1996.9.16 제25100-2012-000046호
주소 03716 서울시 서대문구 성산로 312 북산빌딩 1층

디자인 디자인 지폴리
인쇄 수이북스
제책 은정제책

ISBN 978-89-6436-248-8 03800
값 17,000원

쓰기의 기초부터 자소서, 카피라이팅까지
평생 따라다니는 글쓰기, 한 권으로 끝내기

문장이 바뀌면 인생이 바뀐다

나현유 지음

삼인

삶을 바꾸는 글쓰기

학생은 물론 일반인과 직장인까지, 현장에서 만난 수강생들은 무엇을 어떻게 써야 할지 막연하다는 말을 자주 합니다. 생각해 보면 우리는 태어나서 죽을 때까지 글쓰기를 떠나서는 살 수 없는 존재입니다. 배우고 읽는 모든 것이 텍스트로 이루어져 있고, 나와 세상을 표현하는 방식은 주로 말과 글이기 때문이지요. 입시가 끝나고 어른이 되어서도 끝까지 발목을 잡는 못된 녀석이 바로 글쓰기입니다. 이왕 글쓰기를 떠나 살 수 없다면 나와 평생을 함께하는 친구로 삼아 볼까 합니다. 친구가 꼭 훌륭한 인격에 완벽한 외모를 가져야 하는 건 아니지요. 함께 지내다 보면 익숙해지고 서로에 대해 이해하면서 영글어 가는 사이, 새로운 경험을 하고 나이가 들수록 나의 글도 성숙해집니다.

글쓰기를 직업으로 하는 전문 작가들도 여전히 쓰기가 두렵고 어렵습니다. 글쓰기는 오로지 타인의 도움 없이 나만이 온몸으로 겪어 내야 하는 작업이기 때문입니다. 정신을 놓을 수도, 다른 일을 하면서 동시에 쓸 수도 없습니다. 빈 종이 위에 오롯이 한 글자 한 글자 자신의 이야기를 채워 가는 과정입니다. 쓰면 쓸수록 나와 가까워지고, 있는 그대로의 자신을 인정하게 됩니다. 상처를 치유하고 다시 일어날 힘을 줍니다. 글쓰기야말로 삶을 바꿔 줄 확실한 도구입니다.

엄마 손에 이끌려 억지로 강의장에 들어선 학생들과, 글쓰기에는 소질이 없다며 투덜대던 수강생들, "나이가 칠십이 넘었는데 쓸 수 있을까요?" 하고 소녀처럼 물으시던 할머님도 한 장 한 장 종이 위에 자신의 이야기를 꾹꾹 눌러 써 내려갔습니다. 시간이 흐를수록 수강생들은 습관처럼 읽고 쓰며, 많은 글쓰기 대회에서 수상의 영광을 누렸습니다. 제가 글쓰기와 강의를 계속하는 이유는 바로 글쓰기가 우리의 삶을 변화시키기 때문입니다.

여러분이 지나온 모든 길은 둘도 없는 따끈한 소재가 됩니다. 첫사랑의 설렘과 상처, 들추기 싫은 기억과 가슴 벅찬 순간들, 인생에 펼쳐진 모든 길이 글쓰기의 소재입니다. 지구상에 나와 똑같은 사람은 없으니까요. 여러분이 살아온 인생은 80억분의 1만큼 독창적인 로열티가 있습니다. 누구보다 여러분이 먼저 괜찮다고, 잘할 수 있다고 펜을 들고 있는 자신을 다독이며 응원해 주세요.

이 책은 제가 글쓰기를 시작한 때부터 모아 온 습작을 바탕으로 강의장에서 많은 공감을 얻었던 글쓰기 전략을 원 포인트 레슨 형식으로 묶은 책입니다. 글쓰기를 어려워하는 독자를 위해 가능한 한 쉽고 단숨에 읽을 수 있는 책을 만들고자 했습니다. 글쓰기도 어려운데 글쓰기 책마저 난해할 순 없지요. 책은 이제 막 글쓰기에 관심을 두기 시작한 입문자부터 실제 현장에서 적용하고자 하는 전문가까지 모두가 활용할 수 있도록 단계별 3부로 구성했습니다. 1부 입문편에서는 '문해력 기르기', '단어와 문장 쓰기', '단락 쓰기'와 '퇴고하기' 등 글쓰기 기초 강의를 모았습니다. 2부 실전편에서는 글의 목적에 따라 '감상문과 서평', '논리적인 글', '수필'과 '시'로 나누어 장르별 글쓰기 전략을 소개합니다. 3부 활용편에서는 취업의 첫 관문 '자기소개서' 쓰기, 직장인을 위한 '보고서' 작성법 그리고 마케팅의 핵심인 돈이 되는 문장, 즉 '카피라이팅'을 배우고 연습하는 공간을 만들었습니다.

참고로 본문에 인용된 예문 중 출처를 밝히지 않은 글은 사전에 허가받고 재수록한 글임을 미리 밝혀 둡니다. 이 책이 여러분에게 그동안 망설이고 미뤄 왔던 노트를 펼쳐 보게 하고 결실을 거두는 데 씨앗 같은 교재가 됐으면 합니다. 끝으로 고마운 분들에게 펜에 힘을 주어 감사의 마음을 남겨 봅니다. 부족한 글이 세상에 나오도록 도와주신 삼인출판사 홍승권 부사장님과 박장호 편집자님, 디자인지폴리 한흥석 실장님, 늘 따뜻한 격려를 보내 주신 강명여 님과 저를 강사의 길로 인도해 준 김문정 사서님, 내 영혼의 그릇 이희승 선생님, 언제나 든든한 후원자가 되어 준 가족과 친구들 그리고 부족한 제 강의를 경청해 준 모든 수강생 여러분에게 이 책을 헌사합니다.

2023년 7월

나현유

프롤로그 삶을 바꾸는 글쓰기 4

1 글쓰기 입문

1장 글쓰기는 문해력이다 15

　　1. 발로 하는 사유, 산책 15

　　2. 문해력이 곧 문장력이다 20

　　3. 문해력을 기르는 방법 23

2장 단어 수집하기 26

　　1. 생각을 확장하고 단어를 파생시키기 27

　　2. 나만의 감정 사전을 만들자 29

　　3. 내가 사용하는 어휘가 내 생각의 범위다 31

3장 문장 쓰기와 단락 구성하기 35

　　1. 문장 쓰기, '1246 법칙'을 기억하자 35

　　2. 시작이 반, 첫 문장을 잘 쓰려면 38

　　3. 이런 문장만은 피하자 42

　　4. 문장 연결 공식 45

　　5. 설명하는 문장과 단락 구성 51

4장 글쓰기 다이어트 58

　　1. 반복된 단어 지우기 59

　　2. 중복된 의미는 하나로 합치기 62

　　3. 군살 빼기 - 조사, 접속사, 동사 68

5장 퇴고推敲, 밀고 두드리기 75

    1. 문장의 완성은 잘 다듬는 데 있다 75

    2. 문법에 맞게 문장 다듬기 79

    3. 셀프 체크리스트 83

2 글쓰기 실전

6장 감상문과 서평 89

    1. 감상문과 서평은 뭐가 다른가요 90

    2. 서평의 종류 92

    3. 감상문의 첫걸음, 무자맥질 독서 습관 97

    4. 시작이 반이다, 글문 열기 100

    5. 감상문 쓰기에 정해진 형식은 없다 106

7장 논리적인 글 117

    1. 세상 모든 글은 논리적인 글이다 117

    2. 논리적인 문장 쓰기 120

    3. OREO 법칙과 논증 방법 126

    4. 설득력 있는 말과 글 129

    5. 베껴 쓰고 바꿔 쓰자 136

8장 수필 138

    1. 무형식의 형식, 수필 138

    2. 수필의 종류 140

    3. 무엇을 어떻게 쓸 것인가 143

    4. 수필의 문장 150

    5. 말하지 말고 보여 주라 159

    6. 마무리를 어떻게 할까요 165

9장 시 171

    1. 마음의 종지에 세상 담기 171

    2. 시의 언어와 도구 모음 173

    3. 시적 표현 186

    4. 시를 쓰는 시간, 15분의 마법 195

3 글쓰기 활용

10장 자기소개서 201

    1. 왜 자기소개서인가 201

    2 취업 자소서 뽀개기 210

    3. 백전백승 취업 자소서 쓰기 218

    4. 직무별 합격 자소서 사례 227

    자소서 핵심 꿀팁 238

11장 보고서 245

1. 직장인의 공포, 쓰기 245

2. 보고서 쓰기 3단계 248

3. 보고서의 형식 255

4. 보고서 작성 원칙 5 263

5. 종류별 보고서 쓰기 269

보고서 핵심 꿀팁 281

12장 돈 버는 문장 284

1. 마케터의 문장 284

2. 당신의 고객은 누구입니까 288

3. 기획에서 출발하는 문장 291

4. 카피라이팅 문장법 299

에필로그 314

참고 문헌 316

1

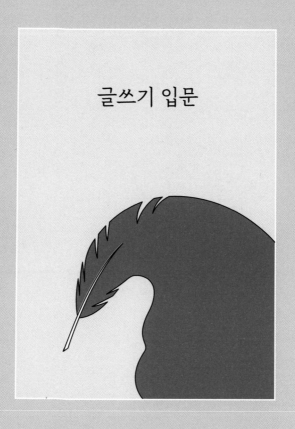

글쓰기 입문

1장 글쓰기는 문해력이다

글쓰기는 글쓰기를 통해서만 배울 수 있다.
바깥에서는 어떤 배움의 길도 없다.
나탈리 골드버그

1. 발로 하는 사유, 산책

여러분이 마지막으로 글을 썼던 적은 언제인가요? SNS나, 회사 이메일을 제외하고 연필이나 펜을 들고 직접 종이에 메모해 본 적은요? 요즘에는 가방 안에 필기도구를 들고 다니는 사람을 찾기가 어렵습니다. 스마트폰을 활용해 스케줄을 짜거나 몇 번의 터치로 정보를 저장하게 되면서 손가락에 힘주어 생각을 담던 글씨는 모두 간단한 터치로 옮겨 갔지요. 학창 시절 독후감이나 수행평가를 위해 기계적으로 몇 편의 글을 써 본 경험이 전부인 우리는 성인이 되고 나면 갑자기 빈 종이 위에 수십 장의 보고서나 리포트를 쓰라는 숙제를 떠안게 됩니다. 입시와 취업 과정에서도 '자소서' 없이는 합격이 어렵습니다. 12년간 익숙했던 객관식 문제들은 사라지고 머릿속이 하얘지는 순간이 이어집니다. 그야말로 '멘붕'의 연속입니다. 입시 교육은 객관식 위주의 문제 풀이 훈련이었는데 인생의 대부분은 배우지도 않은 '주관식 글쓰기' 능력을 요구합니다.

사회는 왜 우리에게 글쓰기 능력을 요구할까요? 글쓰기 능력이 곧 그 사람의 '사고 능력'이기 때문입니다. 세상을 읽고 해석해서, 생각을 담아 표현하는 과정이 바로 글쓰기입니다. 그 사람의 수준은 글만 봐도 쉽게 알 수 있습니다. 제가 아는 모 기업의 인사 담당자는 이력서와 자소서를 보는 시간이 채 3초도 걸리지 않는다고 합니다. 그렇게 빨리 봐도 실력 있는 지원자는 금세 알아볼 수 있다는 뜻이지요. 저 역시 수강생의 글을 첨삭하거나 대회 심사를 맡으면 몇 문장만으로도 그 사람의 실력을 금방 알 수 있습니다.

시중에 많은 글쓰기 교재가 있습니다. 제목만 보면 누구나 금방 작가가 될 것 같은 자신감이 생기지요. 하지만 솔직히 책 한두 권 읽는다고 당장 글이 잘 써지지는 않습니다. 글쓰기 강의 첫 시간에 제가 수강생들에게 늘 하는 이야기가 있습니다. 글을 잘 쓰려면 펜부터 들지 말고, 두 발로 마음의 문을 여는 '산책'을 시작해야 합니다. 앞서간 많은 철학자와 문인 들의 취미는 '산책'과 '명상'이었습니다. 산책은 곧 '발로 하는 사유'입니다. 우리의 뇌는 동맥을 거쳐 발끝까지 심장의 펌프질을 받아야 맑은 산소와 혈액을 공급받을 수 있습니다. 그 힘은 두 발로 땅을 힘차게 내디딜 때 만들어집니다. 머리가 복잡하거나 기분이 언짢을 때 무작정 걷기만 해도 기분이 한결 나아지는 경험 해보셨을 겁니다. 여기에도 다 과학적인 근거가 있습니다.

글을 쓰고 싶다면 먼저 산책을 통해 좋은 에너지를 심장에서 발끝으로, 다시 뇌까지 공급해야 합니다. 따로 시간을 내서 규칙적으로 하는 것도 좋지만 일단 가벼운 몸과 마음으로 홀로 걷기를 시작해 보세요. 출퇴근 시간을 이용해 한 정거장 정도를 할애해도 좋고, 평소 장 보러 다니던 길을 좀 돌아가시는 것도 좋습니다. 학생이라면 등하굣길이 가장 좋은 산책로가 됩니다. 단, 스마트폰이나 책가방처럼 몸과 마음을 무겁게 하는 짐들은 가능하면 내려놓고 걷습니다. 산책의 목적은 가벼운 몸과 마음으로 나 자신과 대화하는 것입니다.

처음에는 아무 생각 없이 주변을 살피며 걸어 보세요. 매일 걷던 길에서도 안 보이던 것들이 눈에 들어옵니다. '날이 더워서 꽃이 다 졌다고 생각했는데 장미는 아직도 피어 있구나', '저기 저런 매장이 있었네', '새로 음식점이 생겼구나 한번 가 봐야지', '우리 집에서 여의도까지 가는 버스도 있었네', '이 시간에는 어린이집 아이들이 산책을 나오는구나', '요즘 중고등학생들은 저런 옷을 교복으로도 입네' 등등 이미 다 알고 있다고 생각했던 것들이, 그저 평범해서 관심이 가지 않던 세상이 산책을 통해 이전과는 다르게 보입니다. 그렇게 주변에 대한 관심을 넓히고 나면 길을 나설 때마다 설레고 새롭게 유입되는 정보가 많아집니다.

조용한 길을 걸으면 좀 더 깊이 있는 산책이 될 거예요. 아파트 주변 산책로도 좋고 가까운 뒷산이나 둘레길도 좋습니다. 장비가 필요하거나 거리가 먼 곳은 게으름을 피울 구실이 될 수 있으니 되도록 주변에서 산책로를 찾는 것이 좋습니다. 자연과 함께 걷다 보면 자신도 모르게 깊이 숨 쉬고, 새소리나 나뭇잎 소리처럼 미세한 자연의 소리도 들을 수 있습니다. 그저 바람을 맞는 자체만으로도 힐링이 됩니다. 매일 같은 길을 걸어도 자연은 같은 자리 같은 모양새가 없습니다. 싹을 틔우고 꽃을 피우고 열매를 맺고는 자신의 팔다리를 끊어 낙엽을 떨궈 춥고 긴 시간을 인내합니다. 그 속에서 우리는 글감을 발견하고, 영감을 얻습니다. 나를 돌아보고 세상과 공존하며 사는 법도 배우게 되지요. 책상 앞에 앉아 예쁜 단어를 검색하고, 수려한 모작을 찾는 것보다 자신의 내면에 귀 기울이고 무한한 영감을 얻는 방법, 바로 산책에 답이 있습니다. 아무 비용도 들지 않고 건강은 덤으로 챙길 수 있으니 이보다 더 좋은 글쓰기 배움터는 없겠지요.

 예문

어른아이

아이야
이제 그만 보내 줄게
그리고 앞으로는
어른으로 사는 거야

　매일 아침 지나는 산책로에서 보행자 전용 표시를 발견했습니다. 그날은 그 그림이 저에게 길을 안내하는 표시처럼 보이지 않더군요. 이제 그만 내 안의 어린아이를 놓아주어야 한다는 생각이 들어서 짧은 문장으로 적어 둔 글입니다. 산책은 매일 보던 세상을 다르게 보게 합니다. 그때 본 세상은 내게 새로운 문장이 되고 글이 됩니다.

예전에 근무하던 회사 가까운 곳에 솜씨 좋은 빵집이 있어 종종 이용했다. 주인장 파티시에는 마흔쯤 된 총각이었는데 장사꾼답지 않게 순박하고 친절했다.

찜통 같은 무더위가 계속되던 어느 여름밤, 야근을 끝내고 주차장에 세워 둔 차에 올랐다. 시동을 켜려고 보니 빵집 쥔장이 한 여성과 함께 주차장 입구를 가로막고 서 있었다. 내가 차에 타는 걸 눈치채지 못했는지 둘은 무언가 재미난 대화를 나누는 듯했다. 나는 방해가 될까 싶어 시동을 켜지 않고 기다렸다.

캄캄한 골목 한가운데 가로등 하나가 마치 무대 조명처럼 두 사람을 비추었다. 운전석에 앉은 나는 공연을 관람하는 유일한 관객이 되어 시네마 파라디소에 초대되었다. 은은한 불빛 사이로 두 사람의 표정과 몸짓이 눈에 들어왔다. 이제 막 사랑이 움트는 이들의 눈빛과 손길이었다. 설렘과 어색함으로 흔들고 비틀며 과장된 날것의 움직임이었다. 길들여진 사랑에 익숙한 이들의 눈에는 유치할 수도 있지만 그 유치함은 한여름 밤 나의 마음을 홀딱 사로잡을 만큼 아름다웠다.

삼십여 분간 그들은 사랑의 마법에 빠졌고, 나는 그들의 사랑에 갇혔다. 찜통 같은 차 안에서 흠뻑 땀에 젖은 채.

「사랑에 갇히다」

이 글은 산책하며 경험한 소재를 가지고 자유롭게 써 내려간 수강생의 자유글입니다. 매일 지나는 출퇴근길에서도 자세히 보면 다른 점들이 보입니다. 관심을 가지고 보면 지나는 사람들의 표정과 기분을 읽을 수도 있지요. 뜨거운 여름밤 차 안에서 이제 사랑을 시작하는 연인의 모습을 엿보는 건 얼마나 스릴 있는 영화의 한 장면이었을지, 심장 소리가 창문 밖으로 흘러 나가진 않았나 모르겠습니다. 자세히 보면 알게 되는 일상의 선물을 필자는 이미 선물로 받은 것 같습니다.

2. 문해력이 곧 문장력이다

책을 많이 읽으면 글을 잘 쓰게 되나요? 네, 맞습니다. 일부는요. 다독이 다작으로 연결되는 것은 맞지만 '잘 쓴 글'이 독서량과 꼭 정비례하는 것은 아닙니다. 이렇게 말하면 책 읽기를 싫어하는 수강생들 얼굴에 화색이 돕니다. 독서가 쓰기의 기본 바탕이 되는 것은 분명합니다. 하지만 독서보다 먼저 갖추어야 할 능력은 바로 '문해력文解力'입니다. 문해력의 정의는 다양하지만 글쟁이인 저는 이렇게 말씀드리고 싶네요. 문해력은 세상 모든 현상을 관찰하고, 해석해서 텍스트로 표현하는 능력입니다. 활자화된 텍스트나 책은 물론이구요, 자연과 예술, 음악, 문화 모든 현상을 관찰하고 자기만의 방식으로 해석한 뒤에 문자(언어)로 표현하는 능력이 바로 문해력입니다.

음악을 듣고 자신의 느낌과 생각을 표현한다고 가정해 보겠습니다. 혹자는 영감을 얻어 새로운 악기를 연주할 수도 있고, 감상을 그림으로 표현할 수도 있습니다. 청각을 촉각이나 시각으로 변형해 도 자기를 빚거나 건축양식에 반영할 수도 있지요. 이때 음악에 대한 자신의 생각을 텍스트로 표현한다면 그것은 문해력이라고 할 수 있습니다. 대상을 해석하여 텍스트로 표현하는 방식이지요. 문해력이 바탕이 될 때 우리는 깊은 독서는 물론, 일상에서 글쓰기(텍스트로 표현하기)도 할 수 있습니다. 그렇다면 문해력은 어떻게 기를 수 있을까요? 앞서 말씀드렸다시피 세상을 관찰하고 해석하는 것이 문해력의 출발이니 일단 밖으로 나가서 많이 걸으셔야 합니다. 많이 걷고, 많이 보고, 많이 생각해야 합니다. 그래서 산책과 문해력은 단짝 친구입니다. 문해력이란 '텍스트로 표현하는 능력'이라고 말씀드렸듯이 관찰과 해석을 통한 생각을 반드시 자신만의 언어로 표현할 수 있어야 합니다. 세상을 관찰하고 해석한 결과를 악기로 표현하면 작곡이 되고, 회화로 표현하면 미술이 되지요. 텍스트로 표현해야 '글'이 됩니다.

문해력은 내가 꿈꾸고 바라보는 세상의 규모를 결정합니다. 지금까지는 돈이나 권력의 크기가 사람의 위치를 결정했지만, 미래 사회는 높은 문해력을 가진 사람에게 부와 권력이 집중됩니다. 세상을 다르게 보고 해석하는 능력을 가진 자가 세상을 지배하게 되는 거지요. 빌 게이츠와 스티븐 잡스, 일론 머스크나 카카오 김범수 대표 등 다른 시각으로 세상을 바라보는 사람이 기존의 판을 깨고 새로운 패러다임을 구축하는 사례를 흔히 볼 수 있습니다. 세상의 변화에 감동만 하는 사람이 아니라 주변의 미세한 변화를 느끼며 그것을 세상에 알려 주는 일상의 혁신가가 되는 길, 그것이 바로 문해력의 힘입니다. 스스로 생각할 줄 모르고, 세상을 섬세하게 관찰해 일상의 언어로 표현하지 못하면 우리는 늘 불안한 마음에 휩싸입니다. 주변의 의사결정에 휘둘리며 살게 되기 때문이지요. 자신의 감정을 들여다 보고 제어하며 표현하는 능력, 그것이 바로 문해력이자 세상의 주인이 되는 방법입니다.

문해력은 새로운 시각으로 대상을 바라보고 이전에 보지 못했던 점을 발견하는 과정에서 쌓입니다. 새롭게 세상을 바라보면 기회는 언제나 찾아옵니다. 풍경과 지식은 누구에게나 공평하게 자신을 허락하지만, 문해력의 수준에 따라 이를 내 것으로 만드는 것은 모두 각자의 몫입니다. 모두가 알지만 실천하지 못하는 이유는 사실 제대로 알지 못하기 때문입니다. 내가 아는 것과 모르는 것의 경계가 분명할 때 우리는 부족한 부분을 채우고 넉넉한 부분을 발전시킬 수 있습니다.

열심히 공부해서 좋은 대학을 나오고 직장에 갔는데도 상사로부터 "그래서 네가 하려는 말이 정확히 뭐야?"라는 말을 자주 듣습니다. 말하고자 하는 바가 정확히 문제인지, 원인인지, 해결책인지, 결론인지도 명확하지 않지요. 사실 우리가 어떤 직업에 종사하든 우리가 해야 할 일은 위 네 가지 질문의 답을 찾아 제시하는 것입니다. 무엇이 문제이고 그 문제의 원인이 무엇인지, 그래서 어떻게 해결해야 원하는 결론을 얻을 수 있는지를 고민하고 준비해서 설득하는 과정입니다. 공부하고 연구할 때만이 아니라 사회생활을 할 때도, 사랑하는 가족과 내 주변의 이웃을 설득할 때도 끊임없이 언어를 통한 설득 과정이 되풀이됩니다. 결국 인생은 문해력을 바탕으로 한 끊임없는 의사소통 과정입니다.

3. 문해력을 기르는 방법

자, 이제 문해력이 무엇인지 알고 또 필요하다고 느끼셨다면 여기서는 문해력을 기르는 몇 가지 방법을 소개해 드리겠습니다. 뻔한 방법이라는 편견을 버리고 산책하며 꼭 실천해 보시기 바랍니다.

(1) 모든 상황에 '왜'라고 묻고 반드시 '스스로' 답을 찾는 훈련을 하자

글을 쓸 때도 내 생각을 발표할 때도 내가 스스로 고민하고 답을 내지 않으면 금방 바닥이 드러납니다. 내가 원인을 찾고, 다각도로 고민해 본 후에 구체적인 조사와 비교 과정을 거치도록 합니다. 정답지나 유사 사례부터 엿보는 습관은 문해력 향상에 도움이 되지 않습니다. 오늘 아침 불었던 바람에도 '왜?'라고 묻고 바람이 왜 부는지, 어제와 달리 방향이 자주 바뀌는 이유가 뭔지 스스로 생각해서 우선 답을 내 보는 겁니다. 과학 시간에 배운 지식을 끄집어내도 좋고, 어제 들은 날씨 정보도 좋습니다. 내가 서 있는 지역의 지형 환경과 시간을 고려한 예측도 멋있는 답이 되겠네요. 스마트폰을 꺼내 검색엔진을 사용하는 것만 빼고요.

(2) 세상의 중심은 바로 나, 용기 있는 주인이 되기

80억 지구인 중에 나와 같은 사람은 단 한 명도 없습니다. 내 생각이 남들과 다른 것이 당연합니다. 남들과 같지 않다고 해서 '틀리다'고 생각하는 오류에서 부디 스스로를 해방시켜 주세요. 자신이 80억분의 1의 확률로 유일무이한 존재임을 자각할 때 비로소 나의

소중함과 존엄함을 느끼게 됩니다. 유일한 자신의 생각과 의견을 피력하는 데 주저하지 말고 용기를 내 봅니다. 내가 틀릴 수도 있다는 겸손한 자세를 가지고 상대를 경청하되 자신의 의견을 용기 내어 말하고 주장해 보세요.

(3) 끝까지 캐묻고 따져 보기

나를 포함한 모든 주장은 개인의 의견이며 개별적인 이유에서 나옵니다. 결국 무엇이 옳고 무엇이 그른지는 해석의 문제이지 정답을 찾는 데 있지 않습니다. 세상의 주장과 의견을 보고 그 의미를 따져 물을 수 있어야 합니다. 옳은 것을 취하여 내 삶에 적용하는 것, 그것이 실천이며 나의 문해력을 기르는 방법입니다.

예문

공부 놀이

아이들은 놀이를 통해 배운다.

방 안에 앉아 책만 읽고 외우는 것은 배움이 아니다. 아이들은 언제나 온몸을 움직이며 자란다. 아이들이 몸을 움직일 수 없는 배움은 그래서 공부가 아니다.

사람은 누구나 자기가 하고 싶은 일을 할 때 행복하다. 내가 하는 일이 즐거우면 그것은 노동이 아니라 놀이다. 일과 놀이와 공부가 하나임을 깨닫는 것. 그래서 놀이처럼 할 수 있는 일, 놀이처럼 할 수 있는 공부를 만드는 것. 이 시대 어른들이 마무리해야 할 숙제다.

얼마 전 교직에 있는 선배를 만나 어떻게 하면 아이를 잘 키울 수 있냐고 물어보았습니다. 선배의 대답은 아주 단순하고 명쾌했습니다. "잘 놀게 하면 된다." 생각해 보니 즐거우면 우리가 하는 일이나 공부는 모두 놀이가 됩니다. 단순 암기 정보들은 뇌의 기억장치에서 곧 사라지지만 놀이는 장기기억장치에 남아 인간이 오래 기억하도록 합니다. 이미 알고 있는 단순한 사실을 우리는 무엇이 두려워서 실천하지 못할까요? 안다고 생각했던 문제를 실천에 옮기지 못한 채 우문을 던진 것 같아 돌아오는 버스 안에서 메모해 둔 문장들입니다. 지금 내가 서 있는 자리에서 당연하다고 생각했던 일상에 대해 스스로 다시 묻고 따져 봅시다. 글쓰기에 식상한 소재는 없습니다. 새롭게 보지 않으려는 태도가 문제입니다.

2장 단어 수집하기

글쓰기와 인생의 본질은 똑같다.
뭔가를 발견하는 항해라는 점에서 특히 그렇다.
헨리 밀러

자, 이제 글쓰기를 시작할 마음의 준비가 되셨나요? 세상을 향해 열린 마음으로 문해력 창고를 열어 두셨다면 이제 글에 쓸 재료들을 수집하러 가 보겠습니다. 많은 수강생이 글쓰기 수업에 와서 정작 뭘 써야 할지 잘 모르겠다고 합니다. 특히 세상 경험이 많지 않은 학생이나 글쓰기를 싫어하는 수강생은 자극적인 영상 소재들에만 반응하는 데 익숙하고 암기식 글쓰기에 길들어 있습니다. 자세히 관찰해서 스스로 발견해 내는 힘이 부족한 경우입니다. 글은 오로지 나만이 완성할 수 있는 고유의 창작물입니다. 내가 발견하고 내가 생각하는 바를 내 손으로 한 글자씩 옮기는 과정입니다. 글쓰기에 정도란 없지만 쉽게 가는 방법 또한 없음을 이제는 인정해야 합니다. 목적이 있는 글쓰기는 대부분 주제와 제재가 주어지지만 정해진 소재로만 글을 쓰다 보면 사고의 폭이 좁아집니다. 특정 소재나 주제로 범위를 좁히지 말고 일상에서 짧은 글쓰기를 시작하는 것이 바람직합니다.

1. 생각을 확장하고 단어를 파생시키기

어느 날 여러분이 산책하는 길에서 맨발로 흙길을 걸어가는 할머니를 보았다고 가정해 볼게요. 겉모양은 거칠고 주름이 많은 그야말로 투박한 발입니다. 할머니의 투박한 발에서 우리는 그분의 인생을 짐작할 수 있습니다. 저 두 발로 전쟁을 겪어 내고 땅을 일구어 자식을 키웠을 테고 가족들 모두 건강하게 가정을 일구는 데 희생했을 겁니다. 주인을 잘못 만나 너무 고생이다 싶으신지 아기처럼 아장아장 걸으시는 걸 보니 칠순이 넘어 이제야 제 몸을 돌볼 여유가 조금 생기신 모양이지요. 세월의 흔적이 발 모양과 생김새 하나에도 투영되고, 우리는 그 사실을 새롭게 발견하고 다른 각도로 해석할 수 있습니다.

앞서가는 사람을 볼 때 그냥 보는 것에서 그치지 않고 좀 더 세심하게 관찰하다 보면 다양한 정보가 눈에 들어옵니다. 겉으로 보이는 정보도 있지만 미루어 짐작할 수 있는 정보도 있지요. 할머니의 외모와 발의 생김새, 걸음걸이 등은 더 많은 숨은 정보를 짐작하게 합니다. 이때 겉으로 보이는 단어들은 글의 소재로 사용하고, 짐작이 가능한 정보와 단어들은 글을 표현하는 도구(비유법, 감상법, 이야기 만들기 등)로 활용합니다. 이렇게 자세히 관찰해서 떠오르는 단어를 모으고 확장하는 것이 글쓰기의 첫 단계 '단어 수집'입니다. 할머니의 발에서 수집한 단어들은 '세월, 주름, 거친 발, 하얗게 센 머리, 고생, 자식, 아장아장(몸이 불편하신지) 아기처럼 걷는 모양'입니다. 여기서 단어를 더 확장하거나 파생하고 싶다면 대상을 깊이 조사해야 합니다. 염치 불고하고 슬쩍 그 할머니에게 말을 건네 보는 것이죠. '옷으며 인사 건네기'. 누구나 손쉽게 정보를 얻을 수 있는 방법입니다. 자신에게 관심을 주는 상대에게 우리는 쉽게 마음을 열기 마련입니다. 운이 좋으면 산책하는 동안 좋은 말벗을 얻을 수도 있겠고, 넉넉한 인심에 음식을 공유할 수도 있습니다. 나보다 앞선 인생의 선배들은 모두 스승입니다. 할머니와의 짧은 대화를 통해 우리는 이제라도 자신의 발에 감사한다는 소녀 같은 마음을 읽게 됩니다.

이렇게 단어를 수집하고 구체적인 정보를 얻다 보면 내 감정이 다른 곳으로 파생되는 경우가 있습니다. 할머니의 발을 보며 돌아가신 어머니가 떠오르기도 하고, 평소 돌보지 않아 고장 난 내 몸이 눈에 거슬리기도 하지요. 거칠고 못난 발에서 역설적으로 '아름다운 발'이 떠오를 수도 있습니다. 이렇게 파생된 단어들을 추려 내가 쓸 소재와 주제를 정합니다. 소재를 '어머니의 발'로 정했다면 '엄마의 발' 이미지를 떠올려 앞선 할머니의 발과 비교하거나, 연상되는 이미지를 단어로 쓸 수 있습니다. '고생, 아름다운 발, 고운 발, 인생의 흔적, 어머니의 자식 사랑, 시집올 때 신었던 꽃신, 거친 발, 부끄러움' 등등 연상되는 단어들을 써 봅니다.

이제 써 놓은 단어 모음을 가지고 아래 예문처럼 한 문장씩 문장을 구성해 봅니다(문장 쓰기 방법은 다음 챕터에서 더 자세히 다루도록 하겠습니다).

예문

열여덟 꽃신 신고 넘어오던 길, 오십 년이 지나 맨발로 걸어 본다
세 형제 길에서 엎고 키우는 동안 뒤꿈치는 닳아 굵고 딱딱한 신

발에 발꼬락이 다 휘었다
큰아들 장가보낼 때 노점상 한파 속 얼은 발은 해가 지나 껍질 위
로 푸른 꽃을 피웠다
혹시라도 누가 볼까 버선 속에 숨겨 둔 열 개의 발꼬락을 오늘은
햇볕 아래 넣어 본다

짧은 글이지만 시라고 해도 무방한 문장입니다. 시적 화자는 나 자신일 수도 있고 내가 바라본 어머니일 수도 있습니다. '엄마의 발'은 어머니의 사랑과 헌신을 주제로 담기에 좋은 소재입니다. 글쓰기는 이렇게 대상에 대한 자세한 관찰을 바탕으로 나의 생각을 확장시켜서 수집한 단어들에서 시작합니다. 확장된 단어들이 개인의 감정과 만나면 주제를 파생시키는데 여기서 개인의 경험과 특색이 반영돼 구체적인 문장으로 표현됩니다. 같은 '발'을 소재로 글을 쓰더라도 저처럼 시로 표현할 수도 있고, 어머니의 발을 상기하며 편지나 에세이를 쓸 수도 있습니다. 연상되는 단어를 모아 자신만의 방식으로 스토리를 전개하다 보면 다양한 장르의 글을 쓸 수 있다는 것을 체험할 수 있습니다.

2. 나만의 감정 사전을 만들자

영화 〈살인자의 기억법〉, 〈내 머릿속의 지우개〉의 원작자로 유명한 소설가 김영하는 '작가란 단어를 수집하는 직업'이라고 말합니다. 단

어를 수집하는 직업이 글 쓰는 일이라는 말은 내가 아는 단어가 곧 나의 세계라는 뜻이기도 합니다. 뉴스를 진행하는 아나운서가 사용하는 언어와 범죄 소탕 조직에 몸담은 경찰이 평소 쓰는 말은 전혀 다릅니다. 같은 단어도 누가 사용하느냐에 따라 풍기는 뉘앙스가 달리 느껴지기도 합니다. 우리가 처음 글을 쓰려고 할 때 막연하다고 느끼는 이유는 마음속 어딘가 내가 말하고 싶은 소재에 대해 텅 비어 있는 단어장을 확인하기 때문입니다. 무언가 이야기는 하고 싶은데 표현할 거리가 마땅치 않고 대상에 대한 내 감정을 어떤 단어로 표현할지 몰라 막막하기만 합니다. 글쓰기 창고가 비어 있기 때문입니다.

전문적인 글쟁이가 아니더라도 글을 쓰려고 하는 초심자는 자신의 감정을 기억하고 모으는 일부터 시작해야 합니다. 어떤 상황이나 사물에 대해 단순히 '좋다', '싫다'로 감정의 선을 긋기보다는 지금 내가 느끼고 있는 감정이 구체적으로 어떤 느낌인지 생각해 봅니다. '찜찜하다', '죄책감이 든다', '잠자는 내내 생각이 날 것 같다', '숙변이 해결된 것처럼 시원하다', '통쾌하다', '날아갈 것 같다', '수능 만점 받은 기분이다' 등 가능하면 솔직하게 내 감정을 들여다보고 구체적으로 표현해 보는 거죠. 자신의 감정에 솔직한 사람이 세상의 감정에도 귀 기울일 수 있습니다.

나의 글은 내 감정을 표현하는 단어의 집합입니다. 자기 내면을 들여다볼 수 있는 나만이 주인이 되는 것이 바로 글이지요. 단어는 우리가 생각하는 것 이상으로 힘을 가지고 있어서 문장 속 나의 단어들은 내 감정과 느낌을 선명하게 드러내 줍니다. 같은 단어도 어떤 문장과 맥락에 사용되느냐에 따라 사전적 의미에 국한되기도 하고 상대의 마음을 움직이는 공감을 불러오기도 합니다. 단어에는 우리가 살아오면서 쌓아 온 많은 경험과 감정이 담겨 있기 때문입니다.

그런 의미에서 국어사전은 글 쓰는 데 가장 유용한 도구입니다. 학창 시절부터 늘 곁에 두었지만 자주 찾지 않던 녀석이지요. 단어를 모으는 작가에게 사전만큼 강력한 무기도 없습니다. 사전에는 단순히 그 의미를 정의하는 뜻만 있는 것이 아닙니다. 유의어나 반의어, 파생어와 예문까지 한 번의 질문에 열 가지 해답을 주는 만능 백과입니다. 뜻을 잘 모르거나 다른 유사어를 찾고 싶을 때 사전을 통해 한 단어와 관련된 다양한 정보를 나만의 감정 사전에 메모해 봅니다. 한 번에 수십 개의 보물이 쌓여 가는 기쁨을 맛보게 될 거예요. 퇴고할 때도 마찬가지로 사전을 곁에 두시기를 추천합니다. 맞춤법 프로그램을 활용하는 것도 좋지만 사전을 찾아서 정확한 의미를 확인하는 습관을 들이면 생각지도 못한 문장들을 만나게 됩니다. 사전은 실수를 통해 내 글을 성공으로 안내하는 가장 훌륭한 친구입니다.

3. 내가 사용하는 어휘가 내 생각의 범위다

나만의 감정 사전에 단어들이 쌓이면 그중 마음에 드는 어휘를 골라 문장에 넣는 연습을 해 봅니다. 새롭게 수집한 단어를 이곳저곳에 써 보면서 정말 내 단어로 만드는 거지요. 우리가 사용하는 말과 글은 곧 그 사람의 생각을 나타내는 표식이 됩니다. 적재적소에 정확하게 배치된 단어는 글을 쓸 때도 읽을 때도 우리에게 통쾌함을 선사합니다. 같은 단어가 반복되면 글이 지루해지고, 말이 안 되는 단어가 들어간 문장은 제 몸에 맞지 않은 옷을 걸친 것처럼 어색합니다.

실제로 글을 쓰기 시작하면 내가 아는 어휘가 얼마나 협소한지 알게 됩니다. 어감이 미묘하게 다른 단어나 참신한 표현은 평범한 문장도 빛내 주지만, 익숙한 단어와 '그', '저', '이것' 등의 지시어로 성의 없게 마침표를 찍은 문장은 읽는 이의 눈살을 찌푸리게 합니다. 막상 적절한 단어가 떠오르지 않으면 문장에서 멈춰서 속도를 내기 어렵습니다. 그럴 땐 펜을 멈추고 국어사전이나 나만의 감정 사전을 다시 펼쳐 봅니다. 잠시 산책을 다녀오거나 다음 문장으로 이동하는 것도 한 방법입니다. 다른 문장을 쓰는 동안 내 무의식은 적절한 단어를 찾아 여행하고 있을 거예요. 신중한 단어의 선택은 말하고자 하는 의도를 정확하게 전달하는 데 가장 중요한 요소입니다. 정확한 단어를 찾기 귀찮은 나의 게으름이 자칫 큰 오해를 불러오기도 합니다.

아래 예문에서 공통으로 들어갈 단어를 한번 살펴보겠습니다.

예문

1) _____의 학생들은 스마트폰을 사용한다.

2) 그 사람이 하는 말은 _____ 과장이라 한 번 걸러서 들어야 한다.

3) 미팅에 참석한 _____이(가) 그녀의 제안에 찬성했다.

얼핏 보면 공통으로 들어갈 단어가 '대부분'임을 알 수 있습니다. '대부분'은 절반 이상에 해당하는 전체에 가까운 양의 정도를 가리키는 단어로, 문장 안에서 명사나 부사의 형태로 사용됩니다. 그러나 모든 문장에서 '대부분'이라는 단어만 사용하면 지루함을 주고 미묘한 차이를 만들기 어렵습니다. '대부분' 대신 바꾸어 쓸 수 있는 어휘는 없을까요?

→ 1) 거개의 학생들은 스마트폰을 사용한다.

먼저 '대부분'을 대신할 수 있는 단어로 '거개'라는 표현이 있습니다. 조금 낯선 표현이지만 거개는 '거의 대부분'이라는 뜻으로 명사나 부사로 쓰입니다. '학생들은 거개 비슷한 교육을 받고 있다'와 같이 사용합니다.

→ 2) 그 사람이 하는 말은 십중팔구 과장이라 한 번 걸러서 들어야 한다.

대부분을 대신하는 또 다른 표현에는 '십중팔구'가 있습니다. 십중팔구는 '열 가운데 여덟이나 아홉만큼 거의 대부분'이라는 뜻입니다. '이번 수능을 망친 걸 보면 십중팔구 대학 가긴 글렀다'와 같이 사용합니다.

→ 3) 미팅에 참석한 대다수가 그녀의 제안에 찬성했다.

거의 모든 사람이 찬성했다는 위 문장은 '대부분'을 '대다수'로 바꾸어 쓸 수 있습니다. '대다수'는 '거의 모두'라는 의미를 갖는 명사입니다.

편안하고 익숙한 단어는 문장을 지루하게 만들고 궁극적으로는 글 쓰는 이를 게으른 작가로 만들게 마련입니다. 대중의 문화나 시류에 휩쓸려 유행을 좇는 언어 표현은 우리의 생각도 단일하게 만들고 무지갯빛 사고를 단색으로 도배합니다. 귀찮더라도 내 문장을 표현하는 단어를 꼬집고 비틀어서 평범한 어휘에도 날렵하고 풍성하게 생명을 불어넣어 봅시다.

3장 문장 쓰기와 단락 구성하기

———

나는 다른 사람이 한 권의 책으로 말하는 것을
열 개의 문장으로 이야기하기 위해 노력한다.
프리드리히 니체

1. 문장 쓰기, '1246 법칙'을 기억하자

자, 대상에 대한 관찰과 해석으로 단어들을 수집하고 자신의 감정을 확장해 단어를 파생시켰다면 이제 한 줄 한 줄 문장을 써 볼 차례입니다. 단어가 글의 재료라면 문장은 최소한의 완성된 글이라고 할 수 있습니다. 그만큼 문장 쓰기는 곧 글쓰기라고 봐도 무방합니다. 그렇다면 하나의 문장은 완성된 메시지와 구성력을 갖추어야겠지요. 당연한 이야기를 장황하게 늘어놓는 데는 이유가 있습니다. 많은 수강생이 글쓰기라는 큰 틀에 갇혀 기본적인 문장 쓰기에는 집중하지 않기 때문입니다.

실전에서 적용하기 쉬운 문장 쓰기 도구를 숫자 제목을 활용해 기억하기 쉽게 소개해 드릴까 합니다. 문장을 쓸 때 적어도 이 네 가지 '1246 법칙'은 기억해 주세요. 이 책을 덮는 순간 이 네 개의 숫자가 기억에 남는다면 기본적인 문장 쓰기 방법은 습득했다고 볼 수 있습니다.

1 법칙: 한 문장에 한 가지 메시지만 담기

예문

나는 영어 시험을 잘 보고 싶고, 밥도 먹고 싶고, 놀러도 가고 싶다.

한 문장에는 한 가지 메시지만 전달합니다. 이것저것 열거하다 보면 글이 아니라 아무 말 대잔치가 됩니다. 위 문장의 경우 두세 개로 쪼개서 써야겠지요.

→ 나는 영어 시험을 잘 보고 싶다. 시험을 마치고 나면 맛있는 것도 많이 먹고, 친구들과 놀러도 가고 싶다.

두 문장 정도로 끊어서 시험 전과 후를 나누어 보거나 아예 세 가지로 모두 쪼개는 것도 방법입니다. 한 문장에는 한 가지 메시지만 담고, 서술어는 한데 모으기보다 구체적으로 써 줍니다.

2 법칙: 기본 문장구조(주어+서술어)에 충실하자

예문

영어 시험이 잘되길 바란다.

문장의 기본 구조는 '주어+서술어'입니다. 문장 안에서 유추가 가능한 경우가 아니라면 주어를 생략하거나 주어와 맞지 않는 서술어를 사용하지 않도록 합니다. 이 문장에서 시험이 잘되기를 바라는 주체는 '나(는)'(으)로 문장 안에서 생략되어 있지만 문장을 이해하는데 문제가 없습니다. 반면 '영어 시험'은 서술어 '잘되다'와 호응을 이루지 않는 주어입니다. '영어 시험'은 잘되는 주어가 아니라 잘 보는 대상이며 잘 보는 주체는 '나'이지 영어 시험이 아닙니다. 위 문장은 주어와 서술어에 맞게 '나는 영어 시험을 잘 보고 싶다'로 고치도록 합니다.

4 법칙: 접속사는 '낄끼빠빠'와 '왜냐하면'을 생각하자

예문

나는 영어 시험을 잘 보고 싶다. (왜냐하면) 다른 과목에 비해 평균 점수가 낮기 때문이다.

접속사는 꼭 필요할 때만 씁니다. 낄 때 끼고, 빠질 때 빠질 줄 아는 접속사를 사용해야 합니다. 가장 흔히 사용하는 접속사 '왜냐하면'의 경우 문장과 문장 사이에 (왜냐하면)을 넣어 읽고 말이 되는지 살펴본 뒤 빼도 말이 되면 뺍니다. 반대로 접속사가 없는 문장을 읽을 때 문장과 문장 사이에 '왜냐하면'을 넣어 읽으면 이해가 쉽습니다. 쓸 때는 '왜냐하면'을 빼고 읽을 때는 나만의 '왜냐하면'을 상상해서 독해해 보면 이해도 쉽고 멋스런 문장이 탄생합니다.

6 법칙: 육하원칙에 충실한 문장

예문

나는 영어 시험을 잘 보고 싶다.

다짜고짜 시험을 잘 보고 싶다니 '왜', '언제', '어떻게'가 없어서 문장이 빈약하고 설득력이 없습니다. 내 글을 읽는 독자는 나에 대한 아무런 정보가 없다는 점을 명심합니다. 앞뒤 맥락이 있어야 납득이 되고 설득력 있는 글이 됩니다. 이렇게 고쳐 볼까요.

→ 지난 중간고사에서 영어 성적이 좋지 않았는데 이번에는 서술형 문제를 집중적으로 공부해서 등급을 올리고 싶다.

2. 시작이 반, 첫 문장을 잘 쓰려면

첫 문장만 잘 쓰면 나머지 문장은 술술 풀리는 경우가 많습니다. 그만큼 첫 단추가 중요한데요. 실전에서 적용하면 좋은 첫 문장 쓰기 도구를 콕 짚어 드립니다.

(1) 요약 문장으로 시작하라

최근 정부는 COVID19 신규 발생률이 3개월째 감소하고 있다고
발표했다.

뉴스나 기사를 보면 첫 문장만 들어도 어떤 내용인지 쉽게 알 수
있습니다. 언론인의 문장이 대부분 연역법을 따르기 때문입니다. 최
근의 이슈나 상황을 요약해서 문제를 제기하는 방법은 글쓰기에 자
주 등장하는 첫 문장의 예시입니다. 이렇게 글의 핵심 내용을 쉽고
명확하게 첫 문장에 제시하면 독자는 자연스럽게 다음 문장을 이해
할 수 있고, 글의 전개도 매끄러워집니다. 논리적인 글을 써야 한다
면 글의 주제나 핵심 문장을 첫 문장에 배치해 보세요. 간결하고 명
료한 글이 됩니다.

(2) 인용으로 시작하라

철학자 데카르트는 "나는 생각한다. 고로 나는 존재한다"라고 말
했다.

유명한 학자나 위인의 명언을 인용하면 글의 신빙성을 높이고
독자를 설득하는 데 도움이 됩니다. 단 인용 문구를 사용할 때는 비
유가 적절한지 살펴보고 적절한 타이밍에 사용하도록 합니다. 적절
한 비유는 감초 역할을 하지만 조금만 비유가 어색해도 글의 맥락을

흐립니다. 특히 한 편의 글에서 두 개 이상의 인용문은 사용하지 않도록 합니다.

(3) 명제로 시작하라

예문

인간은 누구나 죽는다. 그러나 우리는 자신의 엄마가 언젠가 죽을 수도 있다는 사실을 망각한 채 살아간다.

글의 문을 열 때 명제를 인용하면 뒷받침문장이 쉽게 전개됩니다. 이미 경험과 검증을 통해 명언이 된 문장을 내 글의 도입에 제시하면 대상을 설득하기 쉽고 글의 전개도 수월해집니다. 특히 단언명제로 문장을 시작하면 상대의 반론에서도 자유롭고, 힘 있는 글을 쓸 수 있습니다. 다만 명제 뒤에 올 뒷받침문장이 너무 가볍거나 흐름을 방해하는 내용이 아닌지 점검해야 합니다. 명제로 첫 문장을 쓰고 이어지는 내용이 가벼우면 글의 균형이 깨지기 쉽습니다.

(4) 묘사로 시작하라

예문

하늘에 구멍이라도 난 걸까. 장대 같은 비가 땅속 깊이 파고들자 세상이 시커먼 잿빛으로 덮였다.

수필이나 소설 같은 문학작품을 쓸 때 한 장면을 묘사하며 글을 열면 독자는 한 편의 영화를 보는 듯한 느낌을 받게 됩니다. 말하기보다 보여주기 방식이 독자의 상상력과 호기심을 자극하지요. 그림 그리듯 구체적이고 세밀하게 묘사하는 문장으로 글문을 열어 보세요. 글의 첫인상이 달라집니다.

(5) 질문을 던지고 번호를 붙여 답하라

예문

코로나19 이후 우리 사회에 달라진 점은 무엇이 있을까요? 첫째, 비대면 소통 방식이 확산되었다. 둘째, 교육 격차 심화가 사회적 문제로 대두되었다. 셋째, 가족 간 유대가 강화되었다.

질문을 던지고 번호를 붙여 답하는 방식은 모든 글쓰기에 적용할 수 있는 첫 문장 쓰기입니다. 글의 전개 방향을 질문으로 제시하고 번호를 붙여 설명하거나 사례를 드는 방법이지요. 논리적인 글쓰기에서는 첫 문장뿐 아니라 본론에서도 잘 활용할 수 있는 방법입니다. 주제를 질문으로 던지고 단락마다 자신의 생각을 번호를 붙여 서술하면 글의 장르와 상관없이 체계적이고 논리적인 글이 됩니다.

3. 이런 문장만은 피하자

(1) 식상한 문장, '쓰기보다 쓰지 않기'

잘 쓰는 것도 중요하지만 쓰지 않는 것이 더 좋은 글쓰기 전략입니다. 우선 첫 문장을 쓸 때 모두가 알고 있는 일반적인 사실은 되도록 피합니다. 요즘 같은 때라면 '코로나로 힘든 시기다'라는 식상한 표현보다 '아무 생각 없이 집 밖에 나섰다가 마스크를 찾아 다시 집에 돌아가는 일이 잦아졌다'라는 묘사형 문장이 더 참신합니다. 문장은 가능하면 짧게, 되도록 길게 쓰지 않습니다. 단문형의 문장이 설득력 있고 의미 전달이 쉽습니다.

(2) 나만 빼고 누구나 아는 '나'

글을 쓸 때 유난히 '나'와 '저'를 자주 이야기하는 수강생들이 있습니다. 구어체와 문어체를 혼동할 때 자주 보이는 현상인데요, 글은 말이 아니라 텍스트로 표현하는 언어입니다. 우리가 말을 할 때는 자신의 입장을 피력하기 위해 과하다 싶을 정도로 '나'를 강조하게 되지만 글을 쓸 때만큼은 우리 모두 겸손해집시다. '내'가 누구인지 말하지 않아도 독자들은 이미 내가 누구인지 알고 있습니다. 그, 그녀와 같은 문장의 주어도 가능하면 같은 표현을 반복하지 않도록 합니다. 오히려 '나'에 대한 문장이 많으면 자칫 잘난 척하는 글로 보이기 쉽고, 신선함을 잃게 됩니다. 인간은 누구나 자신에 대해서 말하고 싶어 하지만 상대는 보통 자신의 이야기를 들어 주고 공감하는 사람을 원한답니다. 공감을 얻을 수 있는 '내' 이야기를 하더라도 가능하면 '나'라는 표현은 하지 않습니다. 꼭 필요한 경우라면 구체적인 상황을 통해 '나'를 언급하도록 합니다. '나', '저', '내가'는 가능하면 쓰지 않습니다.

예문

어머니는 2021년 11월 28일에 이 세상을 떠나셨다. 어머니는 75세에 중풍으로 왼쪽 손과 발을 자유롭게 쓰지 못하셨다. 하지만 내가 '의지의 한국인'이라는 별명을 지어 드릴 정도로 아침, 점심, 저녁 하루에 세 번 집 가까이에 있는 중앙공원을 매일 다닐 정도로 열심히 운동하셨다. 나는 어머니가 매일 하루에 세 번 운동한다는 말씀을 들을 때마다 제발 저녁에는 나가지 마시라고 성화를 부렸다. 깜깜한 저녁에는 건널목을 건널 때 걸음이 느려서 빨리 걷지 못하므로 혹시 신호등이 바뀌어서 위험할 수도 있기 때문이었다.

어머니를 소재로 다룬 글에서 지나치게 '어머니'와 '내'가 자주 등장하는 예문입니다. 다소 중복된 표현을 빼고 간결하게 고쳐 보겠습니다.

→ 어머니는 지난해 11월에 세상을 떠나셨다. 75세에 중풍 진단을 받은 후 왼쪽 손과 발을 자유롭게 쓰지 못하셨다. 하지만 '의지의 한국인'이라는 별명이 무색할 정도로 아침, 점심, 저녁 하루 세 번 집 근처 중앙공원을 걸어서 운동하러 다니셨다.

어머니가 매일 세 번씩 운동한다는 말씀을 들을 때마다 제발 저녁에는 나가지 마시라고 성화를 부렸다. 걸음이 느린 데다 캄캄한 저녁에는 건널목을 빨리 건너지 못하므로 위험할 수도 있기 때문이었다.

대상 소개는 글의 앞부분에서 한두 번 언급하는 정도면 충분합니다. 단어 역시 중복된 표현은 빼고, 대체할 수 있는 어휘를 찾아봅니다. 긴 문장은 호흡을 짧게 단문으로 고쳐 쓰면 매끄러운 글이 됩니다.

(3) 긴 문장보다 짧은 문장이 낫다

글쓰기에 자신이 없을수록 문장은 간결하고 짧게 씁니다. 한 문장에는 한 가지 메시지만 담고, 접속사 없이도 문장과 문장이 매끄럽게 연결될 수 있도록 적절한 단어를 고르는 데 집중합니다. 글도 말과 마찬가지로 자신이 없을 때 횡설수설 길어지고 논리가 흐려집니다. 한 문장에 한 가지 메시지를 담으려면 글자 수는 60자를 넘지 않습니다. 두세 가지 정보를 한 문장씩 쪼갤 때는 명사나 대명사를 사용해 '~입니다'로 문장을 끝내는 것도 문장을 쪼개는 방법입니다.

예문

이 화장품은 피부 깊은 곳까지 보습력을 높여 주는 성분인 캐비어를 많이 함유하고 있으며, 기미와 주근깨, 주름까지 확실하게 케어해 주는 일석이조 제품입니다. (64자)

이 문장을 쪼개서 60자 미만의 두 문장으로 고쳐 보겠습니다.

➡ 이 화장품은 보습력을 높여 주는 핵심 성분인 캐비어를 풍부하
게 담고 있어 피부를 촉촉하게 만들어 줍니다. 또 기미와 주근
깨, 주름 개선에도 효과가 있는 일석이조 제품입니다. (43자,
27자)

짧은 문장은 의식적으로 호흡을 끊어 내어 독자에게 생각할 시
간을 줍니다. 반대로 긴 문장은 독자가 딴생각을 못 하게 발을 붙잡
는 격이지요. 문장과 문장 사이에는 여백이 있어야 합니다. 호흡하고
생각하면서 독자가 작가와 주인공을 만날 시간을 주어야 합니다. 그
러나 무조건 짧은 문장만 배열한다고 좋은 것은 아닙니다. 대개 전
체 글에서 단문과 장문의 비율은 3:1에서 5:1 정도가 적당합니다. 지
나친 단문들은 독자가 집중하지 않고 딴전을 피우거나 글의 경로를
이탈하게 합니다. 독자를 사로잡을 만한 스토리가 있는 글이라면 단
문이 많아도 괜찮습니다. 통찰과 깊이가 있는 글이라면 긴 문장이
많아도 무방하겠지요.

4. 문장 연결 공식

문장과 문장이 만나면 하나의 덩어리, 즉 단락을 이루게 됩니다. 단
락의 구성은 전체적인 글의 밑그림을 그린 뒤에 작성하도록 합니다.

글의 전체적인 밑그림을 '개요'라고 하는데요, 글의 목적에 맞게 집을 짓듯이 글의 처음과 중간, 끝을 나누고 종류에 따라 단락을 늘리거나 보충하도록 합니다.

일반적인 글쓰기는 S라인 개요를 따릅니다. 처음-중간-끝을 1:2:1 또는 1:3:1의 비율로 구성하는 방법입니다. 사설이나 칼럼 같은 논리적인 글쓰기나, 감상문/서평 같은 비문학 글쓰기에서 자주 사용되는 방법입니다. 소설이나 에세이 같은 장문의 문학작품은 스토리텔링의 글쓰기 방식으로 기-승-전-결의 구조를 따르지만 변칙이 많습니다. 여기서는 비문학 글쓰기에서 필요한 S라인 개요와 단락 쓰기 방법을 소개하도록 하겠습니다.

(1) 문장을 뭉쳐서 하나의 덩어리로 만들기

여러 문장이 하나의 소주제로 뭉쳐진 덩어리를 '단락'이라고 합니다. 기본적으로 한 단락에는 하나의 중심 문장을 기본으로 나머지 문장이 일관성을 가지고 중심 문장을 바라봅니다. 논리적인 글에서는 주장을 뒷받침하는 근거나 예시, 이야기 구성에서는 장면과 인물의 변화 등이 하나의 덩어리를 형성합니다.

한 단락에는 여러 주어와 서술어가 뭉쳐 있는 경우가 많습니다. 따라서 복문보다는 단문이 가독성이 높고 단락의 주제를 파악하기 쉽습니다. 예를 들어 "희원이는 미술에 관심이 많았지만 영희는 놀이에 관심이 더 많았기에 영희를 모임에서 빼 버렸다."라는 문장은 주체가 둘 이상인 복문에 인과관계까지 곁들인 세 개의 문장이 하나로 합쳐져 지루한 느낌을 줍니다.

예문

희원이는 미술에 관심이 많았지만 영희는 놀이에 더 관심이 많았다. 그래서 희원이는 모임에서 영희를 빼기로 했다.

이렇게 두 개의 문장으로 쪼개면 인과성과 가독성이 높아집니다. 리듬을 주기 위해 희원이와 영희 문장을 다시 쪼개도 무방합니다.

(2) 문장과 문장의 연결 공식

그렇다면 문장과 문장은 어떻게 연결해야 하나의 단락이 될까요? 가장 쉬운 유형은 핵심 문장을 던진 후에 이유를 설명하는 문장을 연결하는 방법입니다. 두 번째는 중심 문장에 구체적인 예시 문장을 덧붙이는 방법입니다. 마지막으로는 중심 문장이 주장하는 바에 뒷받침하는 근거를 덧붙이는 방법입니다. 이렇게 공식에 따라 글을 쓰면 문장을 연결할 때 어떤 말을 이어야 할지 고민할 필요가 없어지고 계속 문장을 이어 나갈 수 있습니다. 세 가지 공식은 기본 방식이므로 자신만의 스타일로 응용할 수 있습니다. 문장 연결 공식 세 가지를 각각의 예문을 통해 살펴보겠습니다.

① 중심 문장 + 이유 문장

예문

나는 학교를 그만두기로 했다.

한 고등학생이 느닷없이 학교를 그만둔다는 말을 했다고 가정해 보겠습니다. 이 문장을 읽고 나면 우리는 자연스럽게 "왜?"라는 질문이 생깁니다. 여기에 이어지는 문장은 '왜냐하면 ~ 때문이다'라는 이유 문장의 형식이 뒤따라옵니다. 이때 가능하면 '왜냐하면'과 '~ 때문이다'를 빼고도 말이 이어지도록 문장을 써 봅니다.

중심 문장: 나는 학교를 그만두기로 했다.
이유 문장: (왜냐하면) 인간다운 삶을 위한 공부가 아닌 입시 위주의 교육에 그동안 염증을 느꼈다.(기 때문이다)
(왜냐하면) 아무 생각 없이 다니는 학교라면 더 이상 나에게 의미가 없다고 생각했다.(기 때문이다)
(왜냐하면) 지금 잠시 멈추고 다시 학업에 매진할 수 있을 때 다시 공부하고 싶다.(기 때문이다)

괄호 안에 '왜냐하면'과 '-기 때문이다'를 빼고 읽어도 중심 문장에 대한 이유를 설명하고 있다는 걸 알 수 있습니다. 오히려 가독성은 높고, 내용도 잘 전달됩니다.

② 중심 문장 + 예시 문장

예문
한 시간이나 기다렸지만 골목집 라면은 여태 내가 먹어 본 것 중에 최고였다.

이 문장을 보면 대체 얼마나 맛이 있기에 라면 하나 먹으려고 한 시간을 기다린 건지, 대기 번호를 받아야 하는 집인지 호기심이 생깁니다. 육수가 남다른 걸까요, 해산물이 가득 들어간 라면일까요? 아니면 수타면으로 만든 생라면일까요? 만약 위의 문장을 글로 보지 않고 친구와 대화 중에 들었다면 말이 끝나기가 무섭게 질문을 던질 겁니다. "왜? 뭐가 다른데?", "맛이 어떤데?", "○○라면보다 맛있어?" 등 맛에 대한 구체적인 질문이 연이어지지요. 예문 뒤에 와야할 문장은 그래서 구체적인 예시 문장입니다.

중심 문장: 한 시간이나 기다렸지만 골목집 라면은 여태 내가 먹어 본 것 중에 최고였다.

예시 문장: 투박한 양은 냄비에 나온 라면은 면발을 한 입 물 때마다 입속에서 춤을 추었다. 씹을수록 쫄깃해서 수타면이 아닌가 하는 의심이 들었다. 연이어 들이마신 국물은 시중의 라면수프로는 도저히 흉내 낼 수 없는 맛이었다. 느끼하지 않고, 깊은 맛이 느껴지는 육수는 채수로 우려낸 듯했다. 진한 라면 국물에서 달고 시원함이 혀끝을 맴돌았다.

예시 문장을 읽고 나니 당장 이 라면집이 어딘지 가 보고 싶지 않으신가요? 중심 문장에 구체적인 예문을 덧붙일 경우 중심 문장은 짧을수록 좋습니다. "자, 이제 본격적으로 알려 드릴 테니 따라오세요" 하는 안내 문구 정도지요. 예시 문장들도 호흡을 맞추어 점층적으로 보여 준다면 문장이 모여 좀 더 리드미컬한 하나의 단락으로 재탄생합니다.

③ 중심 문장 + 근거 문장

이 유형은 주장하는 글이나 설득하는 글에서 자주 사용하는 단락 구성 방식입니다. 중심 문장(주장)을 뒷받침할 구체적인 근거를 들어 논리적으로 뒷받침함으로써 주장하는 문장에 힘을 실어 주는 방법입니다. 우리가 주장을 제시하거나 상대를 설득할 때 독자는 본능적으로 정말 그러한지, 왜 그러한지 의심을 품게 마련입니다. 글이 가독성을 가지려면 독자의 호기심을 충족시킬 수 있어야 합니다. 독자가 의심한 부분에 왜 그러한지 타당한 근거를 뒷받침 문장으로 제시해 줌으로써 글의 설득력도 높이고, 하나의 완성된 단락을 구성할 수 있습니다.

중심 문장: 무분별한 댓글 문화는 개선되어야 한다.

근거 문장: 자신을 드러내지 않고 타인을 비방하는 사이버 언어폭력은 2차, 3차 피해를 불러온다. 입증되지 않은 사실로 타인을 비방하고, 무책임한 언어폭력을 휘두르는 것은 민주시민의 자세가 아니다. 무책임하고 방관자적인 태도로 타인에게 막말을 가한다면 다음번에 그 피해자는 곧 우리 자신이 될 수도 있다.

5. 설명하는 문장과 단락 구성

(1) 설명하는 문장 쓰기

설명문은 글쓰기의 기본 형식입니다. 설명하는 글 자체가 목적이 되기도 하지만, 장르와 관계없이 어느 글이나 설명하는 문장이 등장합니다. 대상을 쉽게 설명하기 위해 자주 사용되는 문장 쓰기 방법에는 대표적으로 '정의', '예시', '비교와 대조', '분류와 구분', '분석', '인과'가 있습니다. 이 방법을 잘 숙지해서 공식처럼 글에 적용하면 독자의 이해를 돕는 설명문의 문장을 만들 수 있습니다. 각각의 사례를 들어 설명하는 방법을 소개해 드리겠습니다.

① 정의

대체로 '무엇은 무엇이다'의 형식을 취하며, 대상의 의미와 범위를 분명하게 밝혀 이해를 돕고자 할 때 주로 쓰입니다. 개념을 쉽고 명확하게 설명할 때 사용합니다.

예문

정전기란 전하가 정지 상태로 있어 그 분포가 시간적으로 변화하지 않는 전기나 그로 인해 발생하는 현상을 말한다.

② 예시

구체적인 예를 들어 설명할 때 주로 쓰이는 방법으로, 어려운 개념이나 대상을 설명할 때도 구체적인 예시를 들면 독자의 이해를 도울 수 있습니다.

마찰할 때 전자를 쉽게 잃는 물체가 있고, 전자를 쉽게 얻는 물체
가 있다. 예를 들면, 털옷과 같은 물체는 전자를 쉽게 잃고, 플라
스틱 종류는 전자를 쉽게 얻는 물체에 속한다.

③ 비교와 대조

둘 이상의 대상을 견주어 공통점과 차이점을 설명할 때 사용하
는 문장 쓰기 방법입니다. 대상의 공통점을 들어 설명할 때는 비교,
차이점을 이야기할 때는 대조의 방식을 사용합니다.

수압이 아무리 세도 수도꼭지를 잠가 놓으면 물이 안 나오는 것
처럼 전압이 아무리 세도 큰 저항을 걸어 두면 전류는 흐르지 않
는다.

④ 분류와 구분

여러 가지 대상을 기준에 따라 묶거나 나눌 때 주로 쓰이는 설명
방법으로 여기에는 반드시 '기준'이 존재합니다. 두 개 이상의 사례
를 하나의 기준으로 묶으면 '분류', 대상을 기준에 맞게 여러 갈래로
나누면 '구분'이라고 합니다.

물질은 전류가 통하는지 여부에 따라 '도체'와 '부도체'로 구분할

수 있다. 구리나 철과 같은 금속 성분은 전기를 잘 통하게 하는 물

질이므로 '도체'에 해당하고 고무, 종이, 나무처럼 전기가 잘 통하

지 않는 물질은 '부도체'라고 부른다.

⑤ 분석

연관이 있는 여러 부분으로 이루어진 하나의 대상을 설명할 때

주로 쓰입니다. 참고로 대상을 구성하는 요소를 기준 없이 나열하는

방법이 '분석'이라면, '구분'은 일정한 기준에 따라 요소들을 나열하

는 설명 방법입니다.

물질의 기본적인 구성단위인 원자는 원자핵과 전자로 이루어져

있다.

⑥ 인과

어떤 결과를 가져오는 원인, 또는 원인에 따른 결과를 설명할 때

주로 쓰입니다. 이때 '왜냐하면, ~ 때문이다'를 자주 사용하는데 가

능하면 이런 구문 없이 인과관계가 드러나도록 문장을 써 봅니다.

겨울철에 정전기가 더 많이 발생하는 이유는 정전기가 습도와 밀

접한 관련이 있기 때문이다. 공기 중의 수증기는 전기 친화성 물질이어서 습도가 높은 날에는 전기적 성질을 중화시키지만 건조한 날에는 공기 중에 흡수되지 못하고 모여 있다가 적절한 유도체를 만나 한꺼번에 방전된다.

(2) 단락 구성

중심 문장에 이유와 근거, 사례를 들어 문장을 연결하는 방식은 모든 단락 쓰기의 기본이 됩니다. 그 외에도 단락 쓰기에 자주 활용하는 방법은 종류를 나누어 설명하는 글쓰기 방법입니다. 중심 문장에서 앞으로 설명할 대상의 특성에 대해 종류를 나열하고, 세부 항목의 명칭과 구체적인 내용을 설명하는 방식입니다.

① 종류를 나누는 단락

설명하는 글은 독자의 이해를 돕는 것이 목적이므로 길을 안내하듯이 친절하게 설명하도록 합니다. 중심 문장을 중심으로 핵심 개념을 분류하거나 비교해서 설명하면 독자는 쉽게 내용을 이해할 수 있습니다.

예문

코로나 양성 여부를 판단하는 검사 방법은 신속항원검사와 PCR 유전자검사가 있다. 신속항원검사란 코로나 의심 대상자의 침이나 가래 등 비말 검체를 채취해 진단 키트를 통해 항원 반응을 확인하는 검사 방법으로 자가 키트를 통해 스스로 검사도 가능하고 가까운 병원에서 비교적 간단하고 빠르게 양성 여부를 확인할 수 있다.

PCR(Polymerase Chain Reaction)검사는 채취한 표적의 핵산을 중화효소로 증폭시켜 검출하는 유전자 연쇄반응 검사이다. PCR은 환자의 가검물에서 리보핵산(RNA)을 채취해 코로나 양성 환자의 비교군과 대조해 일정 비율 이상 일치하면 양성으로 판정하는 방법으로 신속항원검사에 비해 다소 시간이 소요되는 반면 정확한 결과를 예측할 수 있다.

② 번호를 매겨 항목을 설명하는 단락

전달하고자 하는 내용에 번호를 붙여 설명하면 글을 더 명확하고 구조적으로 만들 수 있습니다. 번호를 붙이는 단락은 글의 위치를 알려 주는 역할을 해서 독자는 길을 잃지 않고 이정표를 보는 느낌을 받습니다. 글의 전체적인 구조를 그리는 데도 도움이 되고, 앞으로의 내용을 예측하게 함으로써 전체적으로 글을 이해하는 데도 용이합니다. 단락이 길어지거나 항목이 많을 경우 마지막 단락에서 전체적인 내용을 정리해 주면 정리된 글의 인상을 줄 뿐 아니라 중요한 내용을 다시 상기시키는 학습 효과도 얻을 수 있습니다.

예문

국내 여행이 해외여행보다 좋은 이유는 세 가지가 있다. 저렴한 비용, 의사소통의 편리성, 안전한 여행이 대표적인 이유다.

첫째, 국내 여행에 들어가는 경비는 해외여행보다 상대적으로 저

렴하다. 일단 항공 비용이 들지 않고, 자가운전, 대중교통 등 다양
한 방법으로 이동이 가능하다. 음식과 쇼핑, 숙박 비용도 자신의
기호에 따라 비용 절감이 가능하다. 무엇보다 외국 여행에서 서비
스 비용으로 요구하는 팁을 지불하지 않기 때문에 추가적인 비용
이 들지 않는다.

둘째, 한국어로 소통하기 때문에 외국에서 겪는 의사소통의 불편
함이 없다. 해외여행의 경우 영어는 물론 때로는 현지 언어를 숙
지해야 하는 부담이 있는 반면 국내 여행은 어느 곳이나 한국어를
사용하므로 의사소통으로 인한 불편함이나 손해를 입지 않아도
된다.

셋째, 해외여행을 가게 되면 도난과 분실, 범죄 등 치안 문제로 어
려움을 겪는 경우가 많은데 우리나라는 어느 선진국보다 치안이
우수해 안전한 여행이 가능하다. 늦은 시간이나 오지 같은 외진
장소에 구애받지 않고 여성이라도 언제 어디든 자유롭게 여행할
수 있는 여건은 여행에 날개를 달아 주는 안전장치 역할을 한다.

③ 단계와 순서대로 안내하는 단락

설명하는 글의 목적에 따라 대상의 사용 방법이나 활용법을 안
내해야 할 경우가 있습니다. 이때는 단계와 순서에 따라 단락을
구성하되 마치 영상을 보듯이 구체적이고 쉽게 설명하도록 합니
다. 가전제품의 사용 설명서를 보듯이 가능하면 대상이 초보자라
고 가정하고 누구나 이해할 수 있도록 알기 쉽고 친절하게 설명합
니다.

핸드드립커피를 추출하는 방법은 의외로 간단하다. 기본 재료인 원두와 그라인더, 종이 필터와 서버, 드리퍼를 준비한 다음 순서에 따라 커피를 추출하면 된다. 먼저, 커피를 받을 서버에 드리퍼를 고정하고 드리퍼에 종이 필터를 넣어 기본 도구를 세팅한다. 커피를 받을 서버가 없다면 머그 컵을 이용해도 무방하다.

다음으로는 원두를 계량해서 1인분에 해당하는 양을 세팅해 둔 드리퍼에 넣는다. 보통 핸드드립커피 1인분은 물 150ml 기준 원두 15g(1스푼)에 해당하는데 그라인더가 있다면 원두콩을 갈아서 넣고, 그렇지 않다면 시판용 핸드드립 원두를 구매해서 사용한다. 맛있는 커피를 만들기 위해 정확한 물의 온도와 추출 시간은 필수다. 원두를 내릴 물은 온도계로 90도까지 맞추어 최적의 상태를 만들어 두고 물의 온도를 맞추었다면 주전자에 담긴 물을 드리퍼에 천천히 부어 주며 커피를 추출한다. 이때 추출 시간은 2분 30초에서 3분 30초가 가장 적당하다.

4장 글쓰기 다이어트

짧게 써라. 그러면 읽힐 것이다.
그림같이 써라. 그러면 기억 속에 머물 것이다.
조지프 퓰리처

로버트 레드포트 감독, 브래드 피트 주연의 영화 〈흐르는 강물처럼〉 초반부를 보면, 목사인 아버지가 아들에게 하는 글쓰기 교육 장면이 등장합니다. 어떻게 하면 글을 잘 쓸 수 있냐는 아들의 질문에 아버지는 아주 강하고 간결한 한마디를 남기고 사라집니다. "반으로 줄여라." 비슷한 글은 간결할수록 설득력과 신뢰도를 높입니다. 날카로운 단문은 머리가 아닌 가슴에 박힙니다. 문장의 길이와 설득력은 반비례한다고 봐도 무방합니다.

책을 읽을 때 누구나 시간 가는 줄 모르고 단숨에 읽었던 경험이 있을 겁니다. 막힘없이 한숨에 읽히는 책은 글이 매끄럽다는 의미이기도 합니다. 매끄러운 글의 기본은 단순하고 명료한 문장에 있으며 군더더기가 없다는 뜻입니다.

1. 반복된 단어 지우기

반복된 표현은 빼고 꼭 필요하다면 다른 단어로 대체해서 씁니다. 반복된 표현은 문장을 지루하게 하고 독자를 쉽게 지치게 합니다. 습관적으로 반복하는 '나', '저', '저기', '거기', '그것은', '것이다' 등 지시대명사나 불명확한 단어를 자주 사용하지 않는지 자신의 습관을 돌아봅니다. 평소 자주 사용하는 예문으로 다이어트를 시작해 보겠습니다.

> **예문 1**
>
> 나는 매일 아침 7시에 일어나 아침밥을 먹고 하루도 빠짐없이 신문을 읽는다.

그냥 봐서는 잘못된 문장 같지 않습니다. 그렇다고 잘 쓴 문장도 아니지요. 이 문장에는 글쓴이의 습관이 배어 있습니다. 먼저 '나'를 빼고 반복되는 '아침'이라는 표현도 지워 봅니다. '하루도 빠짐없이'는 '매일'과 같은 의미이므로 중복된 표현을 빼 보겠습니다.

> → 매일 아침 7시에 일어나 밥을 먹고 신문을 읽는다.

> **예문 2**
>
> 시간을 헛되이 소비하게끔 된다는 것이다.

의미는 알겠는데 부담스러운 문장입니다. 문장에서 지나친 수식어나 불필요한 요소를 줄여 봅니다. 핵심 기능을 하는 근육과 뼈를 남기고 지방들은 걷어 내는 거지요. 글자 수가 줄어들면 문장 속에 깊이 숨어 있던 몸매가 드러납니다.

→ 시간을 허비하게 된다. / 시간을 허비하게 된다는 것이다.

예문 3

브랜드 제품과 노브랜드 제품의 가격이 비슷하고 질적으로 차이가 없다면 가급적 노브랜드 제품을 애용하는 것이 옳다고 생각한다.

이런 문장은 자기주장이 강해질 시기에 있는 청소년의 글에서 자주 볼 수 있는 표현입니다. 자기주장을 피력하는 글에서 굳이 자신의 의견을 강조하는 '생각한다' 같은 표현을 쓸 이유는 없습니다. 명료하고 간결한 단어들로 문장을 고쳐 보겠습니다.

→ 가격이 비슷하고 질적으로 차이가 없다면 가급적 노브랜드 제품을 애용하자.

예문 4

우선 시범적으로 샘플을 만들어 테스트를 진행하고 시범 과정에서 나타난 문제점을 분석해 회사 전체로 확대해 나가는 것이 가장 바람직하다.

이 문장은 글이라기보다 '말'에 가까운 문장입니다. 지나치게 친절한 문장으로 이루어져 있기 때문입니다. 글은 독자로 하여금 적당한 궁금증과 호기심을 불러일으킬 수 있어야 합니다. '시범'이라는 반복된 단어를 빼고 '테스트'와 같이 중복된 어휘도 대체할 수 있는 표현을 찾아보겠습니다.

→ 우선 샘플 테스트를 진행해 보고 회사 전체에 적용 가능한지 여부를 고려할 수 있다.

예문 5

이 가방은 다른 것보다 세 배나 비싼 가방이다.

짧은 문장 안에서 '가방'이 반복해서 쓰이고 있습니다. 뒤의 '가방'을 없애고 '비싼'을 '비싸다'로 바꾸면 훨씬 간결한 문장이 됩니다.

→ 이 가방은 다른 것보다 세 배나 비싸다.

예문 6

아직은 손님이 많지 않지만 고객 문의 전화가 많아지고 찾아오는 고객도 조금씩 많아지고 있어 영업 전망이 밝다.

직장이나 사회인의 글쓰기에 자주 등장하는 오류입니다. '고객이 많지 않다'와 '많아지고 있다'라는 말이 문장 안에서 세 번이나 반복

됐습니다. 비슷한 단어가 자주 등장하면 독자는 지루함을 느낍니다. 중복된 단어는 과감히 삭제하고 유사한 표현은 좀 더 참신하게 바꾸는 노력을 한다면 '돈 되는 문장'이 됩니다.

→ 아직은 손님이 많지 않지만 갈수록 문의 전화와 방문객이 늘고 있어 전망이 밝다.

예문 7

그는 점심으로 자장면을 먹었다. 저녁에는 김치찌개를 먹었다. 야식으로 족발을 먹었다.

이번에는 문장을 짧게 끊어 쓰느라 같은 동사를 반복하여 지루함을 주는 사례입니다. '먹었다'가 모두 같은 의미로 세 번 등장하고 있는데요, 반복된 동사를 지우고 차례로 나열하면 깔끔하게 합칠 수 있습니다.

→ 그는 점심에는 자장면, 저녁은 김치찌개, 야식으로 족발을 먹었다.

2. 중복된 의미는 하나로 합치기

좋은 말도 반복하면 흉이 됩니다. 좋고 나쁨이 분명한 사안에 우리는 감정이 고조되어 강조하고 싶은 마음이 앞서게 됩니다. 이때 두 번 세 번 말하면 더 좋다고 생각하는 무의식이 발동해 반복적 의미를 사용하거나 같은 의미의 단어를 여러 차례 나열하게 됩니다. 한자어와 순우리말이 결합하면서 중의적인 뜻을 간과하는 경우도 자주 등장합니다. 반복된 의미는 단어가 다를 경우 유심히 보지 않으면 잘 보이지 않습니다. 습관처럼 사용하기 때문입니다.

예문 1

많은 외국인의 방문이 끊이지 않았다.

'많은'과 '끊이지 않았다'는 큰 연관이 없어 보이지만 사실 중첩된 의미입니다. '많은'을 빼도 끊임없는 방문은 '자주', '여러 번', '많이'의 의미가 됩니다.

→ 외국인의 방문이 끊이지 않았다.

예문 2

우선 개별 팀부터 먼저 살펴봐야 한다.

글에서 자주 발견할 수 있는 오류입니다. '우선'과 '먼저'는 같은 뜻입니다.

→ 우선 개별 팀부터 살펴봐야 한다.

간단히 요약하자면, 김○○의 행동은 한 회사의 대표로서 부적절
했다는 뜻이다.

얼핏 보면 중복된 표현이나 반복된 단어가 눈에 띄지 않습니다.
그 정도로 익숙한 비문이라는 말이기도 합니다. '요약'은 '간단히 하
는 것'을 말합니다. '간단히'를 빼고 '요약하자면 ~'으로 바로 씁니다.

→ 요약하자면, 김○○의 행동은 한 회사의 대표로서 부적절했다
   는 뜻이다.

예문 4

예상치 못한 갑작스런 행동으로 학생들은 당황했다.

'예상치 못한'이 곧 '갑작스러움'입니다. 우리가 말로 할 때는 습
관적으로 무엇이 문제인지 인지하기가 어렵습니다. 그러나 글에서
는 반복되어 지루한 느낌을 줍니다.

→ 갑작스런 행동으로 학생들은 당황했다.

예문 5

어쩔 수 없이 불가피한 일이다,

'불가피하다'라는 말을 할 때면 꼭 습관처럼 '어쩔 수 없다'가 따라오는 경험이 있을 겁니다. '불가피한'의 뜻이 바로 '어쩔 수 없다'입니다. 둘 중 하나만 쓰도록 합니다.

➜ 어쩔 수 없는 일이다. / 불가피한 일이다.

예문 6

나의 여자 친구는 세상의 다른 어느 누구보다 아름다워 보인다.

'다른 어느'라는 말은 곧 '누구'와 같은 의미입니다. 여자 친구가 엄청 예쁜지 자랑하고 싶었나 봅니다.

➜ 나의 여자 친구는 세상 누구보다 아름다워 보인다.

예문 7

그때 당시, 약 한 시간 정도 전 직원이 모두 힘을 합쳐 노력했다.

이번에는 한 문장 안에 우리가 자주 범하는 실수를 모아 보았습니다. 먼저 '그때'와 '당시'는 같은 의미이므로 둘 중 하나만 사용합니다. '약'과 '정도'도 같은 뜻이며, '전(全)'과 '모두' 역시 같은 의미입니다. 중복된 의미를 빼면 문장이 간결해집니다.

➜ 당시 한 시간 정도 직원 모두가 힘을 합쳐 노력했다.

예문 8

그 학생은 머리가 워낙 월등히 다른 아이들보다 뛰어나기 때문에 금방 문제를 풀었다.

의미를 강조하기 위해 '아주', '상당히', '많은' 등의 수식어를 과도하게 갖다 붙이는 경우가 있습니다. 이렇게 되면 문장이 늘어지고 한 호흡에 읽기가 어렵습니다. 말로 전달할 때는 장황한 수식이 청중을 환기하는 데 도움이 될 수도 있지만 글은 한 단어라도 지루하거나 눈에 거슬리면 감흥이 떨어지게 됩니다. 결국 위 문장의 핵심은 머리 좋은 학생이 문제를 빨리 풀었다는 사실이니 사실을 중심으로 간결한 문장으로 고쳐 보겠습니다.

➡ 그 학생은 머리가 남보다 뛰어나 금방 문제를 풀었다.

예문 9

우크라이나 전쟁으로 기름값이 매우 심하게 요동치고 있는 상황에서는, 정책적으로 세금 감면이 절실하다.

2022년 러시아의 우크라이나 침공이 장기화되면서 뉴스에서 위와 같은 기사를 자주 접하게 됐습니다. 언뜻 보면 맞는 말 같기도 하고, 리포터나 아나운서 같은 전문직 종사자가 말하면 비문도 바른 문장처럼 들립니다. '매우 심하게'는 중복된 표현이며 '요동치고 있는'은 강조된 표현이므로 아래와 같이 고쳐 씁니다.

→ 우크라이나 전쟁으로 기름값이 요동치는 상황에선, 정책적으로 세금 감면이 절실하다.

참고로 습관적으로 자주 쓰는 '군살' 같은 표현을 모아 봤습니다. 문장 다이어트에 참고하시기 바랍니다.

다이어트가 필요한 군더더기 표현들
너무 심하다 → 심하다
좀 더 → 더
매주 일요일마다 → 일요일마다
각 사안별로 → 사안별로
거의 대부분이 → 대부분
계속 꾸준히 → 꾸준히
3월달엔 → 3월엔
동해바다에 → 동해에
과반수 이상이 → 반 이상이, 과반수가
지난해 연말 → 지난 연말
득점을 올리다 → 득점하다, 점수를 올리다
평일 날 → 평일
비수기 때 → 비수기에
그 이전에 → 전에
뜨거운 열기 → 열기
주요 골자 → 골자

푸른 창공 → 창공

담당하는 역할 → 담당, 역할

3. 군살 빼기 – 조사, 접속사, 동사

(1) 조사의 반복

사실 조사는 문장에서 감칠맛을 더해 주는 조미료 역할을 합니다. 명사와 동사를 더 맛있게 해 주는 소금과 같은 존재지요. 하지만 모든 양념이 그러하듯 지나치면 안 한 것만 못합니다. '의' 같은 조사를 잘 활용하면 문장의 길이를 줄이기 쉽습니다. 그러나 단어를 연결하거나 말 줄임 때문에 '의'를 중복해서 사용한다면 조사가 반복되어 문장이 복잡해 보일 수 있습니다.

예문 1

조선의 근대화 정책의 정당성을 보여 주는 사례다.

반복된 '의'의 사용으로 짧은 문장인데도 어색한 느낌을 줍니다. 문맥상 앞의 '의'를 삭제하고 문장구조가 명확하게 드러나도록 합니다.

→ 조선 근대화 정책의 정당성을 보여 주는 사례다.

예문 2

철수는 공부를 하고, 영희는 피아노를 친다.

'를'이 두 번 반복되었습니다. 이런 경우 앞의 조사를 생략하고 뒤에만 남겨 둡니다.

→ 철수는 공부하고 영희는 피아노를 친다.

예문 3

안건을 수용하는 것은 우리의 최소한의 요구였다.

주어가 길어 '안건 수용은'으로 바꿉니다. 뒤에 '최소한의'에서는 '한의'를 뺍니다.

→ 안건 수용은 우리의 최소 요구였다.

예문 4

리더의 자리에 있는 사람들의 솔선수범이 공무원 조직엔 필요하다.

'자리에 있는 사람들'은 특별한 의미가 없이 쓰인 군더더기입니다. 구 전체를 들어내면 더 간결한 문장이 나타납니다.

→ 리더의 솔선수범이 공무원 조직엔 필요하다.

(2) 접속사는 '낄끼빠빠'

앞서 접속사의 '낄끼빠빠(낄 때 끼고 빠질 때 빠지기)' 원칙을 소개해 드렸는데요, 그만큼 접속사는 최소한으로, 그 의미를 살릴 수 있을 때만 사용합니다. 물론 글쓰기 전문가가 아닌 이상 접속사 없이 모든 문장을 부드럽게 연결할 수는 없습니다. 전문 작가도 자신의 문장에서 습관처럼 반복되는 접속사를 찾아내기란 생각보다 어려운 일입니다. 그러니 부끄러워하지 마시고 자신의 글을 시간과 장소를 달리해서 여러 번 읽어 보세요. 한번은 문장의 길이에 초점을 맞추고, 낮에는 접속사를 뺄 수 있는 문장은 없는지, 밤에는 중복된 단어는 없는지 찾아보는 겁니다. 자신의 글을 다른 각도에서 읽을 수 있을 때 퇴고에 가까워집니다.

예문 1

늦잠을 잤다. 그래서 학교에 지각했다. 그러나 다행히 선생님께는 혼나지 않았다.

그냥 보더라도 글이 아닌 랩의 한 소절 같습니다. 빼면 왠지 어색해서일까요, 습관적인 접속사가 자주 등장합니다. 접속사를 빼도 말이 되고 앞의 두 문장을 연결하면 더 자연스럽습니다.

➜ 늦잠을 자서 학교에 지각했다. 다행히 선생님께 혼나지 않았다.

수업을 마치고 남자 친구를 만났다. 하지만 남자 친구가 내가 가
장 좋아하는 스파게티를 사 주는 게 아닌가. 그런데 먹을 수가 없
었다.

이번에는 접속사가 많은 것도 모자라 적합하지 않은 단어를 쓴
경우입니다. '하지만'보다는 '그런데'가 낫고, 아예 없어도 됩니다.

→ 수업을 마치고 남자 친구를 만났는데, 가장 좋아하는 스파게
티를 사 주는 게 아닌가. (그런데) 먹을 수가 없었다.

나는 집으로 갔다. 그런데 엄마가 없었다. 그래서 나는 밥을 먹으
러 친구 집에 갔다.

여기서 접속사를 생략하면 단순한 세 문장이 나옵니다.

→ 나는 집으로 갔다. 엄마가 없었다. 나는 밥을 먹으러 친구 집
에 갔다.

첫 문장에서 두 번째 문장으로 가는 과정은 괜찮지만 두 번째 문
장에서 세 번째 문장으로 가는 대목은 조금 어색합니다. 단순히 접
속사를 빼는 게 정답은 아닐 수도 있다는 이야기지요. 접속사를 빼

고도 매끄러운 문장을 쓰려면 뒤 문장을 고쳐야 합니다.

→ 나는 집으로 갔다. 엄마가 없었다. 밥은 먹어야 했기 때문에
   친구 집으로 갔다.

접속사를 쓰지 않으려면 뒤에 오는 문장의 구조에 신경을 써야
합니다. 꼭 '빼야 한다'에 치중하기보다 글을 매끄럽게 쓰는 게 우선
입니다. 접속사를 빼고 뒤 문장을 고치는 연습을 해 봅니다.

(3) 동사는 강조하지 않기

흔히 움직임을 담은 동사를 여러 개 붙여 쓰면 강조가 될 거라는
착각을 합니다. 의미 없는 동사의 강조 표현이지요. 이런 표현은 서
술어뿐 아니라 관형구에서도 자주 등장합니다. '~해 버린다', '~해
나간다', '~하기 시작한다'와 같이 두 가지 동사를 이어 쓰는 경우입
니다. 당연히 중심 동사만 쓰고 나머지는 빼야 하는 표현입니다.

예문 1

네가 가르친다고 해서, 학생들이 달라지지는 않는다.

얼핏 봐서는 잘 모르겠지만 '해서'라는 용언이 의미 없이 사용된
문장입니다. 빼도 의미에는 전혀 지장이 없습니다.

→ 네가 가르친다고 학생들이 달라지지는 않는다.

그는 모니터의 지난달 실적을 지워 버렸다.

'~버렸다'와 같은 보조용언은 구어체나 주관적 글쓰기에서 자주 등장하는 표현입니다. 일반적으로 어떤 행동이 끝났거나, 결과를 강조하고 싶을 때, 또는 화자의 아쉬운 감정을 드러낼 때 사용하지요. 그러나 문맥상 보조용언이 필요하지 않을 때는 본용언만 사용하고 보조용언은 필요에 따라 적절하게 사용하도록 합니다. 문장을 쓸 때 구어체와 문어체를 구분해서 쓰고 의미 없는 용언은 과감하게 버리도록 합니다.

→ 그는 모니터의 지난달 실적을 지웠다. (또는 삭제했다)

예문 3

그는 새로운 취미를 가지려고 시도해 보았으나 잘 적응하지 못했다.

'버렸다' 못지않게 자주 등장하는 '보았다' 역시 생략해야 할 표현입니다.

→ 그는 새로운 취미를 가지려고 시도했으나 잘 풀리지 않았다.

예문 4

지난달부터 코로나 사망률이 감소하기 시작했다.

'시작했다'도 마찬가지로 의미 없이 등장하는 경우가 많습니다. 맥락에 큰 지장을 주지 않을뿐더러 줄였을 때 생기는 득이 더 큽니다.

→ 지난달부터 코로나 사망률이 감소했다.

그 밖에도 의존명사 '것', 접미사 '-들'/'-적'이나 '그것', '저것' 등 지시대명사도 문장 안에서 자주 등장하는 군살입니다. 가능하면 단문으로 명료하게 쓰고, 구어체 형식의 습관이 반복되고 있지 않은지 살펴보고 과감하게 지웁니다. 문장도 다이어트하면 훨씬 예뻐집니다.

사회적 문제, 정치적 현상 → 사회문제, 정치 현상

5장 퇴고(推敲), 밀고 두드리기

위대한 글쓰기는 존재하지 않는다.
오직 위대한 고쳐쓰기만 존재할 뿐이다.
E. B. 화이트

1. 문장의 완성은 잘 다듬는 데 있다

'퇴고推敲'가 무슨 뜻인지 모르는 사람은 없습니다. 퇴고란 글을 쓴 뒤에 문장을 바르게 가다듬는 작업인데요, 말의 어원을 알면 좀 더 다른 시각에서 자신의 문장을 점검할 수 있습니다.

'퇴고推敲'는 '밀다 퇴推'와 '두드리다 고敲'가 합쳐진 단어입니다. 퇴고의 어원은 1500년 전 당나라에서 비롯되었습니다. 당나라의 유명한 시인인 한유(768~824)가 장안의 경조윤이라는 벼슬을 지낼 때 가마를 타고 거리를 지나고 있었습니다. 일반 백성들은 고개를 숙여 한쪽으로 길을 비켜서는데 가도(779~843)라는 문인은 장안 거리를 걸으며 시 짓기에 골몰한 나머지 한유의 가마를 가로막고 서 있었다고 합니다. 그때 가도가 고민하던 시는 다음과 같습니다.

閑居隣竝少 한거린병소
草徑入荒園 초경입황원
鳥宿池邊樹 조숙지변수
僧敲月下門 승고월하문

한가로이 머무는데 이웃도 없으니
풀숲 오솔길은 적막한 정원으로 드는구나
새는 연못가 나무 위에서 잠들고
스님은 달 아래 문을 두드리네

가도는 시의 마지막 행에서 '스님은 달 아래 문을 두드리네(敲)'
가 더 나을지 '문을 미네(推)'가 더 적합한 표현일지 두 단어 사이에
서 계속 고민했습니다. 그러던 중 갑자기 큰 소리가 들려왔습니다.
"길을 비켜라! 경조윤께서 나가신다." 깜짝 놀란 가도가 고개를 들
어 바라보니 유명한 시인 한유가 자신의 눈앞에 있는 게 아니겠습니
까? 한유의 수행원들은 길을 가로막은 가도를 붙잡아 한유 앞에 세
웠습니다. 한유는 가도가 시를 고민하느라 무아지경에 빠져 그만 경
조윤의 행차를 가로막게 되었다는 자초지종을 듣고 그를 벌하지 않
았습니다. 되레 "내 생각에는 '두드리네(敲)'가 좋을 듯하군" 하며 가
도를 불러 함께 시에 대해 이야기했다고 합니다. 이후 두 사람이 친
구가 된 것은 물론이지요. 이때부터 문장이나 글을 가다듬는 것을
퇴고推敲라고 부르게 되었습니다.
어떻습니까? 이전에는 퇴고를 맞춤법 검사나 오탈자 수정 정도

라고 생각하지 않으셨나요? 글쓰기를 직업으로 하는 작가들은 한결같이 '쓰기'보다 '쓰지 않기'가 더 어렵다고 말합니다. 그만큼 완성도 높은 글을 쓰려면 문장을 다방면에서 검증하고, 또 다듬어야 합니다. 가벼운 대화나 직장 업무에서도 대부분 SNS를 통해 소통하는 요즘에는 단어가 나의 의도와는 다르게 전달되는 경우가 많습니다. 그만큼 올바른 단어를 선택해서 글을 고치고 다듬는 것이 중요합니다.

(1) 내 글과 '밀당하기'

현장에서 퇴고推敲 잘하는 팁을 드릴 때 나와 상대의 줄다리기를 활용한 '밀당 법칙'을 알려 드립니다. 밀당 법칙의 첫 번째는 독자의 시점에서 문장을 바라보는 방법입니다. 글을 쓸 때 우리는 나도 모르게 내 문장과 논리에 심취합니다. 때로는 글이 경로를 이탈해 이 산 저 산을 헤매기도 합니다. 예를 들어 직장인의 글은 '고객'이라는 명확한 대상을 자신이 의도하는 바대로 '설득'하는 것이 목적입니다. 직장인의 밀당 대상은 고객이지요. 그렇다면 고객의 관점에서 문장이 올바른지 바라보아야 합니다.

두 번째 밀당 법칙은 제3자의 시각, 이왕이면 내 글의 의사 결정권자의 입장에서 문장을 읽는 방법입니다. 작가에게는 출판사가 글의 결정권자가 되겠고, 직장인에게는 상사나 최고 의사 결정권자가, 수험생이나 면접자에게는 채점자와 면접관이 여기에 해당합니다. 제3자의 시각에서 본다는 것은 나와 독자를 떠나 누구에게나 '타당한 문장'인가를 검증하는 것입니다. 문장에 현실적으로 모순이 있거나 과학적 오류는 없는지, 윤리적으로 문제가 되지는 않는지를 검토해 봅니다.

끝으로 자신이 쓴 문장을 공간과 시간을 바꾸어 읽어 봅니다. 저녁에 쓴 문장은 감성적인 경우가 많고, 답답한 환경에서 작업한 글은 문장도 숨이 막히거나 유연하지 못합니다. 밤에 쓴 글은 되도록 아침에, 사무실에서 작업한 글은 카페나 야외 같은 새로운 환경에서 다시 읽어 봅니다. 내 문장을 낯선 환경에 던져 보는 경험을 반복하다 보면 언젠가 내 글도 '가도'와 '한유'의 경지에 오르게 될 겁니다.

(2) 글을 고치는 단계

글을 고쳐 쓴다는 것은 문장의 어색한 표현이나 맞춤법을 교정하는 것만을 의미하지 않습니다. 세부적인 교정도 중요하지만 전반적인 글의 구조와 구성을 바로잡고 과감하게 삭제하거나 추가하는 고쳐쓰기가 더 중요합니다. 완성된 글이란 자신이 전하고자 하는 생각을 쉽고 구체적으로 표현한 글입니다.

글을 퇴고할 때는 미시적인 부분에서 오탈자를 검토하는 데서 출발하기보다 아래 순서처럼 거시적으로 글의 전개와 틀을 점검하고 작은 실수들을 교정하도록 합니다.

- 전개가 매끄럽고, 잘 읽히는가?
- 서론에서 독자의 관심을 끌 수 있는 다른 방법은 없는가?
- 내 주장을 뒷받침할 더 좋은 근거나 예시, 논증 방법은 없는가?
- 단락을 쪼개거나 붙여야 하지 않는가?
- 문장을 더 간결하고 쉽게 표현하려면 어떻게 고쳐야 하는가?

- 이 문구보다 더 좋은 단어는 없는가?
- 문법적인 오류나 오탈자는 없는가?

2. 문법에 맞게 문장 다듬기

문장을 쓸 때는 기본적인 문법을 지키는 것이 중요합니다. 가장 먼저 주어와 서술어가 호응하도록 배열하고 관형사나 부사처럼 꾸미는 말은 각각 꾸밈을 받는 단어 앞에 두어야 합니다. 영어는 우리말과 달리 역으로 단어를 되감아 가면서 뜻을 풀어내는 언어입니다. 그러다 보니 세 줄 넘게 주어를 수식하는 절이 등장하기도 하고, 서술어를 다시 찾으려면 뒤에서 다시 앞으로 돌아가야 합니다. 반면 한국어 문장은 왼쪽에서 오른쪽으로, 과거에서 현재로 죽 이어지듯이 풀어내는 순차적 방식으로 의미를 만들어 갑니다.

예문 1

음식은 자기에게 맞는 조리법과 개성을 담아 자기만의 방식으로 만드는 게 가장 맛있는 것이다.

→ 자기에게 맞는 조리법과 개성으로 만들 때 음식은 가장 맛있다.

첫 번째 문장은 관형절로 주어를 수식한 영어식 문장입니다. '음식은 가장 맛있다'라는 문장과 '자기에게 맞는 조리법과 개성을 담아 자기만의 방식으로 만드는 것이다'라는 두 가지 문장을 합쳐 주어를 길게 늘여 쓴 형식이지요. 문장을 자세히 보면, 가장 맛있는 음식이 무엇인지 이에 대한 답을 쓴 문장인데, 비대한 영어식 주어보다는 자연스러운 구조의 두 번째 문장이 더 간결함을 알 수 있습니다.

예문 2

초등학교 6학년 수학 문제를 풀 수 있는 성인이 놀랍게도 우리 나라에 10퍼센트밖에 없다.

→ 우리나라 성인 가운데 초등학교 6학년 수준의 수학 문제를 풀 수 있는 일반인은 놀랍게도 10퍼센트밖에 안 된다.

그냥 봐서는 첫 문장이 비문 같지 않습니다. 왼쪽에서 오른쪽으로 풀어나가고 있지요. 하지만 문제는 백분율에 있습니다. 일반적으로 백분율이 나오면 '백'에 해당하는 집단이 명시되어야 합니다. 그러나 첫 문장에는 그 '백'의 대상이 분명하지 않습니다. 두 번째 문장처럼 '성인(일반인)'을 넣어 줍니다.

영어에는 있지만 국어에는 없습니다

언제부터 우리나라가 우리말도 배우기 전에 영어부터 공부하는 외국어 선진국이 됐는지 모르겠습니다. 너무 이른 영어교육 때문인지, 언어 사대주의의 영향인지 우리말에 지나친 영어 표현과 번역체가 난무하는 현실이 안타깝습니다. 그중 가장 흔한 실수가 사동형과 피동형 문장입니다. 시중에 '설레임'이라는 아이스크림을 볼 때마다 얼마나 많은 사람이 '설레다'를 당하거나 시킬 수 있다고 오인할지, 제조사에 연락하고 싶은 마음이 굴뚝같습니다. '설레다'는 '마음이 가라앉지 않고 들뜨고 두근거리다'라는 뜻의 동사입니다. 그러니 '설레어', '설레니', '설레는', '설렜다'로 활용할 수 있을 뿐 '설레여', '설레이니', '설레이는', '설레인', '설레였다'처럼 접사 '-이-'를 붙여 활용할 수 없습니다. 굳이 만들자면 '설렘'이 맞는 표현이겠지요. '배이다', '개이다', '살아지다'처럼 당하는 말로 쓰는 사례들 모두 틀린 표현입니다. 아래 예문을 보고 어색함이 없는지 살펴보겠습니다.

예문

1) 몸에 담배 냄새가 다 배였다.

2) 남편을 잃고 막막했는데 그런대로 살아지더라고요.

3) 오전 내내 비가 오더니 어느새 하늘이 활짝 개여서 맑아졌다.

4) 첫사랑을 다시 볼 생각에 마음이 설레여 잠을 이루지 못했다.

언뜻 보기엔 어색함이 없어 보이지만 모두 사동과 피동을 쓸 수 없는 동사입니다. 퇴고 없이도 바른 문장을 쓸 수 있다면 좋겠지만 무의식중에 혼용해서 사용하던 영어식 표현은 반드시 글 마지막에 점검하는 습관을 가집시다.

→ 1) 몸에 담배 냄새가 다 뱄다.

2) 남편을 잃고 막막했는데 그런대로 살게 되더라고요.

3) 오전 내내 비가 오더니 어느새 하늘이 활짝 개어 맑아졌다.

4) 첫사랑을 다시 볼 생각에 마음이 설레 잠을 이루지 못했다.

5) 어린 시절 상처가 지금까지도 잊혀지지 않는다.

6) 담당자의 재고가 요구되어진다.

7) 그녀의 이름이 불려질 때마다 불안한 마음을 감출 수 없었다.

8) 연말연시가 되면 서울역에는 평소보다 노숙자가 많이 모아진다.

우리말에서 동사의 당하는 말은 기본형 어간에 접사 '이, 히, 리, 기'를 붙여서 만들고 '(아/어)지다'를 붙여서 만들기도 합니다. 그러나 '이, 히, 리, 기'에 다시 '(아/어)지다'를 붙이면 두 번 당하는 격으로 번역 문장에서 자주 등장하는 사례입니다. 수동태의 두 번 강조형 격인데 당연히 우리말에는 없는 문법이지요. 퇴고할 때는 주어와 서술어의 호응 관계에 특히 주목해서 우리말에 어긋나는 문장을 바르게 다듬도록 합니다.

→ 5) 어린 시절 상처가 지금까지도 잊히지 않는다.

6) 담당자의 재고를 요구한다./재고가 요구된다.

7) 그녀의 이름이 불릴 때마다 불안한 마음을 감출 수 없었다.

8) 연말연시가 되면 서울역에는 평소보다 노숙자들이 많이 모인다.

3. 셀프 체크리스트

감정적 표현이나 수식어가 많지 않은가?

지나치게 감정적인 글은 설득력을 잃고 상대의 반감을 키운다. 글의 종류와 상관없이 과한 표현을 사용하거나 관형어를 남발하지 않도록 하자.

동문서답하고 있지 않은가?

주장이나 핵심을 벗어난 내용을 전개하고 있지 않은지, 누구나 아는 뻔한 이야기로 지면을 낭비하고 있지 않은지, 빼고 읽어도 괜찮으면 과감히 지우자.

반복된 표현, 단어와 조사를 남발하고 있는가?

같은 단어나 단조로운 어휘는 글의 흥미를 떨어뜨린다. 특히 의존명사 '것'은 쓰지 않도록 한다. '의', '에', '으로' 등 조사를 과감히 덜어 내고, 단순한 문장으로 쪼개자.

글의 몸매, S라인을 잘 지켜 주었는가?

비문학 글은 모두 서론-본론-결론의 구조를 갖추고 있으므로 글의 분량은 1:2:1의 S라인을 유지하도록 한다. 내용만 대입하면 언제든 황금 비율의 글을 쓸 수 있게 자신만의 형식을 정해 두자.

글의 얼굴(제목과 첫 문장)이 독자에게 핵심을 전달하기에 충분한가?

제목과 첫 문장은 글의 첫인상이자 전체 글의 '예고편'이다. 영화도 예고편이 지루하면 관객이 흥미를 잃듯이 매력 없는 글의 얼굴은 독자를 끝까지 붙들 힘이 없다. 흥미를 끌기 위해 비유나 사례, 명언 등 참신한 표현을 활용하자.

숫자를 적절히 사용했는가?

숫자는 한 단락에 2회 이상 쓰지 않는다. 적절한 숫자는 주장의 타당성을 높이고 근거의 신뢰도에 좋은 영향을 끼친다. 다만 지나친 숫자의 남발은 잘난 척하는 느낌을 주고 글이 아닌 업무용 보고서로 보이는 맹점이 있다. 숫자는 최소한의 범위에서 활용하자.

주제가 고정관념을 답습하고 있지 않은가?

참신하고 솔직한 글은 신선한 느낌을 주지만 반복적 소재나 뻔한 결론은 독자에게 기시감旣視感을 준다. 개성 있는 나의 주장을 다양한 사례와 근거들로 탄탄하게 뒷받침하고 있는지 점검하자.

어디선가 본 듯한 문장은 아닌가?

누구나 할 수 있는 이야기나 표현으로는 독자를 설득하기 어렵고, 좋은 평가를 받을 수 없다. 평범한 메시지를 과한 표현으로 꾸미기보다 일상의 주제라도 깊은 통찰을 거쳐 독창적으로 풀어내는 것이 좋다.

상대방의 반론까지 잠재웠는가?

논리적으로 잘 쓴 글이란 나와 다른 관점을 가진 상대의 반론까지도 미리 짐작하고 이를 해소하거나 재반박할 수 있는 근거까지 포섭한 글이다. 일방적인 나의 주장만을 담고 있지는 않은지 살피며 다양한 의견과 정보를 바탕으로 반론을 고려해 쓴 글이라면 비교적 단단한 글이다.

일기나 SNS 글처럼 느껴지지 않는가?

작문은 개인적인 경험에서 출발해 사회적 통찰과 메시지를 담아내야 한다. 자유글이라도 현상에 대한 깊은 성찰과 통찰이 전해질 때 글은 일기에서 작품作品으로 탈바꿈한다.

제목이나 제시어를 가리고 읽어도 글의 주제를 찾을 수 있는가?

자신은 글의 주제와 제재를 알고 쓰기 때문에 당연히 독자도 글의 주제를 알 것이라고 착각하기 쉽다. 시간이 지나 자신의 글 제목과 제시어를 가리고도 주제를 소화해 내는지 객관적으로 볼 수 있어야 한다.

2

글쓰기 실전

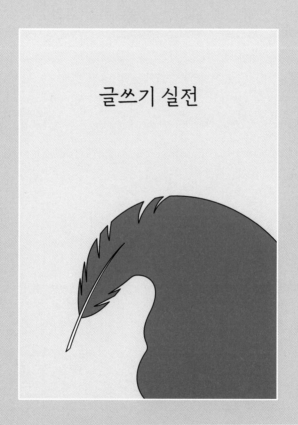

6장 감상문과 서평

———

백 번 읽는 것보다 한 번 쓰는 것이 낫다.

우리나라 글쓰기 교육은 초중고를 거쳐 대학까지 이어집니다. 기간으로 보면 12년 이상 문학, 논술, 에세이 등 다양한 분야의 작문 수업을 받는데요, 이상하게도 성인이 되면 자유글 한 편, 공문서 한 장을 쓰기가 어렵습니다.

안타깝게도 현재 우리나라 교육이 입시 위주로 이루어지다 보니 글쓰기마저 자기소개서나 입시 논술 중심의 '입시형' 암기 수업으로 구성되는 게 현실입니다. 사실 저는 대학에서 국문학이나 문예 창작을 전공하지 않았습니다. 커뮤니케이션학을 전공한 사회 과학도입니다. 그런데 지금은 누구보다 많이 읽고 많이 쓰는 직업에 종사하고 있습니다. 별도의 글쓰기 교육을 받은 적이 없는데도 말이지요.

수학에는 '정석'이 있을지 모르지만 글쓰기에 정석은 없습니다. 다른 사람의 글을 많이 읽고 모사模寫하며 자신의 이야기를 솔직하게 적어 보면서 차곡차곡 경험을 쌓아 가면 됩니다. 비문학 전공자인 제가 여러분에게 글쓰기 방법을 소개할 수 있는 이유는 지난 20년간 기자로, 마케터로, 글쓰기 강사로 일하는 동안 하루도 빠짐없이 문장을 읽고 써 왔기 때문입니다. 그래서입니다. 글쓰기에는 특별한 경력도, 학력도 필요하지 않습니다. 여러분의 삶 자체가 소재의 창고입니다. 다만 부지런히 펜을 드는 연습은 선택이 아니라 필수입니다.

1. 감상문과 서평은 뭐가 다른가요

글쓰기 현장에서 수강생들이 감상문과 서평을 혼동하는 경우를 자주 목격합니다. 학생들은 물론이고 성인들도 '감상문과 서평이 같은 거 아니냐'는 반응을 보입니다. 이번 단원에서는 감상문과 서평의 차이를 설명하고, 어떻게 다르게 써야 하는지 방법을 소개해 드릴까 합니다.

빠른 이해를 위해 서평 쓰기를 먼저 꺼내 보겠습니다. 서평과 감상문은 책을 읽고 난 뒤에 이루어지는 글쓰기라는 점에서 출발을 같이합니다. 감상문이 독서 후 개인적인 소감을 자유롭게 표현하는 글이라면 서평은 독서 활동 후에 책을 객관적으로 설명하고, 자신의 의견을 밝히고, 자신의 평가를 논리적 근거를 들어 제시함으로써 궁극적으로 독자가 책을 읽도록 하는 것이 목적입니다. 개인의 자유로운 독후 활동의 결과물인 감상문에 비하면 서평은 목적과 의도가 분명하고, 감상문보다는 논리적이고 체계를 갖춘 글입니다.

일반적으로 독서를 깊이에 따라 3단계로 나눕니다. 첫 번째 단계는 개인적인 감상을 위한 책 읽기로 작가의 의도를 이해하고 공감하는 일반 독서입니다. 두 번째 단계는 비판적 독서입니다. 비판적 독서는 작가의 의도를 파악하는 데 그치지 않고 자신의 생각에 견주어 행간의 의미를 곱씹으며 읽는 과정입니다. 세 번째 단계는 학문적 독서로 비판적 독서에 세부적인 분석과 검증을 거치며 독해하는 전문적 독서입니다. 즉, 독해가 깊어질수록 독서 단계도 높아지는 거지요. 감상적 독서가 감성적이고 말랑말랑한 카스텔라라면 비판적 독서는 거칠지만 씹을수록 맛이 더한 치아바타에 비유할 수 있습니다. 비판적 독서는 다소 건조하고 객관적인 독서입니다. 마지막 학문적 독서는 분석적 독서와 논리적 시각이 필요한 과정으로 수분이 전혀 없고 거친 바게트빵이라고 보시면 됩니다.

감상을 위한 독서는 깊은 공감과 이해를 바탕으로 하는 1단계 독서에 해당합니다. 감상 독서 이후에 쓰는 글이 우리가 말하는 '독서 감상문'입니다. 반면 비판적 독서는 작가와 거리를 두고 자신의 생각을 견주는 객관적 독서에 가깝습니다. 비판적 독서는 1단계 감상 독서 이후에 고민하고 생각하는 객관적인 '읽기'가 추가된 단계로 볼 수 있습니다.

서평은 예민한 감수성을 발휘해 책을 감상하고(1단계) 냉철한 지성으로 책을 분석하는 객관적 독서 과정(2단계) 이후에 쓰는 글입니다. 감상문보다 객관적이고 비판적인 시각이 첨부된 글이라고 볼 수 있지요. 따라서 서평 쓰기란 책을 읽으면서 '왜'라는 질문을 던지고 그에 대한 답을 찾은 뒤, 자신만의 분석과 근거를 바탕으로 다른 사람들도 책을 읽고 싶게 독자를 설득하는 글쓰기입니다. 자신만의 주관적 느낌을 중심으로 독후 활동을 한다면 감상문 쓰기가 적합하고, 더 객관적 근거를 토대로 책을 추천하고자 한다면 서평 쓰기가 적합합니다.

2. 서평의 종류

(1) 단형 서평

서평은 길이에 따라서 단형, 중형, 장형 서평으로 나눌 수 있습니다. 간단한 후기나 SNS 댓글처럼 한 줄 서평에서부터 100자 내외 서평이나 신간 평 들은 모두 단형 서평에 속합니다. 입시나 취업 과정에서 요구하는 자소서(자기소개서)에는 일반적으로 '책'을 소재로 자신의 경험을 소개하는 경우가 많은데요, 여기서 책에 대한 짧은 소개는 단형 서평에 해당합니다. 그동안 읽었던 책 가운데 인상 깊은 책과 자신의 삶을 연계해서 서술하는 주제가 단골로 등장합니다. 단형 서평은 길이가 짧은 만큼 단어와 문장에 힘을 주어 간결하게 써야 합니다. 책의 가장 인상 깊은 점을 중심으로 인용, 비유, 요약 등의 간결한 문장으로 표현합니다. 한 줄 서평의 경우 구문 형식의 짧은 표현을 쓰기도 합니다. 단형 서평은 평소 책을 읽고 나서 자신만의 평가 문장을 만들어 놓고 한 줄 쓰기로 독후 활동을 하면 내공이 쌓여서 쉽게 접근할 수 있습니다.

(2) 중형 서평

중형 서평은 A4 1~2매에 해당하는 서평으로 책 소개와 목차, 개요, 작가 소개 등 일반적인 서지 사항을 포함해 책의 줄거리와 주제를 모두 다루는 글입니다. 특히 자신만의 견해를 내세워 비판적으로 책을 평가하거나 분석하는데 책의 내용이나 인용 문구가 구체적으로 들어가는 경우가 많습니다. 최근 유행하는 블로그 서평을 떠올리면 중형 서평을 이해하기 쉽습니다. 요즘에는 책 정보를 검색할 때 블로거나 인플루언서 들이 게시한 서평을 참조하는 경우가 많은데요, 인터넷에서 인플루언서들이 작성한 서평을 참조하면 서평 쓰기 틀을 이해하는 데 도움을 받을 수 있습니다. 다만 블로그 서평은 상업적으로 작성된 글이 많으니 사전 조사용으로만 참고하고 서평 쓰기 연습이 된 후에 다시 비판적으로 글을 읽어 보기를 추천합니다. 중형 서평을 쓸 때는 서평을 올릴 매체와 독자의 특성을 파악해 이미지, 문장 길이, 호흡을 조절해야 합니다. 블로그 서평 쓰기에 정해진 규칙이 있는 것은 아니지만 대체로 아래 순서를 따르면 초보자도 쉽게 도전할 수 있습니다.

중형 서평 쓰기 단계

1단계: 제목 달기

- 책의 제목과 나만의 제목을 함께 적되, 문장형 구문으로 작성한다.

  예)『마스크가 답하지 못한 질문들』(➜ 책 제목)

  "이젠 우리가 답할 차례다"(➜ 서평 제목)

2단계: 서지 사항과 저자 소개

• 게시물 상단에 책의 서지 사항을 밝힌다. 출판사, 출판 연도, 분량, 작가, 번역가 등
• 작가 소개 및 전작 활동 내역을 함께 소개한다.

3단계: 글의 전체적 의미와 줄거리 소개

• 자잘한 것은 과감히 떨어 버리고 핵심 줄거리 위주로 쓴다.
• 나만의 비판적 시각과 질문으로 책의 전체적인 의의를 밝힌다.

4단계: 인용과 핵심 포착

• 서평의 핵심은 자신만의 질문과 답을 정하고 책의 이미지나 인용으로 표현하는 것이다.
• 비판적 독서 활동의 결과를 설득력 있게 제시한다.
• 블로그 서평에는 책과 관련한 사진이나 페이지 이미지를 3장 내외로 사용하면 좋다.

5단계: 부차적 연계물이나 추천서

• 연계 도서나 추천서, 작가의 추천작 등을 말미에 소개하면 부드러운 마무리가 된다.

아랫글은 중학생이 쓴 블로그 서평의 일부입니다. 감상문과 어떤 점이 다른지, 자신의 논리로 설득하기 위해 어떤 근거를 들었는지 생각하며 읽어 보시기 바랍니다. '아, 이 정도면 나도 쓸 수 있겠

는데' 하는 생각이 드실 거예요.

유시민의 글쓰기 특강
글쓰기를 위한 준비, '글쓰기 근육을 키워라'

지은이: 유시민
출판사: 생각의 길
발행일: 2015

글은 살면서 꼭 필요한 요소 중 하나이다. 사랑하는 연인에게 쓰는 연애편지부터 자기소개서, 서술형 답안지와 직장인의 서류 작성까지 일상의 많은 곳에서 우리는 글을 읽고, 쓰며 살아간다. 『유시민의 글쓰기 특강』은 글쓰기를 위해 반드시 키워야 할 '글쓰기 근육'이 무엇인지를 알려 주는 책이다. 논증의 방법부터 글쓰기 단계, 독서 목록과 못난 글을 피하는 법을 알려 주며 글쓰기 근육을 사용하기 위한 준비운동을 시켜 준다. 유시민 작가는 30년 글쓰기 인생 동안 들어 온 질문, "어떻게 하면 글을 잘 쓸 수 있습니까?"에 대해 이 책 한 권으로 답하고 있다. 각 단원마다 다양한 글의 사례를 들어 고치는 과정을 통해 독자들의 이해를 돕는다. 나 같은 중학생도 이해하고 도움을 받을 수 있는 책이다. 가장 먼저 논증에 대해 우리가 흔히 저지르는 실수들을 열거하며 실제로 문장을 수정해 가면서 어떤 부분이 잘못되었는지 어떻게 바꿔야 하는지 꼼꼼히 알려 준다.

그뿐만 아니라 글쓰기 근육에 영양분이 될 만한 여러 책들까지 소개해 준다. 박경리 작가의 『토지』와 같은 순수한 우리말을 예쁘게 쓴 책부터 칼 세이건의 『코스모스』처럼 내용과 문장까지 아름다운 다방면의 책을 안내한다. 또한 중단원을 통해 나 같은 학생에게 가장 필요한 시험 대비 글쓰기 방법도 알려 준다.

우리는 왜 글쓰기를 잘하고 싶을까?

글을 잘 쓰면 자신의 삶에 유용한 것은 물론 사람들을 설득하기 쉽고 자신의 실력을 인정받기도 한다. 유시민 작가의 역사서로 유명한 『거꾸로 읽는 세계사』는 부모님 세대를 거쳐 아직까지 베스트셀러로 꼽힐 만큼 대중이 즐겨 보는 책이다. 작가는 말한다. "나는 역사를 요약했을 뿐이다." 그렇다. 그는 단지 요약했다고 말하지만 지루한 역사서들이나 학교 교과서보다 훨씬 재미있게 글을 썼기 때문에 지금까지 세계사의 고전으로 남은 게 아닐까. 『유시민의 글쓰기 특강』은 서평을 쓰고 있는 지금 이 순간에도 나에게 영향을 주는 책이다. 이 책을 읽고 난 후 작가의 조언을 의식하면서 글을 쓰고 있기 때문이다. 책 한 권으로 글쓰기 실력이 눈에 띄게 변하는 기적(?)이 일어날지도 모르겠다. 책의 내용도 훌륭하지만 한 줄 한 줄 문장도 수려하니 글쓰기로 고민하는 사람이라면 꼭 한번 읽어 보기를.

(3) 장형 서평

장형 서평은 일반적인 학술 서평으로 대학교나 대학원의 공식적 논문 형식을 따릅니다. 대체로 A4 3장 이상의 길고 분석적인 글쓰기이지요. 글의 도입 부분에는 전체적인 구성과 목차를 짜고 앞부분에는 텍스트의 정보나 저자 소개와 함께 일반적인 책의 안내가 들어갑니다. 중반부에는 줄거리와 중심 내용을 소개하고, 본격적으로 글을 분석한 내용이 전개됩니다. 이때 저자의 다른 작품이나 유사한 책들을 비교·분석하거나, 구체적인 사례를 들어 질문하고 그에 따른 답을 펼쳐 갑니다. 장형 서평의 끝부분에는 반드시 책에 대한 평가가 들어가는데 이 부분이 장형 서평의 백미白眉라고 할 수 있습니다. 본론에서 보여 준 장문의 서평은 아마도 이 마지막 평가를 위해 존재한다고 봐도 무방합니다. 마지막 평가에는 책에 새로운 이름을 붙인다거나 재발견한 주제를 통해 새로운 의미를 부여할 수도 있습니다.

3. 감상문의 첫걸음, 무자맥질 독서 습관

감상문은 독후 활동을 전제로 쓰는 글입니다. 감상문을 잘 쓰려면 먼저 잘 읽는 방법을 알아야 합니다. 어떻게 읽는 것이 잘 읽는 것일까요? 많이 읽는 것, 깊이 읽는 것, 메모하며 읽는 것, 비교하며 읽는 것 등등 독서 방법은 다양합니다. 책을 잘 읽는다는 것은 무엇보다 이야기에 푹 젖어서 주인공이나 등장인물들과 함께 혼연일체가 되는 체험이 아닐까 합니다. 책에 푹 젖는 독서를 일컬어 '무자맥질' 독서라고 합니다. 먼저 글의 내용을 이해하고 작가(또는 주인공)의 입장에서 깊이 공감하며 읽는 것입니다. 누구나 한 번쯤 시간 가는 줄 모르고 책에 빠져서 엄마 아빠 잔소리가 들리지 않던 기억이 있습니다. 저는 10대 시절 국내외 소설들을 읽을 때 그랬습니다. 『빨강머리 앤』, 『데미안』, 『나의 라임 오렌지 나무』와 같은 외국 성장소설부터

『토지』, 『태백산맥』, 『장길산』과 같은 한국 장편소설까지 사춘기 소녀에게 소설은 대하드라마이자 스펙터클한 영화 같았습니다. 시대와 국경을 넘나들며 소설 속 여주인공이 되어 보기도 하고, 악당을 원망하면서 이불 킥을 한 적도 많았지요. 만화책도 그랬습니다. 테리우스 같은 꽃미남 오빠들을 만날 수 있는 『캔디』부터 『슬램덩크』, 『피구왕 통키』, 『공포의 외인구단』, 『신의 물방울』 등 예술과 스포츠 분야의 만화책은 영상물보다 더 상상력을 자극했습니다. 엄마 몰래 드나들던 동네 만화방은 언제나 저에게 숨겨진 보물로 가득 찬 비밀 창고였습니다.

책에 푹 빠져드는 독서 체험을 하려면 우선 장르를 가리지 말고 좋아하는 대상을 발견할 때까지 독서와 소개팅을 시도해야 합니다. 처음에는 베스트셀러나 주변의 추천을 통해 독서를 시작합니다. 손에 잡히지 않는 책은 과감하게 덮고 매력적인 상대를 만날 때까지 끊임없이 구애하다 보면 어느 순간 단숨에 읽히는 책을 만나 사랑에 빠지게 됩니다. 이렇게 무자맥질 독서를 체험하고 나면 독서가 점점, 반드시 좋아집니다.

감상문은 선정된 도서를 읽고 의무적으로 쓰는 경우도 있지만, 평소 자신이 읽은 책에 짧은 글로 소감을 덧붙이는 것이 글쓰기에 도움이 됩니다. 대학 도서관을 비롯해 지역 도서관은 당연히 무료로 이용할 수 있는 시설로 대부분 2주간의 대여 기간이 있습니다. 공공기관의 대출 서비스를 활용해 독서 습관을 들이세요. 2주에 한 번은 도서관에 들러 신간이나 베스트셀러도 구경하고 구미가 당기는 책을 빌립니다. 2주 동안 완독을 해도 좋고, 다 읽지 못해도 반납을 위해 도서관을 들르세요. 그렇게 도서관 대출 서비스를 이용하다 보면 독서가 자연히 생활 속 습관으로 자리 잡습니다.

집 주변이나 직장 근처 도서관을 내 집 드나들듯이 하면 금세 책에 익숙해지실 거예요. 그다음에는 책을 읽으며 메모하는 습관에 도전해 봅니다. 처음에는 한두 줄의 서평 쓰기 정도면 적당합니다. 마음에 드는 문구나 구절, 인상 깊었던 장면을 회상해도 좋고, 포스트잇과 휴대폰의 메모장을 활용하는 것도 유용합니다. 단순히 '좋다', '인상 깊었다'보다는 '호흡이 길고 쉽게 읽힌다', '무거운 주제를 가볍게 요리한 느낌이다', '저자가 거칠고 투박한 문체를 사용한다. 친절하지 않은 문장이다', '쉬운 얘기를 비비 꼬아 놔서 읽고 나서 뭔가 찜찜한 기분이 든다' 등으로 좋고 싫음의 이유를 최대한 솔직하게 표현해 봅니다. 가끔은 책의 내용 외에 표지 디자인이나 책의 구성에 대한 생각도 적어 봅니다. '디자인이 세련돼서 손이 갔다', '작가 소개를 인터뷰 형식으로 표현해서 참신한 느낌을 받았다', ' 구수한 사투리가 많이 등장해서 인상 깊었다', '가성비가 좋고 얇아서 들고 다니기 편했다' 등 자신의 느낌을 다양하게 적어 보는 습관이 중요합니다.

제 경우는 책을 읽을 때 포스트잇을 활용해 군데군데 메모해 두고, 책을 다 읽고 나면 그 부분을 떼어 글쓰기에 활용합니다. 기억력의 한계를 극복하는 방법이기도 하지요. 독서가 습관이 되고 나면 독후 활동을 위해 수첩이나 노트를 만들어 기록하는 것이 좋습니다. 책은 대부분 책 뒤에 추천사와 서평이 함께 기록되어 있습니다. 다른 사람들은 이 책을 어떻게 읽었는지, 작가의 출간 의도는 무엇인지도 파악하며 자신의 느낌과 비교해 봅니다. 즐거운 독서 경험은 물론이고, 마음에 들지 않았다는 후기도 나만의 감상평이 됩니다. 자신이 읽은 책이 마음에 들었다면 작가의 책을 연계해서 읽는 것도 독서 활동을 이어 가는 방법입니다. 편집과 주제가 좋았다면 해당 출판사의 도서를 찾아서 다음 대여 목록에 추가해 보세요.

4. 시작이 반이다, 글문 열기

지역 도서관을 정기적으로 이용하는 습관에 성공했다면 이제 감상문을 쓸 차례입니다. 학창 시절 누구나 자의 반 타의 반으로 독후감을 씁니다. 대학에 들어가면 모든 과목에 발췌 과제가 주어지고 장형 서평 수준의 리포트 숙제가 줄줄이 쌓입니다. 책의 줄거리를 요약해서 쓴 뒤 자신의 느낌을 이야기하는 것이 감상문이라고 알고 있다면 이 장에서는 좀 차별화된 방법으로 감상문 쓰기에 도전할 수 있도록 몇 가지 글쓰기 방법을 소개해 드리겠습니다.

(1) 책 표지를 활용한 감상문 쓰기

모든 책의 표지는 작가와 출판사가 심혈을 기울여 디자인한 창작물입니다. 책의 얼굴이자 간판이지요. 표지가 마음에 들어 책을 구입하기도 하지만, 관심을 끌지 못하면 내용이 좋더라도 쉽게 손이 가지 않습니다. 표지에는 책의 제목과 소제목, 간략한 홍보 문구나 설명이 포함됩니다. 출판사와 작가, 번역자 등 기본적인 서지 사항도 들어가고 그래픽이나 이미지를 삽입해 주제를 드러내기도 합니다. 그렇다면 우리가 감상문을 쓸 때도 책의 첫인상은 책 표지에 의해 좌우될 확률이 높습니다. 첫인상이 어땠는지, 그리고 책 내용은 첫인 상과 비례하는지, 전혀 맞지 않았는지 책을 열기 전에 충분히 표지 와 가까워지는 시간을 가져 봅니다. 감상문을 쓸 때 이렇게 표지 설 명과 첫인상을 소재로 시작하면 글의 전개가 매끄러워집니다.

예문

『내 영혼이 한 뼘 더 자라던 날』, 처음 이 책의 제목을 봤을 때 소 설 『데미안』처럼 개인의 자아 성장을 비유적으로 표현하고 있는 것 같았다. 표지에는 물처럼 파란 발자국을 따라가 보면 한 그루 나무 가 서 있는데 인간의 삶과 성장 과정을 보여 주기 위해서 디자인 으로 활용한 것이 아닐까 하는 호기심이 생겨서 책을 집어 들었다.

이 글은 수필집 『내 영혼이 한 뼘 더 자라던 날』(구효서 외 27인, 엠 블라, 2007)을 읽은 수강생이 쓴 감상문입니다. 수필을 읽고 감상문 을 쓸 때 줄거리나 작가 소개로 시작하는 경우가 많은데, 이 글은 책 의 제목과 표지에 관심을 가진 까닭을 소개하면서 독자의 호기심을 자극합니다. 뻔한 독후감이 될 뻔했지만 표지를 소재로 궁금증을 유 발하면서 자연스럽게 글문을 열었습니다.

(2) 문학작품의 토대, 줄거리와 개요 살펴보기

소설이나 수필 등의 문학작품은 작가의 경험과 상상력을 바탕으로 쓰인 책입니다. 소설은 등장인물과 사건, 배경을 중심으로 이야기가 전개되고, 이야기가 흘러가는 과정(발단-전개-위기-절정-결말)에서 인물의 특징이나 성격, 사건의 원인과 배경, 갈등이 선명하게 드러납니다. 따라서 감상문을 쓸 때는 줄거리를 잘 파악하고, 이야기의 플롯을 따라가는 것이 감상의 첫걸음입니다. 주인공이 어떤 사건을 만나 위기를 극복해 나가는지, 왜 그런 사건이 발생했는지 파악하고 주변 인물의 성격과 갈등 구조를 파악한 뒤 자신의 생각을 연결해서 쓰도록 합니다. 작품 속 주인공과 나는 어떤 점이 같고 다른지, 중심 사건은 나의 삶과 어떤 연관성이 있는지도 살펴봅니다. 일반적으로 소설을 읽고 감상문을 쓸 때 도입부에서 작품을 간략하게 소개하고, 줄거리를 안내하는 방법이 사용됩니다.

예문

『데미안』은 주인공 에밀 싱클레어가 성장 과정에서 겪는 사건과 고민들을 친구이자 조력자인 데미안의 조언으로 해결해 나가는 과정을 담은 소설이다. (중략) 책에 등장하는 종교와 성, 인간의 본능과 이념에 대한 탐구는 솔직히 청소년기에 겪는 갈등이나 사고라고 하기에는 너무 어려운 주제가 아닌가 하는 생각이 들었다. 한편으로는 학교와 학원만 왔다 갔다 하며 내가 너무 아무 생각 없이 살고 있는 건 아닌지 부끄럽기도 했다.

(3) 구체적인 장면 묘사하기
문학작품 독후 활동에서 활용할 수 있는 방법 중 '보여주기'가 있습니다. 영화 속 한 장면이나 사진을 보여 주듯이 책의 인상 깊었던 부분을 그림처럼 묘사하는 방법입니다. 글의 도입부에서 '보여주기' 방식으로 장면을 묘사하면 독자로 하여금 호기심을 가지고 글을 끝까지 읽게 하는 원동력이 됩니다. 왜 이런 장면 묘사가 처음에 등장했는지, 이 장면에서 어떤 점이 인상 깊었는지 다음에 오는 단락을 예측하는 계기가 되지요.

> **예문**
>
> "엄마가 확 죽어 버렸으면 좋겠어." 내가 뒤에 서 있는 걸 잠시 잊은 걸까. K가 뿜는 담배 연기 사이로 그녀의 말이 사라지고 있었다. 대체 어딜 보고 있는 거니. 허공에 사라진 그녀의 시선을 붙잡고 말했다. 차마 K를 붙잡을 용기가 나지 않았다.

윗글은 『엄마와 나의 모든 봄날들』(송정림, 알에이치코리아, 2020)이라는 수필집을 읽고 쓴 감상문의 도입부입니다. 사실 책은 작가가 엄마와 함께 하고 싶은 버킷 리스트 50가지를 소개하는 따뜻한 이야기인데, 세상 모든 엄마와 딸의 이야기가 봄날 같진 않다는 걸 다른 시각에서 보여 주고 싶었습니다. 글의 시작이 다소 충격적이지요. 감상문에 '소설' 형식을 빌린 글입니다. 감상문의 형식은 다음 장에서 더 상세히 소개하겠습니다.

(4) 주장과 근거를 토대로 자신의 견해 밝히기
소설과 달리 비문학류의 책은 저자가 자신이 주장하고자 하는 바를 경험적 사실이나 논리에 근거해 서술한 책입니다. 과학, 역사, 사회, 정치, 경제, 교육, 문화 등 비문학 장르들은 모두 사실을 기반으로 한 작가의 주장이 들어 있습니다. 비문학류의 책은 주장하는 내용과 근거가 무엇인지, 뒷받침하는 내용은 확인이 가능하고 논리적으로 타당한지를 살펴서 읽어야 합니다. 내가 저자라면 어떤 방법으로 설명했을지 생각해 보는 것도 독후 활동에 도움이 됩니다.

예문

『트렌드 코리아 2022』는 서울대 소비트렌드분석센터가 매년 우리 사회 주요 현상을 분석하고 시장에 대한 전망을 10가지 키워드로 예측해 보는 책이다. 올해는 TIGER or CAT이라는 신조어로 위드 코로나 시대 한국 사회를 전망하고 있다. 나는 2022년 한국 사회를 나노 사회로 쪼개지는 분화 현상을 들어 'CITY' 한 단어로 표현하고 싶다. (하략)

(5) 글을 쓴 동기나 계기를 솔직담백하게

글을 쓰다 보면 독후감 대회나 조직 내 과제와 같이 주어진 책을 읽고 감상문을 써야 하는 반강제(?) 글쓰기 경험도 하게 됩니다. 이때 책을 읽게 된 동기나 글을 쓰게 된 계기를 솔직하게 이야기하며 글문을 여는 것도 감상문 쓰기의 좋은 방법입니다. 자신이 원하는 책이나 과제는 아니었지만 결과적으로 반전을 기대할 수 있는 도입부가 되거든요.

얼마 전 학교 도서관 앞을 지나다가 '제7회 한 책 읽고 독후감 쓰기 대회' 포스터를 발견했다. 그중 박경화 작가의 『지구를 살리는 기발한 물건 10』이라는 책 제목이 내 시선을 끌었다. 작년에 같은 작가가 쓴 『고릴라는 핸드폰을 미워해』를 정말 재밌게 읽었기 때문이다.

코로나는 나에게 말해 주지 않았다. 언제 시작하고 종식될 것인지, 대안은 있는지. 2019년 12월 추운 겨울 어느 날 코로나는 달갑지 않은 손님으로 찾아왔다. 『마스크가 답하지 못한 질문들』은 3년째 지속되는 코로나에 대해 나에게 답을 알려 줄 것 같은 책이었다. (하략)

〈예문 1〉은 글쓴이가 독후감 대회에 참여하게 된 동기를 자연스럽게 소개하면서 동일한 작가의 책을 읽은 경험을 이야기하고 있습니다. 학생들은 자의 반 타의 반으로 글쓰기 대회에 참여하는 경우가 많은데요, 지원 동기를 솔직하게 이야기하면서 오히려 감상문의 전개가 자연스러워졌습니다. 반면 〈예문 2〉는 코로나에 대해 평소 고민해 오던 필자가 자신의 궁금증을 해결해 줄 것 같은 책을 발견한 게 책을 읽게 된 계기라고 밝히고 있습니다. 둘 다 책을 읽고 글을 쓰게 된 과정을 소개하고 자신의 생각을 솔직하게 밝히고 있지요.

5. 감상문 쓰기에 정해진 형식은 없다

(1) 문장은 꼭 '다나까'로만 써야 하나요

감상문은 학교나 도서관 등 공공기관뿐 아니라 직장이나 우리 주변에서 자주 접할 수 있는 글쓰기 장르입니다. 현장에서 수강생들을 만나 보면 독서 감상문에 대해 이미 정형화된 형식을 정해 놓고 펜을 드는 경우가 많습니다. 독후감은 지정 도서를 읽고 자신의 느낌을 자유롭게 서술하는 글쓰기입니다. 감상문의 내용은 책과 연관된 것일 수도 있지만 꼭 그렇지 않을 수도 있습니다. 공감할 만한 책을 함께 읽는다는 것은 정답 찾는 글쓰기를 의미하지 않습니다. 같은 책을 읽고도 어떤 독자는 시로 감상문을 쓸 수도 있고, 에세이나 편지글로 책을 읽은 느낌을 전달할 수도 있습니다. 때로는 작가의 주장이나 이야기에 반론을 제시하고 신랄하게 비판하는 글도 감상문이 됩니다. 구어체, 문어체 등 문장의 전달 방식도 자유롭습니다. 해라체, 하게체, 하오체, 합쇼체 등으로 문체를 바꾸어 가며 자유로운 형식을 구사할 수도 있습니다. 감상문 쓰기에서 책의 줄거리와 느낌을 쓰고 앞으로의 다짐과 포부로 마무리 지으라는 것은 주관식 문제를 주고 객관식 정답을 요구하는 것과 같습니다. 주관적 감상에 정답이 존재하지 않듯이 감상문 쓰기에도 정해진 형식은 없습니다.

아랫글은 2021년 서울시 교육청이 주관한 '독후감 쓰기 대회'에서 최우수상을 받은 학생의 작품입니다. 지금까지 생각하던 독후감의 형식과 어떤 점이 다른지 함께 읽어 보겠습니다.

요즘 바다 오염의 원인으로 지목되는 플라스틱, 모두들 사용을 줄이고자 노력하고 있죠? 일회용품 사용을 줄이고, 조금 불편하더라도 텀블러를 들고 다니고, 빨대 사용도 줄이고 말이죠. 하지만, 그것보다 더 불편한 진실이 있습니다. 과연 해양오염의 근본적인 원인은 무엇일까요? 〈씨스피라시〉라는 환경 다큐멘터리에 따르면 해양 쓰레기의 46퍼센트는 어업용 어망이고, 나머지 대부분도 어업용품이라고 합니다. 과연 해양오염의 '진짜' 문제가 뭔지, 페트병, 빨대 덜 쓰는 것만으로도 해양오염 문제를 해결할 수 있는지, 궁금해졌습니다.

좀 더 구체적인 문제를 살펴보고자 최원형 작가의 책 『환경과 생태 쫌 아는 10대』에 환경 다큐멘터리 〈씨스피라시〉를 비교해서 이야기를 풀어 보겠습니다. 두 작품은 공통적으로 먹거리와 생태계, 해양 플라스틱 쓰레기 문제를 알기 쉽게 풀어내고 있다는 점에서 공통점이 있습니다. 반면 『환경과 생태 쫌 아는 10대』는 넓은 범주의 환경문제 가운데 소비에 관한 부분을, 〈씨스피라시〉는 어업과 해양과 관련된 주제를 집중적으로 보여 주고 있습니다.

먼저 해양 쓰레기 문제부터 이야기해 볼까요? 해양 쓰레기 가운데 빨대는 0.03퍼센트, 어망은 46퍼센트. 나머지 대부분도 어업용품. 우리는 그동안 이러한 사실들을 잘 몰랐습니다. 일부 환경단체들은 어업 협회로부터 활동 자금을 지원받아 이 사실을 은폐하기도 하고요. 위에 먼저 말했던 부수 어획도 이와 관련되어 있죠. 또한, 다른 플라스틱 쓰레기보다 어망이 해양생물에게 훨씬 더 위험한데, 처음부터 잡기 위해 만들어졌으니 당연할지도요. 어망은 바다의 해류에 의해 쪼개지고, 또 쪼개져서 미세플라스틱도 되고, 물고기는 자연스레 섭취하게 됩니다. 그리고 엔딩은? 바로 우리의 식탁 위로 올라오게 됩니다.

(중략)

저는 어떤 뉴스나 정보를 접했을 때, 그것이 정말 사실인지 '팩트체크' 하는 것을 좋아합니다. 하지 않으면 뭔가 찝찝하고 직성이 풀리지 않거든요. 새로운 정보가 먼저 사실인지, 과장된 것은 없는지 일일이 확인을 해야 직성이 풀립니다. 그런 면에서 『환경과 생태 쫌 아는 10대』는 다양한 소재를 통해 환경을 '소비'라는 관점에서 볼 수 있었다는 것이 신선했습니다. 저 같은 십 대도, 환경에 관심이 없는 일반인도 쉽게 공감하고, 이해하고, 접근할 수 있다는 점도 좋았습니다. 다만, 『환경과 생태 쫌 아는 10대』와 〈씨스피라시〉 모두 다소 과장된 표현이 있었습니다. 예를 들어 '동물의 권리' 부분에서는 새를 먹는 게 마치 죄의식을 가져야 할 문제인 것 같아 불편한 점이 있었습니다. 채식주의자도 있지만 다양한 음식을 먹고 선택하는 것은 인간의 기본적인 본능이니까요. 물론 과도하고 잔인한 도축은 자제해야 합니다. 또, 양식 연어의 붉은 살은 화학 색소로 물들인 것이고, 위험한 듯이 표현한 부분은 오해의 소지가 있다고 봅니다. 연어 살이 붉은 이유는 연어의 주먹이인 새우에 들어 있는 아스타잔틴 성분 때문인데, 양식 연어 사료에 아스타잔틴을 섞었기 때문이지 모두 화학 색소는 아니랍니다. 『환경과 생태 쫌 아는 10대』의 내용은 이미 알고 있는 내용이 많아 깊이 있는 정보가 없어 아쉬웠고, 〈씨스피라시〉는 지나치게 피해의식에 기울어진 시각이 아쉬웠습니다. 그럼에도 불구하고 이번 '책 한 권 읽고 독후감 쓰기' 대회를 계기로 많은 정보와 자료를 찾아보면서 저도 반은 환경운동가가 된 것 같습니다. 알고 나면 새롭게 보인다는 말이 가슴에 와닿는 글쓰기 경험이 아니었나 싶습니다.

「이런 식탁, 별로지 않아?」

이 학생은 '환경'을 주제로 한 독후감 대회에서 평소 관심을 가지고 보던 다큐멘터리와 대상 도서를 연결해서 자신만의 이야기를 펼치고 있습니다. 일반적인 글쓰기의 문어체와는 달리 '해요체'를 사용해 말하는 방식의 글을 쓰고 있지요. 정해진 도서가 있다고 해서 반드시 그 책 안에 있는 이야기만 해야 한다는 것은 그야말로 고정관념입니다. 출발점(도서)은 같지만 나의 사고를 어떻게 확장할 것인가(다큐멘터리)에 따라 뻔한 감상문이 나오기도 하고, 전혀 다른 장르의 창작물이 탄생하기도 합니다. 모든 글은 '나'의 일상에서 출발한다는 점을 다시금 느끼게 해 주는 학생의 글입니다.

(2) 어떤 미사여구도 솔직함을 이길 수 없다

책을 읽고 감상과 소감을 적는 감상문에도 끼 부리는 문장을 쓰고 싶은 욕심이 넘쳐납니다. 미사여구와 인용을 덧대고 감수성을 끌어올려 있지도 않은 감동을 부풀리거나 작가를 예찬하는 데 힘을 쏟게 되지요. 담백하고 솔직한 단어가 독자에게 더 큰 울림을 주고 나의 솔직함과 진솔함이 상대의 마음에 공감을 불러일으킵니다. 거짓은 솔직함을 절대로 이길 수 없습니다.

아이의 눈으로 세상을 본다는 것을 그래서 순수함과 솔직함의 대명사로 꼽는 것 같습니다. 어린아이의 눈에는 어떤 계산이나 의도가 들어 있지 않지요. 다음 글은 『빈 공장의 기타 소리』(전진경, 창비, 2017)라는 동화책을 읽고 중학생이 쓴 독서 감상문입니다. 동화책이 어린이의 전유물이 아님을 알게 합니다.

예문

2019년 3월 25일 아빠의 월급날. 아빠는 월급봉투 대신 화분 두 개를 가슴에 안고 퇴근하셨다. 몇 달 전에 엄마가 아빠가 새로 옮긴 회사에 축하한다고 보낸 화분이었다고 했다. 그날부터 아빠는 나보다 더 늦게 회사를 갔나 보다. 그리고 집에는 나보다 일찍 오셨다. 나는 아빠랑 장기를 많이 둘 수 있어서 너무너무 좋았다. '역시 외국회사는 집에도 일찍 오고 월급도 많이 주고 좋구나.' 나는 아빠가 엄청 멋져 보였다. 아빠는 예전에 집에서 컴퓨터로만 일을 한 적도 있었다.

그런데 요즘 엄마 아빠가 말을 잘 안 하신다. 매일 아빠랑 싸웠냐고 화해했냐고 엄마한테 꼬치꼬치 물어봤다. 그럴 때마다 엄마는 아니라고 하셨다. '분명 싸웠는데… 밥 먹을 때 한마디도 안 했는데… 내 눈을 속일 순 없지.' 나는 엄마 아빠를 놀려 줄 생각에 방문을 살짝 열고 밤마다 엄마 아빠 얘기를 몰래 엿듣기로 했다. 그러다 짜잔 하고 나타나서 어른도 싸우면 사과해야 한다고 선생님처럼 말하고 싶었다. 기회를 봐야지… 엄마가 삐진 건지 아빠가 삐진 건지 엄마 아빠는 좀처럼 서로 대화를 하지 않았다. 하루가 지나고 이틀이 지나도 집이 너무 조용했다.

중학교에 가서 나는 태어나서 처음으로 시험을 봤다. 엄마 아빠가 옆에서 도와주셨는데 진짜 할 게 많고 날씨도 덥고 귀찮아서 혼났다. 다시 초등학교로 돌아가고 싶었다. 내가 다니던 초등학교는 혁신학교라 시험을 한 번도 안 봤는데… 중학생이 되고 좋은 점은 별로 없는 것 같다. 시험도 많고 놀 시간도 별로 없다. 그래도 시험 끝나면 방학을 한다고 하니 나는 꾹 참았다. 점수가 별로 잘 나오지 않았는데 엄마는 첫 시험에 노력한 게 중요하다고 칭찬을 다 해 주셨다. 평소 같으면 이런 쉬운 걸 틀리면 어떡하냐고 엄청 혼났을 텐데 화도 안 내고, 원래 내가 알던 엄마 아빠 모습이 아니었다. 분명히 집에 이상한 일이 벌어지고 있었다… 며칠 뒤 여름방학을 하고 나서야 나는 왜 엄마 아빠가 다른 사람처럼 변했는지 알게 됐다.

아빠가 화분을 들고 집에 온 날 아빠는 새 회사에 들어간 지 3개월 되는 날이었는데 출근하자마자 이메일로 해고를 당했다고 했다. 나는 이해가 잘 되지 않았다. "엄마, 회사는 직원들한테 직접 말 안 하고 이메일로 너 나가라고 하면 나가야 되는 거예요? 아무 때나?" 엄마는 그런 경우는 거의 없다고 했다. 엄마는 회사가 부당하게 아빠를 해고한 거라고 그동안 변호사를 만나 소송을 하려고 했는데 아빠가 다니던 벨기에 회사는 멀리 있는 나라고 20년이 지나도 소송을 끝내기 어렵다고 했다. 그런 일이 너무 많아서 그런지 변호사는 계란으로 바위 치기라고 포기하라고 했다고 한다. 도무지 이해가 안 됐지만 그보다 너무너무 화가 났다. '어떻게 이메일로 사람을 짜르지? 이메일 안 보면 그럼 계속 다닐 수 있나? 3개월 만에 직원을 짜른다고 회사가?'

엄마는 나에게 이번 방학부터는 학원을 보낼 수 없다고 했다. 나는 복싱만은 하게 해 달라고 졸랐다. 영어 수학 학원은 안 가서 너무 신났지만 그래도 복싱은 계속 배워서 내가 아빠 대신 복수해 주겠다고 마음먹었다. 엄마는 당분간 돈을 많이 아껴서 써야 한다고 했다. 나는 왠지 아빠가 집에 있다고 친구들한테 말하기가 꺼려졌다. 집에 친구들이 놀러 오는 일도 거의 없어졌다.

책에 나오는 기타 공장 아저씨들도 그렇게 하루아침에 해고를 당했을까? 그 아저씨들의 자식들도 내 나이랑 비슷하겠지? 그럼 그 친구들도 나처럼 학원을 못 가고 있을까? 책을 보니 그 아저씨들의 가족도 우리 집처럼 조용할지 궁금해졌다. 그런데 갑자기 아저씨들이 만드는 기타를 하나 가지고 싶은 생각이 들었다. 나는 악기를 좋아해서 드럼이랑 기타를 조금 치는데 아저씨들이 직접 만드는 기타는 왠지 더 멋진 소리가 날 거 같다. 그래도 아저씨들한테 음악이 있어서 다행이다. 나도 기분이 별로일 때는 기타를 치니까. 우리 아빠도 기타 공장 아저씨들도 빨리 회사로 돌아갈 수 있으면 좋겠다. 그리고 이런 말도 안 되는 일들이 일어나지 않게 누군가 나쁜 회사들에 벌을 줘야 한다고 생각했다. 내가 어른이 됐을 때 '오늘 해고'라는 이메일을 받으면 정말 끔찍할 거 같다.

「빈 공장의 아빠에게」

실직 가정의 아픔은 사실 멀리 떨어진 이야기가 아닙니다. 평범한 가정에서 언제든 한 번쯤 겪을 수 있는 일이고, 우리나라 40~50대 직장인은 대부분 이 책의 주인공과 유사한 과정을 겪으며 실직과 퇴직을 경험합니다. 그러나 과정이 얼마나 공정하고 납득할 수 있느냐에 따라 한 가정이 짊어질 삶의 무게는 매우 다릅니다. 한 가정을 파탄으로 몰기도 하고 새로운 인생 서막을 열어 주기도 하지요. 한창 사춘기에 접어들었을 중학교 1학년 학생에게 아빠의 실직은 어떤 의미였을까요? 힘든 현실 앞에서 십 대 소년이 보여 준 솔직한 글을 읽으면서 어른으로서 부끄러움을 느꼈습니다. 화려한 미사여구도 솔직함을 이길 수는 없습니다. 심사 위원들도 아마 같은 생각에서 이 글을 수상작으로 선정하지 않았을까 생각합니다.

아이들의 글이 어른보다 모자랄 것이라는 생각은 그야말로 착각입니다. 반대로 생각해 보면 우리가 글을 쓸 때 중요한 것은 얼마나 잘 쓰는가, 즉 '필력'이 아니라는 이야기지요. 스스로에게 솔직하고 내 감정을 잘 들여다보고 있는가에 정답 비슷한 게 있을지도요.

(3) 책을 내 일상에 초대하기

책을 읽고 소감을 쓰는 감상문은 철저하게 개인적인 영역의 독후 활동입니다. 개인적인 독서와 감상에 형식이 따로 존재할 수 없는 이유입니다. 자신의 경험이 스며들 수도 있고, 작가의 세계에 푹 젖어도 됩니다. 무엇보다 책에 푹 빠져 보고, 다시 나의 세계로 돌아왔을 때 물기가 어디에 묻어나는지 돌아보는 것이 감상문이 아닐까 생각합니다. 작가가 쓴 대사와 표현 들이 내 삶에 묻어나 흔적을 남길 수도 있고, 과거의 내게 말을 걸어올 수도 있지요. 현재 내 삶의 문제를 해결해 주는 단초가 되기도 합니다. 책은 마치 연인과 사랑에 빠지듯 작가와 가장 은밀하고 깊숙이 대화할 수 있는 가상의 공간입니다. 책을 읽는 동안 작가는 오롯이 나에게만, 나는 작가에게만 집중하는 경험을 하게 되지요. 이런 독서 활동이 이어질 때 우리는 자신만의 감상을 말할 수 있습니다.

다음 글은 일상을 담은 에세이 형식도 감상문을 쓰는 한 방법이 될 수 있다는 걸 알려 드리고자 소개합니다.

예문

지난겨울, 병원에선 내 병을 최종적으로 '스트레스성 공황장애'라고 진단했다. 몇 달간 반복된 검사와 두 차례의 수술을 받고도 시름시름 말라 가는 병의 원인을, 그들은 찾아내지 못했다. 그러고 보니 어디선가 들은 것 같기도 하다. 우리가 알고 있는 병 가운데 인류가 현대 의학으로 치료할 수 있는 질병은 채 20퍼센트도 되지 않는다고. 감기 바이러스 하나 잡지 못하는 게 현대 의술이라고. 그러니 80퍼센트 중 하나인 나는 이상할 것도 없다.

결국 나는 원내 신경정신과로 보내졌다. 2주간의 상담과 검사를 마치고 수십 알의 수면제와 공황장애약, 비상약이 처방됐다. 매주 병원에 들러 한 주간 먹을 공황장애약을 처방받는 일이 몇 개월째 반복됐다. 사람이 많은 공간도 치명적이지만 무엇보다 소음에 민감한 증세라고, 담당 의사는 내게 말했다. 언제 호흡 발작이 올지 모르니 비상약을 꼭 지갑 안에 넣고 다녀야 한다는 말도 덧붙였다. 외출할 때면 '지갑 안에 비상약, 얼굴에는 마스크' 이렇게 노래를 부르곤 했다.

(중략)

오래 알고 지내던 지인 한 분이 며칠 전 두 권의 책과 작은 화분을 들고 병문안을 오셨다. 휑한 집을 둘러보시더니 어디 이사 가냐고 하면서도 한편으론 흡족한 표정이다. 집에서 키우던 다육이를 몇 개 분양해 왔다며 『아무튼, 식물』과 『아무튼, 딱따구리』라는 책 두 권을 두고 가셨다. 『아무튼, 식물』은 식물 키우기와 관련이 있을 듯한데 '딱따구리'는 도무지 무슨 내용인지 예측 불가였다. 『아무튼, 딱따구리』에 나오는 딱따구리 부부의 이야기는 최근 변화된 내 일상에 합당한 이유를 달아 주고 비워 내는 일에 가속을 밟아 주었다. 그동안은 슬쩍 주변의 눈치를 살폈는데 이제 마트에서도 당당히 어깨 펴고 '할인 코너'의 마지막 섭생들을 구입하는 일이 잦아졌다. 점원들도 으레 내가 오면 미리 그날의 알뜰 제품을 알려 주곤 했다.

쌓여 가는 책들을 보며 나의 지식과 동일시했던 오만을 접고, 다시 볼 책들만 추려 내고는 주변에 작은 나눔을 시작했다. 옷가지들도 계절별로 몇 개면 충분했다. 먹는 양은 줄고 활동량도 줄었는데 되레 건강이 회복되는 듯했다. 의사가 면역력이 좋아지고 있다고 약도 조금 덜어 냈다. 비워진 공간은 새로 입양한 식물들이 빈자리를 채워 갔다. 아들 녀석이 이러다 곧 집이 다 정원이 되겠다며 좋은지 싫은지 툴툴거렸다. 매일 아침 베란다에 나가 아이들에게 인사하는 일이 내게 주요 일과가 되었다. 좋은 공기는 물론 성장의 기쁨까지 식물들은 아무런 조건 없이 내게 행복을 선물해 주고 있었다. 소소한 나의 노력에 비하면 너무 과분한 대가였다. 그러고 보니 자연은 늘 그렇게 바람으로, 향기로, 찬란한 날씨로 내게 위로와 사랑을 주고 있었다. 그 생태계에 내가 해 온 일들을 생각하니 너무 늦은 건 아닌가 조바심이 났다.

아무튼, 수많은 딱따구리 행렬에 동참할 수 있어서 다행이다. 앞서 간 딱따구리 부부가 내게 준 선물에 깊은 감사와 찬사를 보낸다.

「딱따구리 한 쌍이 내 마음에 둥지를 틀다」

이 글이 수상할 수 있었던 이유는 아마도 에세이 형식을 빌려 개인의 일상을 감상문에 접목했기 때문이 아닐까 합니다. 진심이 담긴 글은 누구에게나 공감을 불러옵니다. 이 글을 읽고 계신 여러분에게 앞으로 감상문을 쓰실 기회가 온다면 솔직한 자신의 일상 안으로 책을 초대해 보시면 어떨까요? 책 속으로 들어가 무자맥질하는 깊은 독서를 하는 것도 글쓰기의 기본이지만 소소한 일상 안으로 책이 스며들면 내 삶이 변할 수도 있으니까요. 과감하게 형식 파괴를 시도하시길 권해 드리고 싶습니다.

지금까지 글쓰기의 첫 단추, 감상문과 서평 쓰기를 꿰어 보았습니다. 무자맥질 독서로 자신만의 독서 습관을 만들고 한두 문장의 단형 서평을 시작으로 짧은 글쓰기를 시작해 봅니다. 글을 읽을 때는 종류를 가리지 말고, 글을 쓸 때도 마찬가지로 문체나 형식에 구애받지 않도록 합니다. 수려한 글쓰기보다 '독서 습관'이 먼저입니다.

7장 논리적인 글

___

논리적인 글쓰기는 자동차 운전과 같다. 이론을 배우고, 꾸준히 연습하고
시행착오를 거쳐 몸에 익숙해질 때까지 시간과 노력이 필요하다.
유시민

1. 세상 모든 글은 논리적인 글이다

논리적인 글이란 무엇일까요? 논리적인 글과 비논리적인 글은 따로
구별이 있을까요? 수강생들에게 논리적인 글이 무엇인지 질문하면
대입 논술이나 사설, 칼럼 등의 평론을 이야기합니다. 그렇다면 우리
가 학교에 제출하는 과제나, 직장인이 매일 쓰는 '기안서'와 '제안서'
는 논리적인 글이 아닌가요? 연애편지나 자기소개서는 어떤가요?
법정 판결문이나 신문 기사는 논리적인 글이고 소설이나 에세이는
논리적인 글이 아닌가요?

    논리적인 글이란 작가가 전하고자 하는 바(주장, 의견)로 납득할
만한 이유나 근거를 들어 독자를 설득하는 의사소통 방식입니다. 그

렇다면 세상의 모든 글은 논리적인 글이어야 합니다. 논술이나 논평처럼 이름에 논論 자가 붙지 않더라도 글을 쓰는 이(작가)와 독자가 존재하고, 독자가 이야기에 공감하거나 변화하기를 원한다면 그 글은 반드시 논리적인 글이어야 합니다.

개인의 경험이나 의견이 논리적인 글이 되려면 일기와 같이 주관적이고 감성적인 글과 어떤 차이가 있어야 할까요? 개인의 경험이 사회적 이슈를 만나 짧은 단상이나 의견을 드러내면 개인적인 글이 되고, 사회에 부는 거대한 조류를 깊이 통찰하여 분석적이고 거시적 맥락의 글을 쓴다면 입시 논술이나 논평과 같은 대외적인 작문이 됩니다.

그렇다면 논리적인 글을 쓸 때 가장 중요한 것은 무엇일까요? 단순히 자기가 말하고 싶은 내용을 잘 전달만 하면 될까요? 논리적인 글에서 중요한 것은 '내가 말하려는 내용을 상대방이 잘 이해하도록 최선을 다하는 것'입니다. 누군가에게 자신이 전하고자 하는 바를 전달하기 위해 글을 썼지만 상대방이 이해하지 못한다면 논리적인 글은커녕 잘 쓴 글이라고 볼 수 없습니다. 논리적인 글이란 상대를 배려하는 글입니다. 상대를 이해시키고, 잘 설득하기 위한 징검다리로 '논리'라는 가교를 사용하는 것이지요. 상대방이 읽기 쉽고, 이해하기 쉬운 글을 쓰려면 먼저 문법에 맞게 써야 하고 논리가 일관되어야 합니다. 문법에 맞는 글은 형태소, 어절, 단어, 구, 절, 문장 등 문법단위의 구조가 명확하고 이해하기 쉬운 글이라는 뜻이며, 일관된 논리로 쓴다는 것은 문장과 문장 사이에 유기적 관계가 드러나게 쓴다는 말입니다.

먼저 논리적인 글을 쓸 때는 문장 안에서 주어와 서술어가 명확하게 드러나게 해야 합니다. 특히 간결한 문장은 내용을 정확하게 전달하고 상대를 설득하는 데 중요한 역할을 합니다.

예문

장대 같은 비가 구름을 뚫고 지면에 내리치듯이 쏟아졌다.

주어+술어: 비가 + 쏟아졌다

꾸미는 부분: <u>장대 같은</u> 비가 + <u>구름을 뚫고 지면에 내리치듯이</u> 쏟아졌다.

이 문장의 기본 구조는 '비가(주어) + 쏟아졌다(서술어)'입니다. 기본 구조를 수식하는 표현이 주어와 서술어 앞에 길게 붙어 있지만 핵심은 '비가 쏟아졌다'입니다. 논리적인 글에서는 수식어를 과하게 쓰기보다 주어와 서술어가 명확하게 드러나는 단문 형식으로 쓰는 것이 좋습니다. 그래야 내용 전달에 효과적입니다. '장대 같은 비가 쏟아졌다'나 '비가 지면에 내리치듯이 쏟아졌다' 정도의 표현으로도 비가 많이 내렸다는 사실을 이해하기에 충분합니다.

다음으로 논리적인 글에서 문장과 문장의 연결 구조는 간결할수록 좋습니다. 간결한 문장을 사용하되 문장 간에 시간의 흐름이나 인과관계를 유추할 수 있도록 적절한 문장 연결 고리를 만들어 줍니다.

나는 반 고흐의 그림을 보았다. 반 고흐의 그림은 훌륭했다. 나는
감동해서 눈물이 났다.

위 예문은 각각 '주어 + 서술어'의 구조가 명확해 보이지만 연결
구조가 없어서 문장이 마치 단어의 나열처럼 보입니다. 시나 소설
같은 문학 장르에서는 위와 같은 표현을 써도 무방하지만, 논리적인
글은 단문들을 나열하기보다 최소한의 연결 구조로 문장을 연결해
야 독자가 이해하기 쉽습니다. 위의 세 문장을 한 문장으로 연결하
면 다음과 같습니다.

→ 나는 훌륭한 반 고흐의 그림을 보고 감동해서 눈물이 났다.

2. 논리적인 문장 쓰기

(1) 지시어 활용하기

논리적인 문장을 잘 쓰려면 어떻게 해야 할까요? 쉽게 활용할 수
있는 두 가지 방법을 말씀드릴까 합니다. 먼저 지시어를 활용하면
장황한 문장들을 보다 논리적이고 간편하게 표현할 수 있습니다.

예문

정부는 오늘 하루 코로나19 확진자가 20만 명을 넘었다고 발표했다. 정부가 발표한 확진자 수는 지난 2019년 이후 최고 수치로 코로나가 재확산의 조짐을 보이고 있음을 나타낸다.

예문은 첫 문장의 내용을 두 번째 문장에서 바로 언급해야 논리적인 맥락이 맞는 구조입니다. 이때 문장을 그대로 옮기기보다 '정부의 발표는', '이 숫자는' 또는 '이는'이라는 지시어를 사용하면 보다 간결하고 설득력 있게 표현할 수 있습니다.

→ 정부는 오늘 하루 코로나19 확진자가 20만 명을 넘었다고 발표했다. 이는 지난 2019년 이후 최고 수치로 코로나가 재확산의 조짐을 보이고 있음을 나타낸다.

(2) 접속어 넣기

두 번째는 문장 사이에 적절한 접속어를 넣는 방법입니다. 많은 글에서 읽고, 또 쓰기 경험을 통해 알고 있지만 앞서 일반 글쓰기에서 접속사는 가능하면 쓰지 않는 것이 좋다고 말씀드렸습니다. 하지만 논리적인 글쓰기에서 접속사는 약방에 감초 역할을 합니다. 과하면 억지 주장처럼 보이지만 적절하게 접속어를 활용하면 문장과 문장 사이를 매끄럽게 연결하고 설득력을 높일 수 있습니다.

1) 나는 열심히 공부했다. _____ 시험에 합격하지 못했다.

2) 나는 열심히 공부했다. _____ 시험에 합격했다.

1)에는 '그러나', '그럼에도', '하지만' 같은 역접 접속어를 넣으면 문장 간에 논리 관계를 파악하기 쉬워집니다. 2)는 '그래서', '그러므로' 같은 순접 접속어를 활용해 의미를 쉽게 전달할 수 있습니다.

(3) 문장끼리 관계 맺기

논리적인 문장은 앞뒤 문장이 상호작용을 하며 유기적인 관계를 맺어야 합니다. 글을 쓸 때 문장과 문장을 연결하는 다음 세 가지 방식을 활용하면 설득력을 갖춘 글을 쓸 수 있습니다.

① 인과관계 & 원인 규명 관계

1) 감기에 걸려서 오늘은 학교를 쉬었다.

2) 오늘은 학교를 쉬었다. 왜냐하면 감기에 걸렸기 때문이다.

1)은 앞뒤 내용이 인과관계로 연결된 구조입니다. 감기에 걸렸다는 '원인'이 학교를 쉬게 된 '결과'를 초래한 것이지요. 글을 쓸 때 원인과 결과의 구조로 문장을 만들면 독자를 설득하기 쉽습니다. 비슷한 표현으로 2)는 결과를 앞에서 얘기하고 그 원인을 뒤에서 규

명하고 있습니다. 유사한 형식이지만 1)은 결과에 초점을 둔 문장이고 2)는 원인을 규명하는 데 비중을 두고 있습니다.

② 상관관계

두 개 이상의 문장은 반드시 문장 간에 관계가 성립해야 설득력을 가집니다. 앞서 인과관계가 가장 흔히 볼 수 있는 원인과 결과 구조의 문장이라면, 뒤 문장이 앞 문장을 구체화하거나 추상화하는 문장 또는 부연 설명을 하는 문장은 상관관계로 볼 수 있습니다. 특히 중심문장을 설명하기 위해 우리는 구체적인 사례나 부연 설명 문장을 사용하게 되는데요, 논리적인 글쓰기의 꽃이라고도 볼 수 있습니다.

예문 1

우리나라 저출산 문제 해결을 위해 청년층에 대한 주거 지원이 확대되어야 한다. _____ 예비부부에게 무기한 임대주택을 공급하거나 자녀의 연령에 따른 주거지의 확장 및 이주 방안을 세워 주는 방안이 있다.

이 예문은 밑줄 친 부분에 '예를 들면', '그중에서', '이른바' 등을 넣어서 두 문장을 연결할 수 있습니다. 앞 문장은 저출산 문제 해결을 위한 주거 지원의 필요성을 제시하고, 뒤 문장은 구체적인 사례를 든 구조입니다. 이런 상관관계는 일반적인 명제에서 구체적인 사례를 끄집어내는 것으로 논증할 때 가장 많이 쓰입니다. 논증 방식에서는 '연역법'으로 알려져 있지요. 구체적으로 뒷받침하는 문장을 통해 주장의 신빙성을 높이는 것은 사회적 글쓰기에서 필수라고 할 수 있습니다. 다수의 일반인을 설득하는 데 구체적인 사례만큼 좋은 도구는 없으니까요. 반대로 구체적인 사례를 추상화하는 문장 관계는 아래와 같습니다.

예문 2

며칠 전 강남의 중학교 앞에서 마약 성분을 탄 음료수를 학생들에게 무료로 나눠줘 화제가 됐다. 실제로 온라인에서 십 대들의 마약 구매가 자주 적발되고 있다. 마약 범죄가 가정과 학교, 우리의 일상까지 스며들고 있다.

〈예문 2〉는 〈예문 1〉과 달리 구체적인 사례에서 공통된 요소를 끄집어내서 일반적인 개념을 도출하고 있습니다. 청소년의 마약 구매와 노출 사례를 먼저 제시하고, 마약 범죄가 일상까지 침범하고 있다는 일반화된 결론을 맺었습니다. 보통 과학적 증명에서 자주 등장하는 논증 방식으로 구체적인 여러 사례를 모아 하나의 일반화된 명제를 만들 때 사용합니다. 글의 논증 방식에서는 '귀납법'으로 표현합니다. 장미와 백합, 개나리를 한데 모아 일반화시키면 '꽃'이 되는 식이지요.

③ 대립 관계

이번에는 앞뒤 문장이 정반대로 대립하는 구조를 소개할까 합니다. 대립 관계는 글에서 특별히 강조하고 싶은 내용이 있을 때 차이점을 통해 차별화된 부분을 드러내는 방법입니다. 대상 자체의 속성 비교에도 사용하지만 주로 두 가지 이상 대상을 비교하거나 대조할 때 특히 사회적 글쓰기에서 경쟁사와 제품을 비교할 때 자주 사용됩니다.

예문

1) 축구대표팀은 연일 계속되는 경기로 매우 지쳐 있었다. 그러나 4강 진출이라는 축구의 새 역사를 쓰고 있다는 사실에 마음만은 가벼웠다.

2) 고객만족도 설문조사를 보면 가격에서는 A사가 저렴하다. 그러나 디자인과 성능에서 본다면 B사 제품이 더 우수하다는 것을 알 수 있다.

3) 정치 경력이 없고 초선이라는 신선함을 내세운 A 후보자와 달리 B 후보자는 4선의 정치 경력과 여당의 지지도를 선거 전략으로 내세웠다.

1)은 대상은 같지만 대상이 지닌 속성을 대조적으로 보여 준 대립 문장입니다. 축구대표팀이 연속된 경기로 몸은 피곤하지만 새로운 기록을 세우고 있다는 점에서 정신적인 만족감이 매우 크다는 것을 대조적으로 표현한 구조입니다.

2)와 3)은 주체가 경쟁 구도에 있는 상황에서 자주 등장하는 대립 문장입니다. 경쟁사(자)와 어떤 면에서 비교우위에 있는지, 어떤 부분에서 차별점을 가지는지를 나타낼 때 항목별로 비교하고 그것

을 토대로 설득하는 문장을 덧붙입니다. 비교와 대조 방식은 대상의 공통점과 차이점을 드러낼 때도 효과적이지만 자신이 의도한 바를 독자에게 빠르게 전달하고 설득하는 데 용이합니다. '오늘 날씨는 덥습니다'라는 막연한 문장보다는 '오늘은 어제보다 덥습니다', '내일은 오늘보다 춥습니다'와 같이 정확한 비교 대상을 제시하면 내용을 이해시키기 쉽고 설득하기도 수월해집니다.

3. OREO 법칙과 논증 방법

(1) 논리적인 글은 오레오(OREO)를 기억하라

앞서 논리적인 문장을 쓰는 방법과 문장 간의 관계를 소개해 드렸습니다. 여기서는 논증의 최소 단위인 단락에서 논리력을 갖추는 방법을 이야기할까 합니다. 논리적인 글쓰기는 'OREO' 법칙을 기억합니다. 논리적인 글의 구조는 기본적으로 '주장+근거(이유)+사례+강조'의 순으로 구성하는 것이 가장 일반적인 방법인데요. 하버드의 150년 글쓰기 전통법 OREO 법칙으로 알려진 작문법은 아래와 같습니다.

OREO 법칙

Opinion: 자신의 의견을 밝히고 주장하기

Reason: 주장을 뒷받침할 만한 근거와 이유를 설명하기

Example: 구체적인 사례를 들어 타당성을 갖추기

Offer: 자신의 주장을 다시 한번 강조하기

우리나라를 대표하는 논리 전문가로 유시민 작가를 꼽을 수 있는데요. 그의 저서 『유시민의 글쓰기 특강』에서는 논리적인 글의 핵심인 논증법에 대해 "자신의 문장이 타당한지 옳은 문장인지 끊임없이 의심하고 검증할 것"을 설파하고 있습니다.

예문

대한민국 최고 미남은 차은우다.

이 문장은 옳은 문장일까요? (개인적인 견해와 무관합니다.) 이 문장이 옳지 않다면 무엇이 잘못됐고, 어떤 논리적 근거가 필요할까요? 우선 이 문장이 옳은 문장이 되려면 누구나 인정할 만한 타당한 명제여야 합니다. 즉 차은우가 대표성을 띨 만한 논리적 근거가 뒷받침되어야 하지요. 성형외과 전문의들의 종합적 소견이나, 과학적 근거(비율, 통계, 투표 결과 등) 등 객관적이고 신뢰할 만한 증거들이 등장해야 합니다. 그래야 누구나 공감할 만한 문장이 되고, 논리적인 글이 됩니다.

논리적인 글을 쓰려면, 글을 쓰기 전에 한 줄 한 줄의 문장이 앞뒤가 맞는지 논리적인 사고부터 시작해야 합니다. 생각을 언어로 표현하면 말이 되고, 말을 문자로 표현하면 곧 글이 됩니다. 그래서 글은 곧 나의 생각입니다. 상황이 바뀔 때마다 판단의 기준을 바꾸고 감정에 휘둘려서 문장을 엮으면 그 글은 논리적인 글이 아닙니다.

처음부터 끝까지 한 가지 주제에 집중해서 옆길로 새지 않도록 마음을 추슬러야 합니다.

(2) 논리적인 글쓰기에 사용되는 논증 방법

① 사례를 일반화하기

자신의 주장이나 의견을 뒷받침할 때 구체적인 사례를 모으면 일반화의 힘을 가지게 됩니다. 어제 7시에 일어났고 오늘도 7시에 일어났다면 내일도 7시에 일어날 확률이 높고, 이런 사례가 모이면 '나는 매일 7시에 일어난다'라는 일반 명제가 탄생하게 되지요. 사례는 개인적인 것도 좋고 세상의 다양한 소재도 좋습니다. 단, 뭉뚱그린 사례보다는 구체적인 사건과 시간, 숫자 등을 사용합니다.

② 상관관계와 인과관계

논리적인 글에 자주 등장하는 실수 중 하나는 문장 간에 연관성이 있다고 해서 인과관계인 것처럼 논증하는 경우입니다. 예를 들어 '두 사람이 방에 들어갔다. 그녀는 다음 날 죽은 채 발견됐다'라는 문장이 있다고 가정해 보겠습니다. 그와 그녀가 방에 들어가고 그녀가 죽은 채 발견됐다고 해서 그가 반드시 범인은 아니겠죠. 단순한 시간 배열일 수도 있고, 누군가가 의도한 속임수일 수도 있습니다. 문장이 시간순으로 배열되었다고 해서 반드시 앞뒤를 인과관계로 단정 지을 수 없습니다. 연관 있는 사례와 원인과 결과가 되는 관계를 잘 구분해야 논리적으로 모순이 없는 문장이 됩니다.

③ 연역법과 귀납법

학창 시절부터 배워 온 방법입니다. 연역법은 대전제를 먼저 제시하고 사례나 근거를 들어 주장을 뒷받침하는 방식입니다. 반대로 귀납법은 여러 사례와 근거를 들어 하나의 결론을 도출하는 방식으로 과학 분야에서 실험 결과를 도출할 때 자주 사용하는 논증법입니다. 하나의 글 안에서도 여러 가지 논증법이 등장하고 글의 종류와 상관없이 자유로운 논증이 이루어지기도 합니다. 중요한 것은 상대를 설득하는 데에도 방법이 있고, 논리적인 문장은 반드시 구체적이고 과학적이어야 한다는 사실입니다.

4. 설득력 있는 말과 글

당연한 말이지만, 문장력을 기르면 글쓰기뿐 아니라 사회생활의 모든 영역에서 도움을 받습니다. 요즘에는 어린이부터 노년층까지 모두 SNS나 채팅 앱을 통한 커뮤니케이션을 주요 대화 수단으로 사용합니다. 회사에서도 비대면 근무나 온라인 영업이 늘어나면서 SNS를 활용한 커뮤니케이션은 사람과 사람이 만나 실제로 대화하는 것과 별 차이가 없습니다. 코로나19 이후 직장인에게 채팅은 일하는 수단이자 거쳐야 할 '과정'이 되었습니다. 사내 메신저와 거래처와의 대화, 기업의 홍보 메시지 모두 SNS를 통해 내용을 전송하고 근거를 남깁니다. 이런 추세라면 '전화기'는 역사 속으로 사라질 것도 같습니다.

그러나 채팅 앱만으로 대화하다 보면 의도하지 않은 방향으로 대화가 흘러가거나 말싸움으로 이어지는 경우가 종종 있습니다. 이 럴 때 우리에게 필요한 기술도 '문장력'입니다. 말이 아닌 문장으로 표현하면 주어와 서술어가 명확해지고, 격식을 차려 의사를 전달할 수 있습니다. 문장으로 대화할 때는 '상대의 입장'에서 문장을 쓴다 는 것을 기본 전제로 해야 합니다. 그래야만 오해와 충돌을 피할 수 있고 자신의 진심을 전할 수 있습니다. 종종 학생들에게 '연애도 사 회생활도, 성공하려면 말과 글을 잘 써야 한다'고 고루한 '썰'을 풀 때가 있습니다. 실제로 여자들 사이에서는 잘생긴 남자보다 말 잘하 고 유머러스한 남자가 더 인기 있습니다. 잘생김은 내 눈을 즐겁게 해 주지만 좋은 문장은 우리 뇌를 행복하게 만들기 때문입니다. 특 히 유머는 상대를 설득하는 최고급 기술이자 저변에 상당한 논리력 과 문장력을 요하는 고난도 의사 표현 방식입니다.

직장 동료들과 비대면으로 업무할 때 관리자는 팀원의 사기는 유지하면서도 정확하게 일 처리를 하게끔 이끌어야 합니다. 이때 상 명하달식(top-down)이나 강압적인 명령이 아닌 실무자의 장점을 극대화하면서도 동기부여가 되게끔 유도할 수 있는 문장 능력이 필 요합니다. 평소 주고받는 이메일이나 SNS나 문자에서도 상대를 배 려하는 문장을 쓰면 자신도 모르게 협력자가 늘어나고 일의 성과도 높아집니다. 존중과 배려는 언제나 인간관계의 핵심입니다. 논리적 인 문장의 목적은 상대를 설득하는 것입니다. 그렇다면 우리 일상에 서 어떻게 하면 상대를 보다 쉽게, 효율적으로 설득하는 문장을 쓸 수 있을까요?

(1) 내 문장의 주인공은 나야 나? 너야 너?

상대를 설득한다는 것은 사실 상대방이 나와 공감대를 형성하게 한다는 의미입니다. 내가 전하고자 하는 바를 쉽게 잘 전달해서 상대도 같은 생각을 갖게 하는 것이죠. 그렇다면 지금 내가 쓰고 있는 문장의 주인공이 과연 '나'여야 하는지 '상대방(너)'이어야 하는지 생각해 봐야 합니다. 우리가 글을 쓸 때 흔히 저지르는 실수는 자신의 이야기를 너무 장황하게 늘어놓는 것입니다. 사실 세상은 '나'라는 개인에게 그다지 관심이 없는데도 말이지요. 결국 내 글의 목적이 상대를 설득하는 것이라면 문장의 주인공은 '나야 나'가 아니라 '너야 너'가 되어야 합니다.

예문 1

〈나야 나 문장〉

나는 비가 오나 눈이 오나 매일 한 시간씩 운동을 한다. 다이어트에는 식습관도 중요하지만 운동을 해야만 건강하고 탄력 있는 몸을 유지할 수 있기 때문이다. 나는 앞으로도 평생을 하루 한 시간 운동 규칙을 지키면서 더 날씬한 몸매를 유지하도록 노력할 것이다.

글쓴이가 자신의 경험을 토대로 '오하운(오늘 하루 운동)'의 중요성을 전달하는 문장인데 나쁘지는 않습니다. 그런데 왠지 혼자 잘난 척하는 느낌이 들지 않나요? '나' 대신 '당신'을 넣어서 문장을 바꿔 보겠습니다.

예문 2

〈너야 너 문장〉

당신은 한 달에 몇 번이나 운동을 하는가? 운동은 살을 빼는 목적만 중요한 것이 아니라 건강하고 탄력 있는 몸을 위한 현대인의 필수 요소다. 만약 당신이 지금보다 건강하고 젊어 보이고 싶다면 당장 걷기부터 시작해 보자. 매일 한 시간씩 언제 어디서든 운동하는 습관이 지금의 나를 만들었다고 자신 있게 말할 수 있다.

자신의 관점을 상대를 향하도록 바꾸는 일이 쉽지는 않습니다. 하지만 주어를 '나'에서 '너'로 바꾸는 것만으로도 우리의 의식은 상대를 향하게 됩니다. 독자 즉, 고객을 의식하면서 문장을 쓰면 상대는 '나를 위한 글', '내 이야기'와 같은 느낌을 받게 됩니다.

(2) 설득하고 싶다면 말을 아껴라

누군가를 내가 원하는 방향으로 움직이려고 하면 말이 많아집니다. 글도 마찬가지지요. 하지만 우리의 경험을 보더라도 마음을 움직이는 문장은 더 짧고 간결합니다. 할 말이 없어서가 아니라 단순하고 명료한 문장이 기억하기도 쉽고 앞뒤 연결에도 용이하기 때문입니다. 사람들과 더불어 살아가려면 상대를 설득하고 공감을 끌어내야 할 일이 많은데요, 그럴수록 말을 아끼고, 단어와 문장 하나하나에 집중해야 합니다. 미사여구나 접속사는 최소한으로 줄이고, 앞뒤 문장이 유기적으로 연결되어 주장과 근거가 자연스럽게 전개되도록 합니다. 처음에는 자연스럽게 문장을 쓰되, 퇴고하면서 접속사나 부연 문장을 줄여 갑니다. 빼도 말이 되는 표현은 과감하게 생략합니다.

예문

경험론의 창시자 프랜시스 베이컨은 과학자이자 철학자로, 그것도 모자라 대법관으로 천재의 삶을 살았다. 그가 남긴 수많은 지식과 이론 가운데 한국인은 단순명료한 한 문장으로 그를 기억한다. "아는 것이 힘이다."

우리나라는 삼면이 바다로 둘러싸인 반도 국가로 지정학적 요충지였지만 그만큼 외세의 침략과 위기에 자주 노출됐다. 상대적으로 자원이 부족했던 한반도는 자손의 안녕과 생존을 위해 본능적으로 인적자원에 집중할 수밖에 없었을 것이다. 반만년의 세월 속에 우리는 주변과 경쟁하면서도 대립하지 않고, 위기 속에서도 지혜롭게 살아남는 법을 습득하고 대물림해 왔다. 한국에만 있다는 단어 '눈치'나, 맹자도 울고 갈 만한 '맹모삼천지교' 이야기는 그래서 웬만한 가정집의 일화가 되었다.

지식의 힘은 베이컨의 말처럼 검증 가능한 지식을 모으는 도구적 기술에 있지 않다. 세대를 넘어 집을 팔아서라도 자식 교육에 온 힘과 열정을 다하는 대한민국을 단순히 학벌과 지위를 세습하고자 하는 자본주의적 본능만으로 설명하기는 힘들다. 우리는 본능적으로 지식이 지혜의 근본이며, 사유를 위한 도구가 아닌 공존과 번영을 위한 목적임을 아는 것이다. 권력과 자본에 위축되지 않고 자신을 지킬 줄 아는 힘. 그리고 나의 존엄성을 끊임없이 잃지 않

는 것 그것이 진정한 지식인의 소명이다. (하략)

「지성인」

위에 소개해 드린 글은 '지성인'을 주제로 쓴 칼럼의 일부입니다. 지식인과 지성인의 차이를 한국의 교육 문화에 빗대어 이야기하면서 경험론의 창시자 프랜시스 베이컨의 명언으로 글문을 열었습니다. 논리적인 글을 쓸 때 기존의 이론이나 명제를 인용하면 주장의 설득력을 높일 수 있습니다. 특히 세 단락의 문장에는 접속사를 한 번도 사용하지 않았습니다. 마지막 문장에 사용된 '그리고'는 주장을 강조하기 위해 의도적으로 사용한 표현이라고 볼 수 있습니다.

(3) '첫째, 둘째, 셋째'로 단락에 힘 불어넣기

논리적인 글이라고 썼는데 막상 읽어 보면 두서가 없는 경우가 있습니다. 주장과 근거가 명확하지 않고, 단락별 주제가 눈에 들어오지 않습니다. 그럴 땐 산만한 대목을 보기 쉽게 엮어 주어야 합니다. 바로 '첫째, 둘째, 셋째'를 활용하는 방법인데요, '먼저, 우선' 등으로 단락을 시작해도 좋습니다. 이렇게 단락에 가이드를 주면 독자가 글의 맥락을 놓치지 않고 끝까지 작가와 동행할 수 있습니다. 설득당할 가능성도 그만큼 높아지지요. 번호를 붙여 글을 정리하는 습관은 문어체뿐 아니라 구어체나 평소 생활에서도 위력을 발휘합니다.

(4) 주장은 간단명료하게

제목이 거창하고 분량이 방대한 전문가의 글도 독자가 읽고 나서 "뭔 개소리야"라고 한다면 무용지물입니다. 식상하거나 의례적인 이야기는 우리의 머리에 남지 않고, 시간을 허비한 느낌을 줍니다. 글이든 말이든 모두 말하고자 하는 핵심만 간단명료하게 전달하는 습관을 들입니다. 서론은 인상적인 한 방으로 명쾌하게 제시합니다. 그리고 빠르게 본론에 접근합니다.

중심문장은 맺고 끊음이 분명해야 합니다. 가령 '~하는 경향이 있고', '~하는 경우에는', '~일 때는 맞지만' 같은 가정과 전제를 남발하면 전체적으로 글에 힘이 떨어집니다. 물론 반대 의견을 고려해 부드럽게 표현하려는 의도는 좋지만 가능하면 과감하게 전제나 가능성을 잘라 내고 자신의 주장을 펴도록 합니다. 자신 있게 주장을 펼치되 독자의 생각은 그들의 몫으로 남겨 둡니다.

(5) 숫자와 구체적인 사례는 가장 설득력 있는 근거

딱딱하고 논리적인 글은 너무 길어지면 흥미도 덜하고 긴장도 떨어지게 됩니다. 논리적인 근거를 제시할 때 딱 들어맞는 예를 들면 글도 부드러워지고, 설득력을 높일 수 있습니다. 예시는 구체적일수록 좋고 실존하는 문장은 더 생동감 있는 사례가 됩니다. 역사적 사실이나 비화, 유사한 국가들의 비교, 비슷한 처지의 상황 설명 등은 모두 좋은 예시로 사용할 수 있습니다.

논리적인 글의 설득력을 높이는 무기 중 하나는 바로 '숫자와 통계'입니다. 자주 접하는 뉴스와 기사를 보면 대부분 객관적인 데이터를 근거로 제시하고 주장을 폅니다. 자신의 주장을 내세우거나 상대를 설득하고자 한다면 공신력 있는 숫자와 통계를 사용해 보세요. 자료를 수집할 때 통계청 사이트(www.kostat.go.kr)나 빅카인즈(www.bigkinds.or.kr) 같은 검색엔진을 활용하면 객관적인 데이터를 찾는 데 도움을 받을 수 있습니다.

5. 베껴 쓰고 바꿔 쓰자

감상문 한 장 쓰기도 버거운데 논리적인 근거로 상대를 설득하고, 주장을 입증해야 하는 글을 어떻게 써야 할지 막연하다면 쉬운 연습 방법을 소개해 드립니다. 저 역시도 10년 넘게 신문 기사를 오려 붙이고 칼럼을 복사해 공책에 베껴 쓰던 초보 시절이 있었습니다. 처음에는 그저 유명한 기자나 작가처럼 보이고 싶어서, 어떤 때는 필자의 문체나 표현이 멋있어서 아무 생각 없이 옮겨 적었지요. 사람에게는 누구나 반복을 통해서만 길러지는 실력이 있습니다. 무언가를 처음 배울 때 우리는 동일한 과정을 반복함으로써 배우기 시작합니다. 같은 동작을 반복하고, 단어를 되새기면서 몸과 마음에 새로운 정보를 입력합니다. 같은 글을 베껴 쓴다고 절대 똑같은 결과가 나오지 않습니다. 일부는 인간이 가진 기억력의 한계이기도 하지만 정확히는 내가 본 글을 이해하고 나만의 방식으로 소화한 만큼 다시 재창조돼서 결과물이 나오기 때문입니다.

처음에는 가능하면 가볍고 쉬운 글을 골라서 필사를 시작해 보세요. 좋은 글을 필사하면 기본 문장구조가 좋아집니다. 주어와 서술어의 호응 관계나 간결한 문장구조가 나도 모르게 연습이 되거든요. 필사할 때 긴 분량의 글은 되도록 지양하고 한 페이지를 넘지 않는 단문 형식의 문장에서 시작하기를 권해 드립니다. 한 번은 똑같이 베껴 보고, 두 번째는 기억에 의존해서 비슷하게, 세 번째는 마치 내가 새로 쓰는 글처럼 자신 있게 써 봅니다. 그렇게 필사를 반복하면 원작과 어떤 표현이 같고 다른지, 나에게 익숙한 문장과 어색한 문장은 무엇인지 알게 됩니다. 그동안 고치고 싶었던 비문의 습관도 새롭게 발견할 수 있습니다.

베껴 쓰기는 글을 쓰는 행위 자체를 익숙하게 만드는 방법이기도 합니다. 빈 종이 위에 한두 페이지 분량의 글을 쓰기는 힘들지만, 필사는 누구나 할 수 있습니다. 필사를 통해 글쓰기 시간을 견딜 힘이 생기고 손가락과 엉덩이에 글쓰기 근육이 붙게 됩니다. 미문의 문장력이 길러지고 닮고 싶은 작가의 문체를 흉내 낼 수 있습니다. 자신 없던 논리적인 글도 주장을 뒷받침하는 연습을 반복하면 이것만으로도 글쓰기에 관한 통찰을 얻을 수 있습니다. 어느 순간 필자의 표현이나 단어를 바꾸고 주장도 비틀고 싶은 순간이 올 거예요. 그럴 때는 내 마음 가는 대로 한번 글을 고쳐 보는 겁니다. 앞뒤를 바꿔 보기도 하고, 원문보다 더 좋은 표현으로 대체해 보고, 나만의 감정 사전에서 참신한 어휘를 꺼내 기존의 문장을 수선해 봅니다. 제목과 마지막 문장도 멋있게 한번 바꿔 보세요. 두렵고 떨리는 만큼 만족감도 커집니다.

8장 수필

Do not tell, but show
(말하지 말고 보여 주라).

1. 무형식의 형식, 수필

여러분은 왜 글을 쓰시나요? 작문 수업을 열 때면 항상 수강생들에게 '왜 글을 쓰고 싶은지', '나에게 글쓰기란 무엇인지' 질문을 던집니다. 이 질문에 대한 답은 사실 간단하지 않습니다. 목적을 가진 글은 형식과 답이 정해져 있는 경우가 많지만, 자신의 이야기를 써야 하는 글들은 쓰는 과정을 통해 자신에게 무수한 질문을 던지고 솔직하게 답해야 하기 때문입니다. 우리는 글을 쓰는 과정에서 내가 누구이며, 무엇을 원하는지 발견하게 됩니다. 때로는 감춰 둔 상처를 드러내 마주하며 두세 번씩 가슴앓이도 하지요. 그럼에도 우리는 다시 쓰기를 반복합니다. 쓰는 과정을 통해 진정한 자신을 만나고 스스로를 위로하면서 내가 정형화된 사람이 아니라 끊임없이 성장해 가는 존재라는 것을 발견합니다. 그래서입니다. 글쓰기를 배우고 익혀서 삶에 적용하면 화려한 문장이나 수식들은 떨어져 나가고 '나의 본질', 즉 알맹이만 남습니다. 그때 비로소 내 삶의 주인이 '나' 자신임을 알게 됩니다.

수필을 '무형식의 형식'이라고 합니다. 혹자는 붓 가는 대로 쓰는 자유글이라고도 하지요. 그러나 형식이 없다는 말은 처음 수필을 쓰려는 사람을 당황스럽게 만듭니다. 형식이 없는데 무엇을 어떻게 쓰라는 말인지, 대체 어떤 그릇에 음식을 담아내라는 건지 감이 오질 않습니다. 형식이 없다는 말은 곧 형식이 다양하다는 말입니다. 어떤 수필은 대화문으로만 이루어져 있고, 장면 묘사로 꽉 채워져 있는 글도 있습니다. 수필은 소설이나 희곡의 형식을 빌려 쓸 수도 있습니다. 이렇게 다양한 형식의 수필적 특성을 '무형식의 형식'이라는 말로 표현한 게 아닐까 생각합니다.

수필은 문예적인 산문입니다. 시나 소설의 형식을 수용하지만, 지나친 감성이나 허구적 상상력으로 독자가 이해할 수 있는 범위를 넘어서는 안 됩니다. 수필은 가능한 한 수식어를 아끼고 감정을 절제합니다. 그래야 독자를 설득할 수 있고 공감을 얻게 됩니다. 소설이 가상의 인물을 통해 이야기를 전개하는 3인칭 시점의 문학이라면, 수필은 작가 자신이 독자와 직접 대화하는 1인칭 시점의 문학입니다. 수필은 서술자가 작가 자신이므로 주관적이면서도 개성적인 특징을 가집니다. 허구를 기반으로 한 문학과 구분되는 진실과 사실을 다룬다는 점에서 가장 솔직한 문학이라고 할 수 있지요. 수필을 쓸 때 가장 중요한 포인트는 바로 '꾸미지 않는' 그대로의 삶을 담아내는 것입니다.

2. 수필의 종류

(1) 개인 수필

수필은 자신의 이야기를 솔직하게 담아내는 자기 고백의 글입니다. 소재도, 대상도, 작가도 모두 자기 자신입니다. 수필의 가장 일반적인 예는 자신의 이야기를 풀어 가는 '개인 수필'입니다.

> 예문
>
> "엄마가 살아 계시던 날들이 전부 찬란한 봄날이었어요." 엄마의 뒷모습이 쓸쓸해 보이는 날이 있었는데 살금살금 다가가서 백허그를 해 드릴걸. 표정이 유난히 슬퍼 보이는 날도 있었는데 말없이 두 팔로 안아 드릴걸. 걸어가는 엄마가 외로워 보일 때도 있었는데 걸음을 멈춰 세우고 따뜻하게 안아 드릴걸. 엄마의 행복 충전법은 아주 간단하다. 딸이 말없이 꼬옥 안아 주면 된다. 엄마의 얼굴에 발그레한 미소가 꽃처럼 피어나면 엄마의 비어 있던 행복도 충전 완료다.*

이 글은 전직 교사 출신의 작가 송정림 씨가 지병으로 자신의 엄마를 떠나보낸 후 함께했던 일상을 복기하며 엄마에게 보내는 편지를 모은 수필집 『엄마와 나의 모든 봄날들』의 일부입니다. 엄마라는 단어에는 언제나 물기가 묻어나지요. 세상의 모든 이는 엄마와 이별

---

* 송정림, 『엄마와 나의 모든 봄날들』, 알에이치코리아, 2020, 41쪽.

을 경험하게 됩니다. 유일한 안식처이자, 친구이자, 신과 같은 대단한 존재이던 엄마가 늘 곁에 있을 것이라는 착각은 누구에게나 다가오는 이별 앞에서 가슴에 더 큰 생채기를 냅니다. 누구나 한 번은 겪어야 할 엄마와의 이별을 모티브로 엄마와 함께 이루고 싶은 버킷 리스트를 써 내려간 1인칭 개인 수필입니다.

(2) 비평 수필

개인 수필이 자신의 이야기를 담담하게 풀어 가는 글이라면 '비평 수필'은 선악을 가리거나 공공성을 띠는 글입니다. 문학의 한 장르로서 비평 수필은 직설적이고 공격적인 비평보다는 여운을 남기는 방식으로 비평의 날카로움을 감추고 부드럽게 메시지를 전달하는 글입니다.

예문

겨울이 오니 땔나무가 있을 리 만무하다. 동지 설상 삼척 냉돌에다 변변치도 못한 이부자리를 깔고 누웠으니, 사뭇 뼈가 저려 올라오고 다리 팔 마디에서 오도독 소리가 나도록 온몸이 곤아 오는 판에, 사지를 웅크릴 대로 웅크리고 꽁꽁 안간힘을 쓰면서 이를 악물다 못해 박박 갈면서 하는 말이 "요놈, 요 괘씸한 추위란 놈 같으니, 네가 지금은 이렇게 기승을 부리지마는, 어디 내년 봄에 두고 보자" 하고 벼르더라는 이야기가 전하여 오지마는, 이것이 옛날 남산골 '딸깍발이'의 성격을 단적으로 가장 잘 표현한 이야기다. 사실로는 졌지마는 마음으로는 안 졌다는 앙큼한 자존심,

꼬장꼬장한 고지식, 양반은 얼어 죽어도 겻불은 안 쬔다는 지조志操, 이 몇 가지가 그들의 생활신조였다.[*]

이 작품은 故 이희승 작가의 대표적인 수필로 우리 고유의 선비 정신을 '남산골 샌님, 딸깍발이'를 예로 들어 표현한 비평 수필입니다. 이야기에 등장하는 남산골 샌님은 '딸깍발이'라는 별칭으로 표현될 만큼 궁핍한 생활을 하면서도 청렴과 지조, 자존심과 꼬장꼬장한 고지식을 생활신조로 삼는 선비입니다. 작가는 남산골 샌님을 통해 현대인의 이기적이고 약삭빠른 삶을 비판하고 이에 경계심을 가질 것을 말하고 있습니다.

(3) 사회 수필

글에 시사성을 담고 있는 수필을 '사회 수필'이라고 합니다. 사회 수필은 작가의 개인적 이야기보다는 시대적 배경을 드러내며 사회적 · 국가적 문제를 비유와 상징을 통해 산문으로 표현한 글입니다. 1980년대 부패한 정부의 개헌을 요구하는 학생들과 시민의 안타까운 마음을 다룬 이정림 작가의 「문 안에 있는 자와 문 밖에 있는 자」나 지방 관리들의 학정을 비판하는 정약용의 「파리를 조문하는 글」과 같은 고전수필은 사회 수필의 대표적인 사례로 꼽을 수 있습니다.

---

[*] 이희승, 『딸깍발이』, 범우사, 2006, 14~15쪽.

(4) 경수필과 중수필

그 밖에도 작가의 주관적 체험을 중심으로 다룬 글을 '경수필', 작가의 체험을 배제한 객관적인 성격을 지닌 수필을 '중수필'로 분류하기도 합니다. 경수필은 이야기 속에 '나'가 겉으로 드러나며 개인적 감정과 표현을 중심으로 쓰입니다. 서점에 있는 수필 대부분이 바로 '경수필'입니다. 여행하며 현지에서 쓴 기행 수필이나, 작가의 가치관을 담은 철학 수필, 일상을 다룬 서정 수필 등이 모두 경수필에 해당합니다.

3. 무엇을 어떻게 쓸 것인가

(1) 일상에서 소재 찾기

수필의 소재는 일상적인 생활 속에서 얻어집니다. 소소하고 평범한 이야깃거리들이 모두 수필의 소재가 될 수 있습니다. 작고 평범한 이야기들이 수필이라는 문학작품으로 탄생하려면 소재에 의미를 부여하고 고민하는 과정이 필요합니다. 수필을 쓸 때는 무엇보다 내주제가 어떤 차별성을 가지는지, 누구나 관심을 가질 만한 주제인지를 고민해 보아야 합니다. 개인적이지만 개성이 드러난 글은 공감을 얻습니다. 자유로운 글이라고 해서 그냥 붓 가는 대로만 쓴 글이 수필이라고 생각한다면 큰 오산입니다. 붓 가는 대로 쓴다는 말은 자유로운 형식을 이야기하는 것이지 아무렇게나 써도 된다는 말은 아닙니다. 글은 감정의 배설물이 아니니까요. 형식이 없을수록 나만이 쓸 수 있는 이야기와 문체로 내용에 차별성을 두어야 합니다.

여행이나 독서, 영화 감상이나 운동 같은 취미 생활은 경험을 통해 자신의 감성을 풍부하게 만들어 주는 글의 소재가 됩니다. 또한 자신이 가장 지속적으로 해 오던 일상에서 소재를 찾는 것도 좋은 방법입니다. 공부, 직장, 집안일, 봉사활동 등 꼭 전문 분야가 아니더라도 누적된 일상의 시간은 개인의 고유한 경험이라는 힘을 만들어 줍니다. 자신이 경험한 갈등과 고민, 기쁨과 슬픔 등 관련된 에피소드를 이야기로 풀어내면 나만의 개성 있는 글이 만들어집니다. 너무 멀리서 찾기보다 과거, 현재, 미래의 '자신'에게서 소재를 찾아봅니다.

아래 예문은 '인문학 글쓰기' 강의에서 미술관을 다녀온 경험을 소재로 쓴 한 수강생의 글입니다. 일상의 소재에 자신만의 '의미'를 덧붙여 깊은 공감과 여운을 남기고 있습니다.

예문

미술관에 다녀왔다. 아름다움을 더 많이 눈에 담아 두자는 올 초의 다짐을 코로나 약화의 덕으로 실천하는 셈이다. 사실 난 그림을 잘 모른다. 그림이 갖는 무게가 나에게 크게 전해진 적이 거의 없다. 작품을 보는 안목이 없다 보니 비싼 그림을 갖다 봐도 나에겐 별 의미를 갖지 않는다.

명랑하고 순수함이 매력적인 친구가 있었다. 언젠가 술자리에서 친구는 지나가는 말로 부탁 아닌 부탁을 했다. 아내가 취미로 그림을 시작했는데 나중에 그림 한 점 사 달라는 거다. 자기가 10만 원을 줄 테니 그 돈으로 사고 자기 아내에겐 비밀로 해 달란다.

부탁을 받고 얼마 지나 친구 아내의 조그만 작품 전시회에 초대를 받고 그림을 한 점 구입했다. 친구 아내는 자기 그림을 처음 판매하는 거라며 소녀처럼 좋아했다. 친구는 아내 몰래 나에게 돈을 돌려주려 했지만 받지 않았다. 안목이 없는 터라 작품을 봐도 그 가치를 모르는 나에게, 그 그림은 친구의 아내 사랑을 입증하는 최고의 징표이며 가장 비싼 그림이었다.

그 후 친구는 몹쓸 병에 걸려 여러 해 투병 생활을 했다. 불안한 증세를 이어 가던 어느 날 그의 아내로부터 임종을 앞두었다는 연락을 받았다. 조금 망설였지만 친구를 그대로 보내면 두고두고 후회가 될 것 같아서 병실을 찾았다. 임종을 앞둔 친구 곁을 아내가 혼자 지키고 있었다. 나는 그의 아내에게 친구가 예전에 부탁했던 그림 이야기를 꺼냈다. 그녀는 전혀 몰랐었다고 했다. 그러고는 병 수발이 너무 힘들어서 이제 정도 많이 떨어졌는데 그때 날 위해 당신이 그랬었구나… 하고 촉촉해진 눈으로 누워 있는 친구를 바라보며 말했다.

세상에서 가장 비싼 그림을 나에게 남기고, 친구는 그날 밤 우리 곁을 떠났다.

「가장 비싼 그림」

수필을 쓰려면 많은 작품을 읽고 공감해야 합니다. 유명한 작가의 책이나, 필력이 뛰어난 사람들의 글을 자주 접하는 것도 좋지만, 사실 일반인에게 가장 좋은 글쓰기 공부는 나와 비슷한 사람들이 어떻게 생각하고 어떤 글을 쓰는지 관찰하는 겁니다. 저는 강의장에서 보통 글쓰기와 첨삭 지도를 병행하는데 수강생들의 글을 소개하고 함께 낭독하면서 스스로 평가자가 될 기회를 드립니다. 나와 내 동료가 공감하는 글은 누구에게나 울림을 줄 수 있습니다.

이 글이 수강생들에게 공감을 얻은 이유는 일상에서 접할 수 있는 '삶과 죽음'이라는 소재에 있기도 하지만, 친구의 부탁을 받았을 때 느꼈던 감정을 구체적으로 묘사했기 때문입니다. 아내의 그림을 부탁하던 친구의 표정이나 말투가 글에서도 생생하게 전해집니다. 나중에 이 사실을 전해 들은 아내의 반응이 오히려 담담해서 독자의 마음이 더 먹먹해집니다. 당시 상황을 기억하고 이야기로 풀어낸 필자의 구성력도 돋보입니다. 전문적인 미술 지식이 없더라도 그림이라는 예술적 가치에 생명의 존엄함까지 함께 전하는 글입니다.

(2) 인정받고 싶은 욕구에서 벗어나기

누구나 글을 잘 쓰고 싶습니다. 남들에게 인정도 받고, 가능하면 대회 수상도 하면 좋지요. 반면 내 생각을 그대로 드러낼 때 생길 수 있는 타인의 공격과 질타가 두려워 글을 쓰기도 전에 시험에 들기도 합니다. 때로는 감동적인 글을 써야 한다는 부담에 휩싸여 억지로 쥐어짠 이야기가 나오기도 하지요. 저 역시도 글을 쓸 때마다 가장 큰 적인 '내면의 나'와 마주하게 됩니다. 끊임없이 자기검열에 시달리고, 창작과 모작의 경계에서 갈피를 잡지 못할 때도 많습니다. 글을 쓰는 과정에서 누구나 이런 사춘기를 겪게 됩니다. 당연한 성장 과정입니다. 글을 쓸 때 내 마음이 질풍노도에 휩싸인다면 솔직함만이 유일한 무기입니다. 타인에게 인정받고 싶은 욕구에서 자신을 내려놓고 허영심에서 스스로를 해방할 때 담백한 글이 나올 수 있습니다. 다소 서투르고 투박해도 괜찮습니다.

(3) 삶을 애정하기

수필을 잘 쓰려면 어떻게 해야 할지 필요한 것 딱 한 가지만 꼽는다면 저는 '삶에 대한 애정'이라고 말씀드리고 싶습니다. 나태주 시인의 말처럼 관심을 가지고 봐야(관찰) 제대로 알게 되고(생각) 그때부터 태도(행동)가 달라지게 됩니다. 평범한 글처럼 보이는 수필의 매력은 바로 평범한 일상이 관심을 통해 새롭게 발견되는 틈새에 존재하는 것 같습니다. 매일 마주치는 일상을 이전과 다르게 보게 하는 힘이 있으니까요. 그런 점에서 수필을 쓴다는 것은 그 자체가 글쓰기 훈련입니다. 수필은 주변을 관찰하고 삶을 사랑하는 태도를 지니게 하니까요. 그렇다고 너무 심각하게 의미를 부여해서 세상을 바라볼 필요는 없습니다. 소소한 일상을 자세히 들여다보고 어제와 다른 의미를 발견하다 보면 나만의 철학이 쌓입니다. 글쓰기는 자신의 생각을 한 단어, 한 문장으로 표현하는 데서 출발합니다. 태어나자마자 바로 걷는 아이는 없습니다. 두리번거리다가 넘어지고, 실수를 통해 바로서기를 배웁니다. 수필은 장거리 마라톤을 위한 걷기 과정입니다. 날카로운 논리와 주장을 펴기 전에 세상을 사랑하고 세심하게 볼 줄 아는 눈을 가져야 합니다.

(4) 메모의 힘 활용하기

수필은 길이나 구성, 소재 등 모든 면에서 자유로워 형식의 경계가 모호합니다. 처음 수필을 쓸 때는 빈 종이에 모든 것을 쏟아 내기보다 최근의 경험을 토대로 일상을 적어 봅니다. 인상 깊게 읽었던 책도 좋고, 우연히 보게 된 옛날 영화나 여행 일기도 좋습니다. 무작정 기억을 더듬어 쓰겠다는 욕심은 잠시 내려놓고 그때그때 모아 둔 메모와 일기를 활용해야 합니다. 전문적으로 글을 쓰는 작가도 일필휘지로 글을 쓰는 사례는 거의 없습니다. 늘 메모지와 펜을 들고 새로운 정보와 질문을 마주칠 때마다 간단히 기록하는 데서 글쓰기가 시작됩니다. 책을 읽었다면 간단한 독서 평과 인상 깊은 구절을 기록해 두고, 산책하는 도중 시상이 떠올랐다면 휴대폰을 활용해 사진을 찍거나 메모장에 기록을 남깁니다. 음악을 듣거나 TV 광고를 볼 때, 영화 속 한 장면도 자신만의 생각과 결합하면 모두 글의 소재가 됩니다. 매일 겪는 날씨와 음식 맛도 그 순간에는 하찮아 보일지 모르지만 나중에는 중요한 글감이 될 수 있습니다.

한 신입 사원이 회사에서 대표이사와 함께 식사하는 장면을 상상해 보겠습니다. 만약 메모가 없다면 기억에만 의존한 문장이 탄생합니다.

예문

오늘 점심에 나는 입사 후 처음으로 회사 사장님과 식사를 함께 했다.

아무리 생각해도 한 줄 이상의 문장을 쓰기가 어렵습니다. 그러나 날씨와 내 감정, 주변 상황을 관찰해서 메모를 남길 수 있다면 보다 생생한 문장이 탄생합니다.

➜ 화창한 봄날이었다. 검은 정장을 차려입은 사장님이 점심 식
사 장소에 들어섰다. 처음 면접 때 멀리서 뵙고 이렇게 가까이
서 본 건 두 번째다. 상차림은 의외로 소박했다.

(5) 악마는 디테일에 있다

메모의 힘이 모여 구체적인 묘사로 이어진다면 무미건조한 문장
도 매력적인 스토리로 재탄생합니다. 특히 정확한 숫자를 메모해 두
었다가 사용하면 신뢰감을 높이는 문장을 쓸 수 있습니다.

예문 1

10월 26일 저녁 7시 48분이었다. 두 발의 총성과 함께 묵직한 비
명이 이어졌다. VIP가 쓰러졌다는 사실은 경호원들의 부산한 움
직임으로 알 수 있었다.

보통 VIP는 대통령을 상징하는 암호로 쓰입니다. 대통령 암살 당
시 상황을 구체적인 동작과 숫자를 사용해서 표현함으로써 글이 아
닌 장면으로 보여 주는 문장이 탄생했습니다. '대통령이 총에 맞고
쓰러졌다'라는 문장보다 생동감 있는 이야기가 만들어집니다.

예문 2

전 세계 695만 명의 생명을 앗아 가고 나서야 코로나는 잠잠해졌

다. 정부도 지난 5월 격리해제를 발표하고 코로나 엔데믹을 선언했다. 자유롭고 평범했던 일상이 오히려 낯설게 느껴졌다.

구체적인 수치는 글의 설득력을 높이고 글의 구성을 탄탄하게 하지요. 악마는 디테일에 있습니다. 글에서도 결정적 한 방 역할을 하는 것은 치밀한 관찰과 이를 뒷받침하는 구성에 있다는 사실을 기억합니다. 관찰을 통해 대상이 더 쪼개지고 구체화되면 글쓰기에 내공이 쌓입니다.

4. 수필의 문장

(1) 간결한 문장으로 쓰라

수필은 지문만으로 글을 이끌어 가는 문학입니다. 지문으로 글을 이끌어 가려면 화려한 플롯보다 한 줄 한 줄 문장이 중요합니다. 어려운 말을 어렵게 쓰기는 쉽습니다. 어려운 말을 쉽게 쓰는 것이 힘든 법이지요. 수필 한 편의 길이는 대체로 200자 원고지 13장 내외입니다. 길이에 제한이 있는 만큼 문장은 간결해야 합니다. 간결할수록 문장은 힘이 생기고, 단문이 모여 문맥을 이루면 마치 한 곡의 클래식을 듣는 것처럼 리드미컬한 스토리를 만듭니다.

수필의 문장은 화려한 미사여구보다 투박하고 솔직한 것이어야 합니다. 수필의 핵심이 진정성에 있다면 진솔함은 소박하고 투박한 문장에서 빛이 납니다. 오히려 지나친 수식은 문장의 격을 떨어뜨립니다. 아는 척하느라 힘을 주는 어려운 문장도 쓰지 않습니다. 일부러 한자어나 외래어를 들여오기보다 평범한 단어로 어려운 말도 되레 쉽게 풀어 씁니다. 어려운 글이 멋있는 글이라는 생각은 착각입니다.

수필을 쓸 때는 가능한 한 말하듯이 자연스럽게 써 내려갑니다. 글을 쓰다 보면 어떤 문장에서 적절한 단어나 표현이 생각나지 않아 멈춰 서기도 합니다. 그럴 때는 친구와 대화하듯 자연스러운 이야기체로 써 봅니다.

(2) 글머리는 동기에서 자연스럽게 시작하라

수필의 첫 문장은 자연스러울수록 좋습니다. 글을 쓰고 있는 현재의 느낌, 즉 글을 쓰고자 한 동기나 자신의 마음을 소개합니다. 예를 들어 스위스의 아름다운 경관을 이야기한다면 강렬한 첫인상에서 출발하는 것이 좋습니다. 여행의 시작과 준비 과정 등 부차적인 이야기는 접어 두고 바로 아름다운 풍광부터 접근합니다. 과정이 장황하면 막상 스위스의 아름다움과 감동은 사라지고 독자에게 "그래서 뭐가 어쨌다는 건데?"라는 핀잔을 듣게 됩니다.

서두는 되도록 짧은 문장으로 시작합니다. 첫 단락부터 문장이 길면 글이 늘어지고 호기심이 떨어집니다. 다음 두 편의 수필은 모두 글의 시작에서 작가가 하고자 하는 이야기를 바로 전개합니다. 간결한 문장으로 시작해 리듬감을 주고 주제를 암시하는 효과를 더하고 있습니다. 단문의 리듬을 타면서 전개의 속도감도 느껴 보시기 바랍니다.

예문 1

나는 부끄러운 어린 시절을 지니고 있다. 이미 지난 일이라 변명하거나 취소할 수가 없기 때문에 부끄럽다. 이미 지나간 시절이 곧 나의 과거다. 사진첩에, 서가에, 지인들의 마음에 꽂혀 있다. 할 수만 있다면 모조리 찾아 깨끗이 없애고 싶은 마음이다.

예문 2

그날 밤 나는 혼자 그 대문 앞에 서 있었다. 페인트칠이 벗겨지고 낡은 철문이었다. 골목에 수많은 개들이 낯선 이의 발걸음을 향해 짖어 대는 소리가 들렸다. 개들은 본능적으로 내 존재를 감지하고 있었다. '유기견보호소'라는 푯말은 그저 개들의 필사적인 절규를 피하기 위한 가림막이었다. 골목 끝에서부터 유기견의 똥오줌 냄새가 지려 왔다. 생존을 향한 광기 어린 냄새였다.

(3) 진부한 문장은 대화체를 활용하자

자유롭게 글을 쓰다 보면 자칫 설명이 길어질 때가 있습니다. 자연스럽게 이야기를 전달하고 싶은데 진부한 글이 될 때는 대화체로 상황을 묘사해 생생한 스토리로 만들 수 있습니다. 간결한 첫 문장이 잘 떠오르지 않을 때도 글의 시작을 대화체 문장으로 시작할 수 있습니다.

예문 1

"작년까지만 해도 여기는 노숙자들이 밤에 숨어서 자거나 볼일을 보고 가는 곳이었어요. 쓰레기와 분뇨가 여기저기 말도 못 하게 지저분했지. 따로 관리자가 없으니까 치우지도 않고 동네 통장님이 쪽문으로 들어와서 간간이 청소하고 가는 게 다였다니까요. 말이 문화재지 담도 없고 표시도 없고 관리도 안 하니까 그냥 버려져 있던 게지…"

「그 남자의 정원」

한강대교 남단 노량진 언덕을 자세히 보면 서울시 문화재 6호 '용양봉저정'이 있습니다. 정조가 아버지 사도세자의 묘소(현륭원)를 방문하러 가는 수원 행차에서 한강을 건너 늘 쉬어 가던 정자입니다. 그런데 일제강점기에는 이곳을 용봉탕이라는 목욕탕으로 사용했고, 한국전쟁 이후에는 국가에서 관리하지 않아 을씨년스러운 폐가 모습을 하고 있었답니다. 2021년부터 관할 지자체가 적극적으로 관리를 시작하면서 비로소 문화재다운 면모를 갖추게 되었습니다. 이런 내용을 설명하면 다소 진부한 글이 되었겠지만, 용양봉저정의 관리인과 나눈 대화를 서두에 인용하면서 독자의 호기심을 자극하고, 생동감 있는 글로 재탄생한 수필입니다.

예문 2

"어, 눈이잖아? 4월에 눈이 다 내리네?" 반가운 손님이 찾아오기라도 한 듯, 아이는 현관문을 열고 나가 마당을 빙글빙글 돌았다. 하루에도 수십 번 바뀌는 봄 날씨가 생경했다. "엄마, 저거 봐. 진짜 눈이야. 대박~" 활짝 핀 개나리 사이로 흰 눈이 내려앉자 아이는 흥분을 감추지 못했다. 매년 같은 꽃이 피고 계절이 바뀐다고 생각했던 내가 부끄러웠다. 아이의 눈에는 매일매일이 생애 첫 순간이었던 거다.

「봄눈」

첫눈이 내리는 순간도 설레지만 화창한 봄날 예기치 않게 찾아온 눈 손님도 반가울 따름입니다. 당연하다고 생각했던 일상과 계절의 변화가 아이의 시선을 통해 새롭게 드러나는 장면을 대화로 보여주는 글입니다.

(4) 쉽게 쓰자

수필을 쓴다는 것은 자신의 생각과 일상을 기록하고 정리하는 자체만으로도 의미 있는 활동입니다. 일기가 그 대표적인 예입니다. 어떤 사람들은 남을 설득하거나 보여 주기 위해, 자신의 주장이나 생각을 다른 사람에게 전하고 설득하기 위해 글을 씁니다. 위로와 공감을 얻기 위해 글을 쓰기도 합니다. 나만 혼자 몰래 읽을 목적이 아니라면 당연히 글은 쉽게 공감할 수 있도록 써야 합니다. 읽기 쉽고 이해하기 쉬워야 좋은 글입니다. 쉽게 쓰기 위해서는 이해를 돕는 구체적인 예를 들고, 적절한 비유를 사용해야 합니다. 지나친 미사여구나 한자어, 난해한 표현은 오히려 글을 어렵게 만들고 독해를 방해합니다.

국회는 특별법 제정을 두고 기한 없는 대치 국면에 돌입했다. 우크라이나와 러시아 내전을 둘러싸고 선지원 후포기냐 선포기 후 지원이냐를 주장하며 싸우던 올 초 여야의 대치 국면과 유사했다.

국회에서 야당과 여당의 기 싸움을 설명하기 위해 든 비유가 오히려 장황한 설명으로 이어져 이해를 어렵게 만들었습니다. 외교문제에 상식이 없는 사람이라면 혼란스러울 수도 있는 표현으로 비유를 빼고 상황을 구체적으로 설명하는 것이 낫습니다. 어려운 비유는 안 쓰는 것만 못합니다.

"어떻게 죽어야 할지 배우게 되면 어떻게 살아야 할지도 배울 수 있다네. 다시 말하면 일단 죽는 법을 배우게 되면 사는 법도 배우게 되지."
미치 앨봄의 소설 『모리와 함께한 화요일』에 등장하는 문구다. 살아 있는 장례식을 치르는 모리 할아버지를 보면서 인생을 잘 마무리하는 것이 얼마나 값진 일이고, 잘 사는 것 못지않게 잘 죽는 일이 중요한 숙제임을 알게 된다. 모리는 죽기 전에 제자 앨봄에게 자신을 용서하고 죽어 가는 생각과 화해할 수 있다면 궁극적으로 죽어 가면서 평화로울 수 있다고 말하는데, 사실 '죽음'이라는 단어의 무게 때문인지 의미가 실감이 나질 않았다. 인간만이 지구상에서 유일하게 자신의 죽음을 인지하고 사는 생명체라고 한다. 죽음을 인지하고 살아간다는 것은 어쩌면 천상계에서 인간을 추방하면서도 결국에는 다시 돌아오길 바라는 신의 마지막 선물이 아니었을까. 내 생이 예기치 못한 실수가 아니라 신의 선물이 되기 위해 지금이라도 잘 죽는 방법을 연구해 봐야겠다.

〈예문 2〉는 필자가 『모리와 함께한 화요일』을 읽고 독서록에 기록해 둔 짧은 글입니다. 서평을 쓰기에는 책의 내용이 감성적이고 '죽음'에 대해 여러 생각이 떠올라서 자유글을 썼습니다. 책을 읽고 쓰는 글이 반드시 정형화된 독후감 형식일 필요는 없습니다. 시로 표현할 수도 있고, 수필이나 서평으로, 사회를 향한 평론으로 쓸 수도 있지요. 수필은 이렇게 장르와 형식을 불문하는 자유글입니다. 무엇이든 소재가 되고, 언제 어디서든 내 생각을 자유롭게 적을 수 있다는 장점이 있습니다.

(5) 디테일한 묘사로 상상력을 자극하자

어떤 글은 읽는 내내 영화나 드라마를 보는 것 같은 느낌을 줍니다. '이 책은 영화나 소설로 만들면 대박이 날 것 같다'는 표현을 쓰기도 하지요. 이런 글의 공통점은 바로 '읽는' 글이 아니라 '보는' 글이라는 것입니다. 짧은 장면도 구체적으로 묘사하면 한 편의 글이 되고, 독자는 글을 읽으면서 마치 현장에 함께 있는 것 같은 착각에 빠집니다.

무진에 명산물이 없는 게 아니다. 나는 그것이 무엇인지 알고 있다. 그것은 안개다. 아침에 잠자리에서 일어나서 밖으로 나오면, 밤사이에 진주해 온 적군들처럼 안개가 무진을 삥 둘러싸고 있는 것이었다. 무진을 둘러싸고 있던 산들도 안개에 의하여 보이지 않는 먼 곳으로 유배당해 버리고 없었다. 안개는 마치 이승에 한恨이 있어서 매일 밤 찾아오는 여귀女鬼가 뿜어내 놓은 입김과 같았다. 해가 떠오르고, 바람이 바다 쪽에서 방향을 바꾸어 불어오기 전에는 사람들의 힘으로써는 그것을 헤쳐 버릴 수가 없었다. 손으로 잡을 수 없으면서도 그것은 뚜렷이 존재했고 사람들을 둘러쌌고 먼 곳에 있는 것으로부터 사람들을 떼어 놓았다.*

사실적 묘사로 유명한 김승옥 작가의 「무진기행」입니다. 무진霧津은 실제 존재하지 않는 안개 자욱한 나루터 마을이지만 이 글을 보고 나면 마치 허구적인 무진 공간에 와 있는 듯한 착각이 듭니다. 현실과 이상의 대비를 표현하기 위해 구상한 공간 '무진'을 마치 그림 그리듯 표현함으로써 독자는 안개 자욱한 무진에서 작가의 이야기를 듣는 기분이 들지요. 23세 작가가 쓴 소설이라고 보기에는 천재라는 말밖에 나오지 않습니다.

사물에 대한 깊은 관찰과 묘사는 독자의 상상력과 오감을 자극하는 글쓰기 방법입니다. 라면 하나로 신세계를 펼쳐 보인 예문을

---

* 김승옥, 『무진기행』, 문학동네, 2004, 10~11쪽.

함께 감상해 보겠습니다.

예문 2

나는 라면을 조리할 때 대파를 기본으로 삼고, 분말수프를 보조로 삼는다. 대파는 검지손가락만 한 것 10개 정도를 하얀 밑동만을 잘라서 세로로 길게 포개 놓았다가 라면이 2분쯤 끓었을 때 넣는다. 처음부터 대파를 넣고 끓이면 파가 곯고 풀어져서 먹을 수가 없이 된다. 파를 넣은 다음에는 긴 나무젓가락으로 라면을 한 번 휘젓고 빨리 뚜껑을 덮어서 1분~1분 30초쯤 더 끓인다. 파는 라면 국물에 천연의 단맛과 청량감을 불어넣어 주고 그 맛을 면에 스미게 한다. 파가 우러난 국물은 달고도 쌉쌀하다. 파는 라면 맛의 공업적 질감을 순화시킨다.*

저자 김훈은 라면 끓이는 모습을 참으로 디테일하게 묘사하고 있습니다. 3분 내외로 잠깐 끓여 먹는 라면을 어떻게 이런 단어로 표현할 수 있을까요? 우리는 매일, 적어도 일주일에 한두 번은 라면을 먹습니다. 대한민국 사람 누구에게나 추억과 철학이 깃든 음식이지요. 먹는 사람이 누구냐에 따라 저마다의 조리법이 등장합니다. 사람들 대부분은 바쁜 일상에서 간편식 정도로 허기를 달래기 위해 라면을 먹기도 하지요. 김훈 작가에게 라면은 음식을 넘어 삶의 동반자였을까요. 아무튼 남다른 존재였던 것 같습니다. 라면을 깊이 관찰

___

*   김훈, 『라면을 끓이며』, 문학동네, 2015, 30쪽.

하고, 라면의 속성과 재료의 특징, 시간과 재료의 궁합까지 살려 임금의 수라상을 차리듯 작품 '라면'을 창조하고 있습니다. 라면이 먹는 음식이 아니라 경이롭고 진귀한 영물이 아닌가 하는 착각이 들 정도입니다. 사물을 깊이 관찰하여 자신만의 철학을 담아낸 수필입니다.

5. 말하지 말고 보여 주라

문학작품을 쓸 때 작가들은 '말하지 말고 보여 주라'는 충고를 가장 많이 듣습니다. 대체 보여주기와 말하기가 어떻게 다르기에 전문 작가들도 고민하는 걸까요?

말하기는 글쓴이가 내린 결론과 해석을 독자에게 일방적으로 전해 주는 방식입니다. 말하기는 독자가 생각하거나 고민할 기회를 주지 않고, 작가가 정답을 말해 줍니다. 반면 보여주기 방식은 독자에게 생동감 넘치는 상황을 가능한 한 구체적으로 전달하고 독자 스스로 결론을 이끌어 낼 수 있도록 안내자 역할만 합니다. 예를 들어 어떤 사고 현장을 말하기로 표현한다면 사고가 일어난 다음 날, 신문에서 그 사고 기사를 읽는 방식이 될 것이고, 보여주기는 사고가 일어나는 순간 사고를 직접 목격하듯이 사람들의 비명을 직접 듣는 현장의 생생함을 글로 표현합니다. 말하기가 과거의 사실이나 사건을 요약하거나 일반적인 설명이 필요할 때 주로 사용된다면 보여주기는 현재 시점에서 실시간으로 변화하는 장면을 지켜보도록 만드는 일입니다. 독자는 이때 인물의 경험에 깊이 공감하면서 작품의 '현재'에 머물게 됩니다.

간단한 예문을 통해 '말하기'와 '보여주기'의 차이를 배워 볼까요.

예문 1

그녀는 화가 났다.

이 문장은 전형적인 '말하기'입니다. 작가가 독자에게 결론을 전달하고 있지요.

예문 2

그녀는 문을 부술 기세로 걷어차며 거실로 들어왔다. "당신 진짜 미친 거 아니야?"

여기서 작가는 인물의 구체적인 행동과 대화를 전달하면서 독자 스스로 작품 속 인물이 '화가 났다'고 생각하도록 안내합니다. '보여주기' 방식입니다.

말하기는 독자의 마음에 어떤 심상을 불러일으키기가 어려운 반면, 보여주기는 독자가 이야기 속 세계에 적극적으로 참여하고 생각하게 만듭니다. 작가가 제시한 결론을 수동적으로 받아들이는 게 아니라 끊임없이 해석하고 고민하게 합니다. 따라서 읽는 이를 내 이야기에 완전히 몰입시키려면 보여주기 기술을 적극 활용해야 합니다.

(1) 보여주기 핵심 기술 5

① 오감 활용하기

보여 주는 글은 독자가 이야기 속에 빠져서 마치 주인공처럼 느끼고 생각하게 합니다. 그러려면 모든 감각을 활용해서 해석할 수 있도록 보고, 듣고, 느낄 수 있는 장치를 만들어야 합니다.

예문

육교 위로 올라 난간 아래로 고개를 떨궜다. 아래로 차들이 미끄러지듯 씽씽 달리고 있었다. 문득 어디선가 본 게 떠올라 입안에 침을 잔뜩 끌어모았다. 하지만 내 침은 바닥에 닿기도 전에 공기 중으로 사라지고 말았다.

② 역동적인 단어 사용하기

구체적인 상황을 묘사할 때는 정적인 동사보다는 강하고 역동적인 동사를 사용해서 글에 생동감을 불어넣습니다. '걸었다'보다는 '어슬렁거렸다'가 더 구체적이고 움직임이 강하게 느껴집니다. '문을 열었다'보다는 '문을 걷어찼다'가 생동감 있게 보입니다. '이다'나 '있다' 같은 힘이 약한 동사보다는 구체적인 단어로 동작에 생명을 불어넣어 봅니다.

예문

그는 긴장감에 몸을 떨었다.

→ 손끝에서 미세한 떨림이 그를 스쳐 지나갔다.

③ 구체적인 표현으로 바꿔 쓰기

문장은 간결하고 구체적인 표현을 사용합니다. 구체적인 단어를 사용하면 독자는 영화의 한 장면을 보듯 그림을 그릴 수 있습니다. 예를 들어 주인공이 아침을 먹는다는 한 줄 설명보다는 보글보글 찌개가 끓는 소리와 함께 김 서린 흰 쌀밥을 후후 불며 크게 입 벌려 넣는 모습을 묘사해 보여 줍니다.

④ 비유 사용하기

생동감 있는 글에는 직유와 은유 같은 비유적 표현이 자주 등장합니다. 독자는 비유를 통해 더 구체적으로 장면을 상상하고, 인물의 감정에 더 가까이 다가갈 수 있습니다.

예문

엄마의 손은 거칠었다.
→ 엄마의 손은 차가운 아스팔트 표면 같았다.

아스팔트 위를 걸어 본 사람이라면 검고 비린, 거친 표면의 느낌을 기억할 겁니다. 엄마의 손을 단순히 '거칠다'라고 표현하기보다 거친 표면을 비유할 만한 대상에 빗대 글을 쓰면 독자는 이야기에 깊이 빠져들게 됩니다. 단, 지나친 비유나 과도한 시적 표현은 오히려 상투적인 느낌이 들 수 있으니 적절한 시점에 활용하도록 합니다.

⑤ 인물의 반응에 초점 맞추기

"행동은 말보다 더 크게 말한다"라는 말이 있습니다. 글에서 인물의 성격이나 행동을 말하는 것만으로는 독자가 작품의 의도를 파악하기 어려울 수 있습니다. 대신 이야기 속에서 구체적인 인물의 반응을 보여 준다면 독자는 바로 인물의 성격을 알아차리고 이야기 속에 빠져들게 되지요. 발생하는 사건마다 인물들이 어떻게 행동하고 반응하는지 독자가 직접 목격하게 해야 합니다. 구체적인 행동과 그에 대한 반응이 인물의 성격을 '보여 주게' 되니까요.

예문

> K는 예의 바른 청년이었다. 주변에서 도움을 요청하면 그는 언제나 거절하지 않고 나서서 일을 해결해 주었다.

이 문장은 K라는 청년을 인물 소개에 가까운 '말하기'로 독자에게 강제 주입하고 있습니다. 글을 쓸 때 자신이 정한 대로 일방적인 말하기 글을 쓰기 쉬운데요, 독자가 대상을 상상하고, 생각하고 느낄 '틈'이 필요합니다. 그 '틈'은 인물의 행동과 말을 통해 심리를 보여 주는 데서 비롯합니다. 이번에는 K의 성격을 말하기가 아닌 행동과 반응으로 보여 주겠습니다.

> → "안녕하세요? 아주머니 손에 든 거 뭐예요? 이리 주세요."
> "아, 뒷집 총각. 김치 담그려고 시장에서 무 좀 샀어."
> K는 아주머니의 대답이 끝나기가 무섭게 봉지를 낚아챘다.

"다음부터는 미리 저한테 얘기하세요. 다리도 불편하신데 왜
맨날 무거운 걸 들고 걸어 다니세요."

(2) 말하기가 필요한 순간

말하지 않고 보여 주는 문장은 대부분 좋은 글쓰기 방법이지만,
가끔은 '말하기' 방식의 문장이 더 효과적일 때가 있습니다. 예를 들
어 중요하지 않은 세부 사항을 표현해야 할 때는 길게 보여 주는 방
식보다 짧게 말하기가 더 바람직합니다. 모든 장면과 상황에 보여주
기 방식을 쓰면 독자는 지나친 상상과 추측으로 글을 끝까지 읽기
도 전에 체력을 다 소진하게 됩니다. 글에도 강약을 주듯이 중요하
지 않은 상황이나 설명 부분에는 말하기 방법을 활용합니다. 말하기
는 장면을 전환하는 데도 효과적입니다. 시간을 건너뛰거나 장소를
바꿔야 할 때는 길고 장황한 상황을 보여 주기보다 짧은 설명으로
독자의 이해를 도울 수 있습니다. 반대로 독자의 몰입을 극대화하기
위해 단문의 말하기를 사용할 수도 있습니다.

예문

P는 사람들 앞에 서는 게 질색이었다. 시상식장에 갈 때도, 발표
가 필요할 때도 항상 대리인을 세웠다. 사람들 앞에 서는 순간을
상상만 해도 벌써 속이 울렁거렸다. 하지만 오늘만은 달라야 한
다. 30년을 기다려 온 날이다.

이 글은 P가 무대 울렁증이 있다는 사실을 '말해 줌'으로써 독자

로 하여금 30년 만에 사람들 앞에 선 오늘, P에게 어떤 일이 벌어질지 궁금해하고 몰입하게 합니다. P의 증상을 행동과 심리 묘사로 보여 준다면 P의 상태나 성격을 구체적으로 이해하는 데 도움을 줄 수 있지만, 극적인 장면의 몰입과 스릴감을 조성할 때는 긴박함을 위해 단문의 '말하기' 방식이 더 유용하게 쓰일 수 있습니다.

6. 마무리를 어떻게 할까요

(1) 여운을 남기는 문장

이번 시간에는 수필의 마무리를 어떻게 하면 쉽고 차별화할 수 있을지 이야기해 보겠습니다. 논리적인 글은 자신의 주장을 요약하거나 강조하고 싶은 주제를 한 번 더 언급하는 방식으로 글을 마무리하지만, 수필은 정해진 틀이 없는 만큼 독자에게 나름 깊은 인상을 남기기 위한 장치가 필요합니다. 가장 쉬운 방법은 바로 '여운'을 남기는 문장으로 글을 마무리하는 것입니다. 수필의 목적은 자신의 경험과 생각을 독자와 공유하는 것입니다. 직접적인 대화나 메시지로 이야기를 전달할 수도 있지만 독자가 생각할 여지를 주는 여백 있는 문장을 생각해 보면 좋습니다.

얼마 전 방송에서 청와대 내부를 공개하는 예능프로그램을 본 적이 있습니다. 방송에 故 노무현 전 대통령의 전속 사진사였던 장철영 작가가 대통령과 전경련 대표들의 단체 사진 촬영 당시 일화를 소개하는 장면이 등장합니다. 대통령을 비롯해 유명 인사들이 모인 자리에서 사람들이 지나치게 경직된 표정으로 촬영에 임하여 장철영 작가는 현장 진행이 어려웠다고 합니다. 작가가 아무리 웃는 표정을 요구해도 자리가 무거운 만큼 아무도 그 뜻을 따라 주지 않더랍니다. 그때 마지막으로 던진 노무현 대통령의 한마디로 경직된 현장 분위기는 웃음바다로 바뀌었다고 합니다.

"저 사람(장철영 사진작가)이 이 나라에서 유일하게 대통령한테 '이래라 저래라' 하는 양반입니다."

노무현 대통령의 한마디는 현장의 분위기를 전환하는 데도 결정적이만, 글의 끝에 사용해도 좋은 여운 있는 문장입니다. 당연히 예능프로 작가도 이 부분을 에피소드의 마지막에 편집해서 엔딩 장면에 결정적 한 방으로 사용했답니다.

아래 예문은 커피를 소재로 한 수강생의 짧은 수필입니다. 일상의 소재를 간결한 문장으로 표현한 것도 훌륭하지만 마지막에 결정적 한 방이 깊은 여운을 남기는 글입니다.

예문

살면서 꽃 선물을 좋아하지 않는 여성을 본 적이 없다. 딱 한 명 예외가 나와 함께 사는 여성이다. 결혼 초 몇 번 사 들고 간 꽃에 무심했던지라 가치관에 혼동을 일으키다 지금까지 꽃 선물은 포기한 상태다. 그 후 내가 산미 베이스의 스페셜티 커피에 맛들여 사들인 원두를 아내도 좋아해서 함께 즐기고 있다. 이제 아내는 원두를 나보다 훨씬 많이 소비하는, 커피 먹는 하마가 되어 있다. 어제는 아내가 직장에서 한 해 중 가장 고되고 중요한 이벤트가 있는 날이었다. 그 수고로움을 위로차 평소보다 훨씬 비싼 원두를 사 가지고 귀가했다. 파나마 게이샤 커피. 비싸서 자주 못 먹지만 아내가 가장 좋아하는 원두다. 밤늦은 시간에 축 늘어져 귀가한 아내는 원두를 보자 금세 얼굴에 화기가 돌았다. 날마다 아침 출근 전 진하게 커피 두 잔씩 마시는 아내가, 오늘은 이 원두를 주말 쉴 때 충분히 음미하며 마시려고 아껴 둔단다.

역시, 그대는 꽃보다 커피!

「꽃보다 커피」

(2) 먹고 쓰고 공감하라

내 글을 남에게 보여 주는 데에는 글을 쓸 때보다 더 큰 용기가 필요합니다. 마치 자신만의 은밀한 공간을 만천하에 공개하는 느낌이죠. 반면 용기 내어 쓴 나의 글이 독자의 공감을 얻을 때 우리는 말할 수 없는 성취감을 얻게 됩니다. 게다가 내 글이 말하고자 하는 바를 상대가 깊이 이해해 주고 몰랐던 숨은 의도까지 찾아서 반응해 준다면 행복은 배가 됩니다.

모든 글의 첫 독자는 그래서 바로 '나 자신'이어야 합니다. 글쓰기는 자신을 치유하고 돌보는 가장 효과적인 치료법입니다. 상대와 대화를 통해 공감을 얻을 때도 위로를 받지만, 글을 통해 내가 먼저 솔직하게 용기를 내고 독자 역시 깊이 공감해 준다면 우리는 지난 상처를 회복하고 성장할 수 있습니다. 함께 공감하고 이해하는 과정에서 글을 쓴 사람뿐 아니라 읽는 사람들도 간접적 치유를 경험합니다. 인간의 삶이 별반 다르지 않으며 우리 모두 비슷한 경험과 아픔을 가지고 살고 있기 때문이지요.

코로나가 한창이던 2020년부터는 비대면 방식으로 온라인 글쓰기 강의를 진행했습니다. 대면 접촉이 어렵고 사람들과 교류가 힘든 상황에서 줌으로 글쓰기 수업이 가능할지 처음에는 걱정이 앞섰습니다. 쌍방향 수업이 어려우니 그때그때 수강생들의 글을 어떻게 첨삭해야 할지 막막했지요. 막상 수업을 시작하고 나서야 쓸데없는 기우였다는 걸 알았습니다. 우리는 답답할수록 소통을 원하고, 부족하다고 느낄 때 더 성장하고자 하는 존재라는 것을요. 2년 동안 코로나를 겪어 오면서 수강생들이 경험한 일상 이야기를 글로 확인하며 매주 수업을 기다리는 행복한 시간을 보냈습니다. 그중 『마스크가 답하지 못한 질문들』(미류·서보경 외, 창비, 2021)이라는 책을 읽고 토론했던 수업에서 수강생 한 분이 쓴 글을 소개하겠습니다.

예문

코로나 재앙이 닥쳤다. 처음에는 시간이 많아져서 하루를 내 맘대로 할 수 있으니 좋았다. 그러나 얼마 지나지 않아 우울증이 오고 기운이 빠졌다. 당연하게 생각했던 일상이 멈추기 전까지, 사람들과 더불어 보내던 하루가 얼마나 중요한 버팀목이었는지 미처 몰랐다.

누군가와 함께 눈을 마주치고 웃고 이야기하며 지내야 했었다. 몇 년간 문화회관 친구들과 계속해 오던 우쿨렐레 연주와 남도민요로 목청을 돋우며 보냈던 행복한 시간이 송두리째 날아갔다. TV와 YouTube만 보면서 지내는 일상이 계속되었다. 가족들과 친척 지인들에게 안부를 묻는 전화나 문자 연락만으로는 만족할 수 없었다. 웃음 치료의 긍정적 힘을 믿기에 웃어 보기로 했다. 매일 아침 화장실 거울 앞에 설 때마다 거울 속 나를 보며 웃었다. 점점 왜소해지고 힘들어하는 나를 위로했지만 그것도 잠시뿐이었다.

'주변을 좀 둘러보자.' 우선 친구나 지인들이 어떻게 살아가고 있는지 살펴보기로 했다. 열심히 등산을 다니는 친구도 있고, 온라인으로 강의를 듣거나, 페이스톡 모임을 하는 지인들도 있었다. 이대로는 더 이상 안 되겠다 싶어서 세간 정리에 나섰다. 다시 볼 것 같지 않은 오랜 책들과 수첩, 몇 년간 입지 않는 옷가지들과 부엌 가재도구들을 과감하게 버렸다. 집이 좀 정리가 되니 공간의 여유가 생기고 기분이 한결 나아졌다. 이따금 지인들과 산에도 가기 시작했다. 책장이 정리되니 다시 보고 싶은 책들도 눈에 들어오고, 미처 읽지 못한 책도 조금씩 읽게 되었다.

손자들의 등하교가 불규칙하고, 급식도 못 먹게 되니 엄마인 큰딸이 공부 봐 주랴 삼시세끼 밥을 하느라 몹시 힘들어했다. 딸도 돕고, 소일거리도 삼을 겸 음식을 만들어 딸 집에 반찬을 넣어 주었다. 다행히 손자들이 맛있다고 할머니 반찬을 즐겨 주니 기쁜 마음으로 만들어 주게 되었다. 동작노인복지회관에서 보내 주는 온라인 교육도 일부 참여하고, 남도민요 선생님이 보내 주시는 동영상을 보면서 민요를 따라 부르기도 했다. 가끔은 우쿨렐레 연주법을 잊지 않기 위해 연주도 해 본다. 믿음의 친구들과 저녁에는 그룹 페이스톡 나눔을 하면서 많이 웃는다. 그러면서 서서히 우울증은 사라졌다.

지금부터 약 200년 전인 1820년 조선에서 콜레라로 많은 사람들이 사망했다고 한다. 인류에게 재앙이 한 번씩 지나고 나면 큰 깨달음이 있고, 역사의 전환기를 맞는다고 하는데… 나는 오늘도 거울을 보며 웃는다. 웃음 치료사 선생님 말씀대로 '크고 길게, 온몸으로 웃어야 한다'. 웃음 치유법을 맘속으로 되뇌이며 나는 오늘도 포스트코로나 801일째를 맞이하고 있다.

「포스트코로나 801일째」

코로나가 장기화되면서 일반인들은 물론, 사회적 소외층과 약자들은 고립과 위기감으로 더 힘들고 불안한 날들을 보내야만 했습니다. 윗글은 코로나 때문에 홀로 외롭게 보내셨을 지난 2년을 담담하게 이야기하여 모두에게 큰 울림과 공감을 불러일으킨 수강생의 이야기입니다. 코로나 때문에 외롭고 힘든 것이 나만의 고통이 아니라 우리 모두의 '일상'이며, 더 돌봐야 할 이웃과 친구들이 있다는 사실을, 글쓰기가 치유와 공감의 힘이 있음을 다시 한번 깨닫게 합니다.

혹시 지금 불안하고 외로운 날을 보내고 계신가요? 누군가의 위로가 필요하거나 성장하고 싶다면 지금 바로 자신의 이야기를 글로 남겨 보시기 바랍니다. 글을 쓰는 행위 자체만으로도 이미 상처받은 내 영혼이 치유되는 놀라운 경험을 하게 됩니다. 먹고, 쓰고, 공감하라!

9장 시

———

내 작은 간장 종지만 한 마음에
그대 담을 수 없어도
내 작은 종지 마음에
그대 담고 남음이 있어라
바라고 바라라

1. 마음의 종지에 세상 담기

자, 이제 글쓰기 실전편의 마지막 '시'의 문을 열까 합니다. 목차에서
이미 눈치챘을지도 모르겠습니다. 자유로운 글쓰기에서 왜 시가 가장
마지막 순서로 등장하는지를요. 시는 문학의 대표 장르로서 가장 함
축적인 언어로 구성됩니다. 규칙을 찾자면 너무 방대하고 관습에 따
르자니 지극히 틀에 갇힌 정형시가 탄생할 수 있지요. 저 역시 국문
학 전공자가 아니기에 문학작품 글쓰기에 대한 이야기를 꺼낸다는
것이 쉽지만은 않습니다. 다만 부족한 제가 모아 둔 글에도 시문학이
적지 않은 것을 보면 여러분도 형식에 얽매이지 않고 자유롭게 창고
를 개방해 보실 수 있지 않을까 하는 생각에서 용기를 내 봅니다.

시를 쓰면 나의 슬픔과 불행을 마주 볼 용기가 생깁니다. 초라하
고 부끄러운 장면은 조금 덜어 내고 바닥까지 내려간 자존감을 세워

자존심에 보탬 수도 있습니다. 모나고 못생긴 것들이 아름다울 수 있는 곳, 그곳이 바로 시라는 세상입니다. 살면서 제가 가장 열심히 한 것은 바로 사랑하고 시를 쓰는 일이었습니다. 열네 살 봄바람을 타고 첫사랑을 마주했고 영문도 모른 채 이별을 경험했지요. 누구에게도 말 못 할 소녀의 마음을 유일하게 달래 주던 것이 시였습니다. 심장이 터질 듯이 설레던 밤에도, 그리움에 그 집 대문 앞을 서성이던 날에도 글을 썼습니다. 대학 때나 유학 시절에도, 사회생활을 하는 동안에도 저는 끊임없이 사람을 사랑하고 누군가와 이별했습니다. 덕분에 이만큼 성장할 수 있었습니다. 한 사람을 깊이 알고 이해하는 데 사랑만 한 경험은 없습니다. 저는 여전히 사랑이 어렵지만 분명한 것은 사랑이 인생을 이해하는 가장 큰 경험이었다는 사실입니다.

어설프고 규칙 없는 사랑의 경험만큼 제 시도 부족하고 규정하기 어렵습니다. 오히려 생각을 표현한 시들을 모아 규칙을 찾았다고 말씀드릴 수 있겠네요. 이번 강의는 시에 대한 문학적 접근 방식을 토대로 현장에서 느낀 저만의 '시' 작법을 접목해서 조금은 쉽게 시를 쓸 수 있도록 돕고자 합니다. 사례로 든 예시들은 아직 세상 빛을 보지 못한 제 습작들로 부족한 문장임을 미리 고백합니다. '이렇게도 시를 쓸 수 있구나'라는 용기를 얻어 가실 수 있다면 부족하나마 필자로서 큰 보람이 있을 겁니다.

시의 세계로 여행을 떠나기 전에 윤동주 님의 시 한 편으로 강의 문을 열겠습니다.

새로운 길

윤동주

내를 건너 숲으로
고개를 넘어서 마을로

어제도 가고 오늘도 갈
나의 길 새로운 길

민들레 피고 까치가 날고
아가씨가 지나고 바람이 일고

나의 길은 언제나 새로운 길
오늘도… 내일도…

2. 시의 언어와 도구 모음

(1) 서정시와 시의 언어

우리가 '시'라고 부르는 글은 고대의 서정시가 현대화되면서 자리 잡은 문학의 한 갈래를 말합니다. 시는 일반적으로 신을 찬양할 목적으로 만들어진 찬가나 찬미가, 삶의 애환을 다룬 송가, 애가, 축가 등 개인의 정서를 담은 서정시가 큰 부류를 이루고 있습니다. 거기에 목적과 규모에 따라 역사적 서사시, 드라마의 극시로 나눌 수 있지요. 그중 서정시는 1인칭 자기 고백체의 자유로운 형식을 가진 시의 한 부류로 소재나 내용, 음보와 운율에서 제한이 없다는 특징이 있습니다. 우리가 잘 알고 있는 윤동주의 〈서시〉나 한용운의 〈님의 침묵〉, 김춘수의 〈꽃〉 등 대부분의 시가 바로 이 '서정시'에 해당합니다.

시의 언어는 일반적으로 우리가 사용하는 언어와는 다른 본질을 가지고 있습니다. 우리가 죽음을 목격하면 슬픔을 여러 가지 방식으로 표현할 수 있겠지요. "아이고"라든지 "기가 막힌다"라거나 "하늘이 무너지는 것 같다" 등으로요. "아이고"는 사실 감정 그 자체를 드러낸 것이고 특별한 의미를 갖지 않습니다. "기가 막힌다"라거나 "하늘이 무너지는 것 같다"는 다른 사물에 빗대어 은유적으로 표현한 것이지요. 직접적으로 말을 하지 않고 큰 소리로 울거나 슬프게 말을 하는 것 역시 슬픈 감정을 표현하는 음성적 표현입니다. 사실 이런 표현 방식의 중심에는 '내가 매우 슬프다'라는 공통적인 메시지가 있습니다. 다만 그것을 감정 자체로 표현했는지, 비유로 표현했는지, 음성의 강약으로 나타냈는지의 차이가 있겠지요. 시어는 일상적 언어 외에 이러한 다양한 언어를 포괄하는 보다 넓은 언어 체계입니다.

'나는 지금 슬프다'라는 일상적 언어는 시어가 되지 않지만 '하늘도 서럽게 운다'는 시어가 될 수 있습니다. 왜일까요? 대체로 시는 이미지나 은유, 상징, 역설을 통해 감정의 형상화 과정을 거치기 때문입니다. (반드시 그런 것만은 아닙니다만 직설적 표현의 시어는 감동을 주기가 어렵고 '어, 이게 시라고?' 하는 느낌을 줍니다.) 이제 슬슬 국어 시간에 암기했던 고전시와 현대시, 시적 표현과 문법이 떠오르면서 머리가 복잡해지나요? 딱딱한 이야기는 여기까지만 하겠습니다. 우리는 세상 모든 시를 열린 마음으로 감상하고, 자신을 표현할 '서정시'를 쓰기 위해 이 자리에 모인 거니까요.

(2) 시 쓰기 도구 모음

시 작문 시간이 되면 수강생들은 한결같이 "저는 시인이 아닌데요…"로 말문을 엽니다. 감상문이나 수필까지는 자유로운 글이니 어떻게 해 보겠는데 일반인이 시를 쓰려면 '시 = 작가만이 할 수 있는 고난도 창작 영역'이라는 진입 장벽에 가로막히나 봅니다. 물론 시가 수많은 시상을 함축적인 단어로 표현하는 절제된 미학이라는 정의도 틀린 말은 아닙니다. 하지만 이 책을 읽는 여러분도 시가 어렵다고 느끼신다면 저는 반대로 이렇게 묻고 싶네요. 겨우 예닐곱 살 세상을 살아온 아이가 세상에 내뱉는 단어가 때로는 그 자체만으로도 시가 되지 않던가요? 힘든 일을 겪고 나서 수첩에 끄적여 둔 메모를 나중에 보면서 '어 이거 진짜 내가 쓴 거 맞아?' 하고 놀란 적은요? 왜일까요? 거기에는 세상을 바라보는 '순수하고 솔직한 시선'이 있기 때문입니다.

누군가 저에게 "시는 대체 어떻게 쓰는 건가요?"라고 묻는다면 주저 없이 이렇게 말씀드리겠습니다. 세상을요, 어제랑 딱 1도만 다른 시선으로 바라보세요. 내가 누구인지는 잠시 내려놓고 세상을 그저 까만 우주에서 파란 지구 내려다보듯 멍때리고 바라보는 겁니다.

그때 우리는 알게 됩니다. 공짜 바람이 에어컨보다 시원하고, 옆집 할머니의 주름에는 그만한 이유가 있고, 단풍잎 하나에도 자연의 섭리가 있다는 것을요. 자세히 보아야 알 수 있습니다. 그 앞에 수식어 하나만 더 붙여 봅니다. '나' 말고 '너'를 자세히 보아야 합니다. 나는 잠시 내려놓고 너만 바라봅시다. 그럼 알게 될 거예요. 어제의 그것과 다른 세상을요.

자, 이제 나도 시인이 되어 보는 시간입니다. 처음 시문에 도전하는 여러분을 위해 단계별로 시 작문에 접근하는 방법과 도구들을 소개하고, 필자가 쓴 사례들을 모아 예문으로 보여 드리겠습니다.

① 단어 수집하기

먼저 마음속에 떠오르는 단어를 모아 빈 종이 위에 순서 없이 나열해 봅니다. 그림 모양도 좋고 활자도 좋습니다. 단어의 모음이나 문장도 좋구요. 대신 솔직하게 가능한 한 많은 단어를 쏟아내 보세요. 화려한 수식어나 미사여구는 빼고 사실적이고 담담하게요. 그리고 비슷한 표현이나 감정을 묶고, 시간과 공간별로 단어들을 모아 주세요. 단어의 갈래를 나누고 나면 갈래에 제목을 붙여 봅니다. 제목은 단어와 단어의 조합도 좋고 구절이나 문장도 좋습니다. 마지막으로 나만의 언어로 구절을 끊어 보는데요, 이 구절이나 문장이 모이면 곧 시가 됩니다.

나와 내 주변 사람들을 소재로 행복했을 때, 슬펐을 때, 벅차올랐을 때, 서운했을 때를 떠올려 봅니다. 여러분은 글을 쓰는 작가이지만 화자는 꼭 '나'일 필요가 없습니다. 제3자의 시선도 좋고, 상대방의 시선이어도 팬찮습니다. 다만 지나치게 나르시스적인 표현만 조심해 주세요. 쓰고 나서 손발이 오그라들 수 있습니다.

〈가장 행복한 사람, 가장 불행한 사람〉

상대의 단점을 들추기 위해 몸부림친다는 것은
자신의 단점이 가장 많다는 사실의 방증이다
행복한 사람은 상대의 장점을 발견하는 데
가장 많은 시간과 노력을 쏟는 데 반해
불행한 사람은 상대의 단점을 들추는 데
인생 대부분의 시간을 허비한다

〈인간관계〉

앞에 가는 세 사람 중 한 명은 뭘 해도 날 싫어하고
그중에 한 명은 아무 이유 없이 날 좋아한다
그리고 나머지 한 명은 아무 생각이 없다

잘해 줘도 나를 싫어하는 사람이 있고
못해 줘도 나를 좋아하는 사람이 있다

위 두 편의 시는 인간관계를 소재로 써 본 시입니다. 주변에 유독 상대를 헐뜯거나 비방하는 데 많은 에너지를 쏟는 사람이 있습니다. 어딜 가도 꼭 존재하는 바로 그 사람 말이지요. 우리는 무심코 던진 상대의 말 한마디에 위로를 받기도 하지만, 무방비 상태라면 비수가 돼서 칼을 맞기도 합니다. 그러다 문득 그런 생각이 들었습니다. 남을 자주 비방한다는 것은 사실 자신의 마음이 텅 비어 있기 때문이 아닐까요. 마음이 온전한 사람은 상대의 어떤 모습에도 잘 화내지 않고 수용합니다. 상처받은 나를 위로하기보다 상대에게 허점이 많다는 걸 알아차리면 그다지 화낼 일도 아닙니다. "너 참 안됐다. 쯧쯧…" 하고 털어 버릴 수 있지요.

〈나루터의 향연〉

단종의 설움과 사육신의 절규가
전쟁터 주인 없는 유골들과 얽히고설켜
붉은 바위 더미에 용 무덤을 만든다

어린 자식 떠나보낸 아낙네의 눈물과
민주화에 제 한 몸 바친 이름 없는 무덤들이
유배 떠나며 충심을 다진 정약용의 시와 만난다

동재기 나루터 어귀에서 노을이 빛나고
동서고금 오고 가던 나루터에 진기한 향연이 시작되면
노들섬에 앉은 달은 강줄기에 올라 춤을 춘다

하늘신의 기운으로 현충원에 태양이 오르면
전날 밤 나루터에 노닐다 간 선조들은
용양봉에 올라 잠시 숨을 고른다.

매일 밤 나루터에 향연이 열린다
과거와 현재가 만나 용트림을 하는 곳
붉은 돌무덤의 언덕. 동작

이 시는 서울시 문화재 6호 '용양봉저정'과 관련된 역사적 배경을 바탕으로 단어를 모아 스토리로 만들어 본 시입니다. 과거 정조가 화성 행차 때 잠시 쉬었다 간 정자와 주변 나루터에서는 많은 서민이 왕의 행렬을 줄을 서서 구경하고, 술도 한잔 걸치는 축제를 열지 않았을까요? 지금의 동작대교는 당시 '동재기나루터'로, 노량진은 '노들나루터'로 불렸는데 '동재기나루터'는 주로 과거를 보는 선비들이 이용한 뱃길이고, '노들나루터'는 상인들이 물건을 싣고 왕래하던 곳이었다고 합니다. 역사적 소재를 사용한 만큼 되도록 4음보의 리듬감을 살린 정형시를 변형해서 만들어 본 시입니다.

② 단어의 규칙성 찾기

시의 소재가 정해졌다면 소재와 관련된 동음이의어나 유사한 단어를 연결 지어 보는 것도 시 작문에 좋은 방법입니다. 한글은 소리문자입니다. 발음 구조에 따라 자모를 형상화해서 누구라도 쉽게 배우고 익힐 수 있지요. 동일한 발음을 활용해 시와 노래를 만들기가 쉽고, 규칙적인 종성의 배열로 리듬감을 줄 수 있습니다. 비슷한 소리와 반대말을 엮어 문장의 묘미를 살리는 데도 한글만큼 효율적인 언어는 없습니다. 과학적이고 체계적인 한글을 민족의 언어로 사용하는 우리는 세상 누구보다 아름다운 시를 쓸 수 있습니다.

소개해 드릴 시 가운데 〈긁다와 글 쓰다〉는 '글'의 어원을 조사하다가 파생된 어휘 '긁다'에 대해 이야기하듯이 써 내려간 시입니다. 〈초록별색〉과 〈싸우자 이기자〉는 동음이의어나 유사어를 활용한 예시입니다.

〈긁다와 글 쓰다〉

단어 '글'의 어원은 동사 '긁다'에서 파생되었다고 한다
글쓰기는 여백 위에 자신의 생각을 새기는 것임과 동시에
사람의 마음에 굵고 깊은 흔적을 남기는 일이다
그래서일까
우리는 때로 아주 작은 단어와 문구 하나에도
가슴 깊은 위로를 받는다

〈초록별색草綠別色〉

천 개의 초록
천 개의 파랑
자세히 보면 같은 색깔 이파리가 없다

이름 없는 풀 한 포기도 이러한데
80억 인간에게 동일한 기준을 적용한다는 게
도무지 납득이 되질 않는다

〈싸우자 이기자〉

한국어처럼 전투적인 표현이 많은 언어도 드물다
뭘 그렇게 다 싸워서 이기고 죽을 각오로 해야 하는지
문장 말미末尾들이 대부분 전쟁 용어를 떠올리게 한다
한 광고에서 '자신과의 싸움에서 이겨야 한다'라는 구절을 보니
문득 그런 생각이 든다
꼭 보잘것없는 나를 이겨야 되나
나와 잘 지내는 게 더 중요한 거 아닌가?

〈너〉

처음엔 너 아니면 안 된다더니
지금은 너 때문에 안 된다 하네

③ 문답법으로 나만의 시 사전 만들기

쓰고 싶은 시의 소재가 있다면 먼저 소재와 연관된 단어의 사전
적 정의와 나만의 정의를 비교해서 적어 보세요. 입문편에서 글을
잘 쓰려면 나만의 감정 사전을 만들어야 한다고 말씀드렸는데요, 자

신의 감정 사전을 가장 잘 활용할 수 있는 장르가 바로 '시'입니다. 일상의 소소한 소재를 대할 때도 마치 처음 보듯이, 어린아이의 눈으로 바라봅니다. '무엇에 쓰는 물건인고?' 하는 눈빛으로 세상을 마주하면 당연한 일상도 판타지 소설이 됩니다. 그렇게 대상에 질문을 던지고 답하기를 반복하다 보면 감정 사전에도 단어들이 늘어납니다. 주변의 사람들과 물건, 나의 인생을 한번 숫자로도 정의해 보고 상징적으로도 풀어 봅니다.

〈사랑이란〉

나 혼자 할 수 있는 사소한 일도 니가 대신해 주는 것
일분일초도 아깝던 내 시간을 너에게만은 기꺼이 내어 주는 것
무엇보다 니가 나를 아프게 할 권리를 인정해 주는 것

〈공부〉

남보다 나아지는 게 아니라 어제의 나보다 나아지는 것
내 인생을 가장 짧은 시간에 가장 위대하게 바꿔 주는 것

〈어른〉

갑자기 늙어 버렸다
어른 될 준비만 하다가

〈학교에서만 배울 수 있는 것〉

친구와 싸우는 법

다툰 친구와 화해하는 법

용기 내어 친구들 앞에서 사과하는 법

힘든 친구의 마음을 위로하는 법

그런데 요즘 애들은 이것만 빼고 다 잘한다

〈기록記錄의 힘〉

매일 기록하는 사람은 하루도 자신을 잊지 않는다

그것은 하루도 자신을 잃어버리지 않는다는 말과 같다

기록은 기억을 정하는 일이며 세상의 주인이 되는 유일한 방법이다

〈쓰기 예찬〉

우리는 생각보다 자신을 잘 돌보지 못한다

친구의 고민은 몇 시간씩 들어 주고

남의 사생활에는 목에 핏대를 세우면서도

정작 자신의 고민과 슬픔은 방치하는 경우가 많다

덮어 버리고 외면해 온 '나'를 제대로 들여다보고

오늘부터 나와 잘 지내는 연습을 해 보자

'마음 읽기'로 마음(의) 일을 기록하는 것 그것이 '마음 일기'다

④ 창작을 위한 모방

좋은 책의 명언이나 선인들의 문장은 언제나 훌륭한 영감을 줍니다. 작가들도 당시 방황하던 사춘기를 보냈을 것이고, 실수투성이던 20대를 지나 어설픈 어른이 되었습니다. 시공간을 넘어 같은 고민을 가진 친구로, 동료로 바라보면서 모작을 통해 작가의 삶을 엿보는 것도 괜찮습니다. 실수해도 괜찮습니다. 나도 할 수 있다는 자신감을 얻을 수 있다면요.

"나는 글을 쓴다. 고로 나는 존재한다."

데카르트의 명언을 모방해 자신의 목적에 맞게 바꾸면 독자도 용인할 수준의 패러디로 사용할 수 있습니다. 수업 시간에 자신을 정의하는 방법으로 위 문장에 빈칸을 채우도록 하면 열이면 열, 백이면 백 다른 답이 나옵니다. 자신을 정의하는 방식은 모작에서 시작했지만 결과는 창조적입니다.

누구나 독창적이고 설득력 있는 문장을 쓰고 싶지만, 첫술에 배부르기는 어렵지요. 창조적 모방부터 시작해도 좋습니다. 평소 자신이 좋아하던 시와 문구, 명언도 좋고 인상 깊게 읽은 소설의 일부를 메모해 두었다가 시의 소재로 활용해도 좋습니다. 다만 직접 인용이나 긴 모작은 읽는 이가 알 수 있도록 출처를 밝히도록 합니다. 원문을 그대로 인용하는 경우에는 반드시 출처를 명시합니다. 패러디와 같은 모작은 원문의 의도와 달리 나름의 용도에 맞게 사용해도 무방합니다. 모방도 반복하면 나만의 스타일이 되고, 새로운 조합은 창조적 문장을 만들기도 합니다. 그러니 겁내지 말고 도전해 보세요.

아래 시는 니체의 명언을 인용해 실수를 인정하고 도전하는 삶을 표현하고자 했습니다. 적당한 유치함은 각인에 좋은 도구로 사용할 수 있습니다.

〈니체의 잠언과 화살〉

"나를 죽이지 못한 것은 나를 더욱 강하게 만든다"
니체의 한마디로 이 끔찍한 생조차
다시 한번 반복할 용기가 생긴다
실패가 두려워 도전하지 않는 삶보다는
실패의 위험을 감내하며 한 걸음만 앞으로 나아가자

〈여행〉

여행에 대한 수많은 정의들 가운데 무릎을 '탁' 하고 치게 만든 문장이 있다.
여행; 여기서 행복할 것
세상에 이보다 명쾌한 '여행'은 없다.

〈말씀 언言〉

"두 번 생각하고 입 밖으로 내는 것"
자주 쓰는 단어라 당연히 알고 있다고 생각했는데 '말'이라고 하는 것이 입 밖으로 나오는 모든 소리가 아님을 깨닫게 된다. 두 번

(二+二) 생각하고 입 밖으로(口) 내보내야 진짜 말(言) 된다는 것
을 진작에 알았더라면.

3. 시적 표현

(1) 비유의 힘

비유의 어원은 '유비추리類比推理'에서 비롯되었습니다. 비슷한
성질을 갖는 것들을 비교해 원하는 결론을 도출하는 기법이지요. 그
리스 철학자 아리스토텔레스는 "비유의 대가가 되는 것이야말로 생
에 가장 위대한 일"이라고 말할 만큼 '비유법'을 설득의 최고 언어
기술로 꼽았습니다. 우리의 뇌는 새로운 정보가 들어왔을 때 기존의
기억과 비교해 정보를 처리합니다. 비교와 비유는 기존의 기억 시스
템에 저장된 지식과 연결고리를 만들어서 쉽고 빠르게 흡수하고 이
해하게 하는 가장 효율적인 학습법입니다. 우리가 상대를 설득하거
나 공감을 얻고자 할 때도 마찬가지로 강력하고 효과적인 도구가 됩
니다.

비유는 글을 풍성하게 표현해 주는 장치입니다. 대표적인 비유법
인 은유, 직유, 대유를 사용하면 평범했던 문장도 문학적 갈래로 태
어납니다. 비유가 과하게 사용되지 않는 범위라면 시에서 비유는 적
극 활용해도 좋은 도구입니다.

〈오월 하늘〉

오월 하늘은
해도 되었다
별도 되었다
온몸으로 춤을 춘다

거기 하늘에
거꾸로 매달린
등대도
오늘은 잠시 내려와
한숨 돌리고
술 한잔하고 가시게나

　오월 하늘은 푸르다 못해 신비롭습니다. 그 위를 순백으로 흘러
가는 구름은 또 어떤가요. 바람을 만난 구름은 마치 하늘을 무대 삼
아 춤을 추는 것 같지요. 이 시는 '하늘'이라는 대상을 의인법을 사용
해 친구에게 이야기하듯 표현한 작품입니다. 의인법을 사용하면 대
상을 사람처럼 인식해 쉽게 공감하게 됩니다. 의인법은 일상의 소품
이나 자연을 소재로 작문할 때 쉽게 적용할 수 있는 표현법입니다.
지금 바로 내가 자주 사용하는 물건이나 계절을 제재로 짧은 시작詩
作을 해 보세요.
　"50년 동안 삼겹살을 같은 불판 위에서 구워 먹으면 고기가 새까

맣게 타 버립니다. 이제 바꿀 때가 됐습니다."

고인이 된 노회찬 전 국회의원은 정치인 중에서도 비유를 가장 잘 사용하기로 유명합니다. 50년 동안 한 번도 갈지 않은 불판에서 구워질 삼겹살을 생각하면 지금 당장이라도 바꾸고 싶은 생각이 듭니다. 비유는 이처럼 구체적인 사례보다 더 깊은 공감과 행동의 변화를 가져옵니다. 다만 일상의 언어나, 논리적인 글에서 비유를 사용할 때는 본론보다는 서론이나 결론에 사용하는 것이 좋습니다. 본론에는 주장을 뒷받침해 줄 강한 근거를 들고, 서론이나 결론처럼 직관적으로 설득하는 단락에서는 비유를 통해 쐐기를 박는 용도로 활용합니다.

비유는 직접 경험해 보지는 못했지만 미루어 짐작할 수 있다는데서 무한한 상상력을 발휘하게 합니다. '터질 듯한 심장', '구름 위를 나는 기분', '망치로 뒤통수를 한 대 얻어맞는 기분' 등 모두 겪어 보지 않아도 느낄 수 있는 감정입니다.

(2) 반복은 시적 강조다

문장에서 같은 표현은 지루함을 주지만, 시에서 반복되는 문구는 운율을 형성하고 의미를 강조하는 장치로 활용됩니다. 시의 시작과 끝에 핵심 단어나 문장을 붙이면 강력한 메시지를 전달할 수 있습니다. 시뿐 아니라 짧은 글에서도 '수미상관법'을 활용하면 인상적인 글을 만들 수 있습니다.

〈썬글라스〉

너 없으면 나
어쩔 뻔했니
맨얼굴로 나다니지 말라고
그렇게 얘기했잖니

너 없으면 나
어쩔 뻔했니
쌍수 티 팍팍 나는데
나만 몰랐다잖니

너 없으면 나
진짜 어쩔 뻔했니
다 큰 어른이 숨어서 징징 짠다고
그래도 너만 받아 주잖니

〈이사〉

먼지 쌓인 세간들을 머리에 이고
나 오늘 그대에게 이사를 갑니다
보잘것없는 내 한 몸뚱어리 누일 곳 찾아
나 오늘 당신의 마음으로 이사를 갑니다

구석진 마음 한 모퉁이에 똬리를 틀고
나 오늘 당신 곁에 둥지를 틉니다

〈썬글라스〉는 다소 유치하지만 '너 없으면 나/어쩔 뻔했니'의 반복으로 규칙성을 갖춘 예문입니다. 선글라스라는 일상의 소품도 비유와 형식을 갖추면 한 편의 시로 탄생할 수 있습니다. 〈이사〉는 사랑하는 사람의 마음속에 자리 잡고 싶은 연인의 마음을 담아낸 시입니다. 이삿짐을 꾸리다 보면 기존에 내가 가진 세간들이 낡고 볼품없게 느껴집니다. 흠집 나고 찌그러진 살림도 모자라 왜 이렇게 물때가 자욱한지, 남의 집에 몰래 세 들어가는 기분이지요. 그래서 이사는 설레지만, 태양 아래 부끄러운 속살을 드러내는 경험이기도 합니다. 사랑에 빠지면 상대의 마음이 궁금하고, 그 사람의 마음에 들어가고 싶습니다. 새집처럼 깨끗하고 신비로운 그의 존재에 비해 초라하고 볼품없이 느껴지는 내가 상대 마음에 자리 잡고 싶은 의지를 강조하기 위해 짝수 행마다 '나 오늘 ~ 이사를 갑니다'를 반복해서 사용했습니다.

(3) 리듬감을 주고 싶다면
• 콩 심은 데 콩 나고 팥 심은 데 팥 난다.
• 호랑이는 죽어서 가죽을 남기고 사람은 죽어서 이름을 남긴다.
• 인생은 짧고 예술은 길다.

시에서 자주 등장하는 대구법은 문장의 리듬감을 살리고 안정감을 주는 표현 방법입니다. 앞뒤로 대조적인 의미를 표현하거나 비슷한 어조를 줄 때 사용하는 표현법으로 글쓰기에 쉽게 적용할 수 있는 방법입니다. 평소 말할 때도 의식적으로 사용하면 전달력도 좋고 표현력도 풍부해집니다.

〈두 남자의 공감대〉

삶의 지혜는 종종 듣는 데서 비롯하고
삶의 후회는 대개 말하는 데서 비롯한다
마음의 문을 여는 손잡이는 바깥쪽이 아니라 안쪽에 달려 있다
관직에 오를수록 필요한 자질은 듣고 공감하는 능력(이청득심以聽
得心)이라고 말한 공자나
자신만이 오로지 스스로를 구원할 수 있다고 말한 헤겔은
서로 다른 시대를 사느라 단 한 번 마주친 적도 없는데 같은 이야
기를 한다
소오름

이 시는 선인의 말을 대구법을 활용해 쓴 시입니다. '삶의 지혜는 ~고/삶의 후회는 ~다'라는 대구법이 시의 운율을 형성합니다. 동서양의 명언을 대비시킨 부분도 내용상 대구적 표현 방법입니다. 명언이나 속담은 문장의 신뢰도를 높이고 글에 힘을 실어 주지요. 다만 지나치게 남의 말을 남용하거나 전체적인 비율을 해치지 않도록 적당한 활용을 추천합니다. 일반적인 글이라면 명언은 결론에 쓰는 걸

추천합니다. 짧지만 통찰을 담고 있는 명언은 독자에게 강한 여운을 남깁니다. 그런 점에서 위의 시는 자신의 생각을 정리한 단락이 한두 개는 더 필요해 보이네요.

〈'좋아요'의 덫〉

사람다운 사람이 나를 사람이라 하면 좋아할 만한 일이고
사람답지 못한 사람이 나를 사람이 아니라고 한다면 그것도 좋아
할 만한 일이다
사람다운 사람이 나를 사람이 아니라 하면 그건 걱정할 만한 일이고
사람답지 못한 사람이 나를 사람이라 한다면 그 또한 걱정할 만한
일이다

위 시는 사람답지 못한 사람과 사람다운 사람의 행실을 비교해서 표현한 정형시지요. 현대사회는 사랑받고 인정받고 싶은 욕구가 이성을 마비시키는 시대입니다. 자신의 감정을 들여다보기보다 상대의 감정과 기준에 맞춰 행동하느라 만신창이가 된 경험 다들 있으실 겁니다. 알맹이는 없고 화려한 껍데기만 가득한 세상에서 점점 자신을 지킬 힘을 잃어 가는 현실이 안타까워서 끄적인 시입니다.

〈봄 2〉

개나리

노오란

꼬까신

세 음절을 뱉어 내고 나면

입속에서도 봄 냄새가 납니다

아기가 지나간 발자국 속에

개미집이 둥지를 틔우고

딱정벌레 동그르르 먹이 집을 짓는 계절

보옴—

〈봄 2〉는 동요를 개작해서 리듬감을 살린 시입니다. 따사로운 봄을 표현하고자 '보옴', '노오란', '동그르르'와 같이 리듬감 있는 단어를 사용했습니다. 이런 단어들은 어법에는 맞지 않지만 시문학에서만큼은 포용 가능한 시적 표현입니다.

대상에 대한 다른 면모를 대구로 표현할 수도 있고, 반대의 개념으로 이루어지는 어휘를 엮어 보는 것도 좋습니다. '쓰기는 괴로움이지만 읽기는 즐거움이다', '남자는 이별했고 여자는 사랑했다' 등 단순한 문장을 대구로 표현하는 연습을 해 봅시다. 지금 당장.

(4) 공감각으로 공감하기

학창 시절 문학 시간에 '공감각적 심상'에 대해 열심히 밑줄 치며 공부하던 기억 있으시죠? 청각의 시각화, 시각의 청각화, 시각의 촉각화 등 하나의 감각이 동시에 다른 영역의 감각을 불러일으키며 일어나는 심상으로 '감각의 전이'라고도 말합니다. 이런 복합적 감각을 사용하면 단순한 시도 감성이 풍부해지고 상상력이 극대화됩니다.

'푸른 종소리', '태양의 울림', '초승달이 시리다', '꽃처럼 붉은 울음을 밤새 울었다' 등은 우리가 자주 접했던 시의 공감각적 심상입니다. 감각의 전이를 활용하면 표면적 감정을 숨기거나 극대화하는 효과를 볼 수 있습니다.

〈밤바람〉

어둠 속
내 왔다 가는 소리
그대 보았습니까
아이 낳고 이사 간 그 집
대문 앞에서
문고리만 만져 보고
돌아서 울며 가는 그 소리를
그대 보았습니까
날이 새면 집 앞 쌓인 낙엽들 사이로
내 다녀간 걸
그대 보았습니까

⟨그리움은 시가 되고⟩

그리움 종이에 담아 한 획을 긋고
큰 울음 먹에 갈아 시 한 줄 써 내려갑니다
오늘도 내 시는 당신에게 불을 켭니다

⟨밤바람⟩은 '그대를 그리워하는 사람의 얼굴(시각)'을 소리(청각)에 빗대어 표현한 시입니다. ⟨그리움은 시가 되고⟩는 그리움을 시를 쓰는 행위로 풀어낸 문장입니다. 어릴 적 영문도 모르고 첫사랑을 떠나보낸 뒤에 그 사람의 흔적을 찾아 걷다 보면 언제나 그의 집 앞에 발걸음이 머물러 있었습니다. 처음 이 시를 쓸 때만 해도 미성숙한 자신이 부끄럽고, 부족한 필력에 손발이 오그라들었는데, 다시 보니 30년 전 그 소녀가 애틋하게 느껴집니다. 열네 살 소녀의 첫사랑은 지금쯤 어디서 무얼 하고 있을까요? 가슴 아픈 사랑일수록 시에는 자양분이 됩니다.

4. 시를 쓰는 시간, 15분의 마법

여러분은 15분의 시간이 주어지면 보통 무엇을 하시나요? 미국 TED처럼 요즘 한국에서도 15분 강연 채널 '세바시(세상을 바꾸는 시간)'가 인기를 얻고 있습니다. 제목처럼 대부분의 강연이 15분을 넘지 않는데요, 그 짧은 시간 안에 한 사람의 인생을 보여 줄 뿐 아니라 정치, 경제, 사상과 환경까지 모든 주제를 다루기에 부족함이 없어 보입니다. 방송을 보면서 그런 생각이 들었습니다. 나는 과연 15분 안에 한 주제를 완벽히 이해하거나 상대에게 하고 싶은 이야기를 완벽하게 전달할 수 있는가. 최근 전반적인 사회 트렌드가 이처럼 짧은 단위로 쪼개서 이미지를 전달하고 공유하는 방식인 것 같습니다.

저는 15분이 주어지면 가벼운 책을 손에 쥐는 편입니다. 한두 시간 몰아 읽을 때는 잘 읽히지 않던 책도 지하철이나 버스에서 15분 내외에 읽으면 굉장히 잘 읽히더라구요. 글을 쓸 때도 보통 집중하는 시간이 15분 내외인 것 같습니다. 갑자기 웬 15분 타령이냐고요? 시야말로 15분의 시간으로 한 편을 깊이 이해하고 공감하기 좋은 작품입니다. 우리는 수많은 정보를 기억하고 암기하는 데는 많은 시간을 쏟으면서 시 한 편을 공감하고 외울 여유는 없이 사는 것 같습니다. 일상에서 15분의 짬이 날 때마다 화장실이나 책상 위에, 가방 안에 작은 시집 한 권쯤 두고 꺼내 보는 우아함을 가져 보면 어떨까요. 스마트폰은 잠시 넣어 두고 걸으면서 작가의 단어를 곱씹어 보고, 귓갓길에 한번 따라 읊어 보는 겁니다. 그렇게 작은 일상의 변화가 모여 글 쓰는 힘을 길러 줍니다.

무작정 책상에 앉아 시를 쓰기란 쉽지 않습니다. 다른 글도 마찬가지지만 비유와 상징을 들어 밀집된 단어를 떠올리자면 머릿속이 하얘집니다. 시를 쓰는 가장 좋은 방법은 자투리 시간을 활용하는 것입니다. 짧은 글을 읽고, 멍때리고 창밖을 보다가 우연히 내 안에 스치는 단어와 감정을 모아 보는 겁니다. 처음에는 연관성이라고는 전혀 찾아볼 수 없는 낯선 단어들이 쏟아지고, 손발 오그라드는 텍스트의 옷을 입고 나올 겁니다. 유치해도 버리지 말고 다음 15분의 짬이 날 때 메모를 다시 열어 보세요. 좀 더 매끄러운 표현은 없는지, 대체할 수 있는 단어가 있는지 살펴보고 참신한 문장에는 기특한 자신에게 무한 찬사를 보내 주세요. 글쓰기는 처절하게 혼자가 돼 보는 작업입니다. 늘 자신과 마주하는 고독한 일이지만 오롯이 깊은 나를 들여다보는 시간이기도 하지요. 문장 속에서 솔직한 나와 대면하다 보면 자신을 위로하고 격려하는 힘이 생깁니다. 습관처럼 독서하고 15분의 짬이 나면 글쓰기 연습을 해 봅니다. 글이 성장하는 만큼 여러분의 내면도 깊이 성숙하고 있다는 걸 깨닫게 될 거예요. 그때부터는 노력하지 않아도 글이 자연스럽게 써집니다. 좋아서 하는 일은 놀이가 되고 놀면서 하는 일은 가장 좋은 성과를 냅니다.

글쓰기 활용

10장 자기소개서

용기를 가져라.
솔직한 자신을 마주할 수 있도록.
무엇 하나 이룬 것이 없는 당신이라도
모든 변화는 '나'로부터 시작한다는 것을 잊지 말라.
댄 자드라, 『파이브』 중

1. 왜 자기소개서인가

'타다닥 타다닥' 자기소개서를 쓰는 시간이 오면 강의장은 늘 침묵 속에 자판을 두드리는 소리로 가득합니다. 수강생들의 얼굴에는 비록 평범한 자신의 인생일지라도 멋진 스펙으로 엮어 보겠다는 결의가 가득하지요. 그러나 자소서에 대한 피드백은 한결같이 '너무 평범하다'는 겁니다. 붉그락푸르락 당장이라도 폭발할 기세로 수강생들이 달려와 묻습니다. 아니 자기가 외국에서 살다 온 것도 아니고, 시골에서 자연과 벗 삼은 성장기는 더더구나 전무하고, 특별한 학벌이나 스펙을 가진 것도 아니고, 그저 평범한 가정에서 자라 도시에서 학교만 다녔는데 무슨 대단한 스토리가 나오겠냐는 겁니다. 틀린 말은 아니지만 맞는 이야기도 아닙니다. 여기에 대한 답은 왜 요즘 우리 사회가 채용 과정에서 객관적 성적표가 아닌 주관적인

'자기소개서'를 요구하는지 그 배경을 제대로 알고 이해하는 데 있습니다.

먼저 대학입시에서 자기소개서가 주 평가 항목으로 등장한 것은 2008년 '수능등급제'와 '입학사정관제'가 도입되면서부터입니다. 수능등급제가 도입되면서 대학은 일괄된 수치만으로는 학생의 자질을 평가하기 부족하다고 판단하고 봉사활동과 진로 활동, 수상 이력, 자소서 등 비교과 영역의 평가 방식을 도입하게 된 것이지요. 그러나 스펙을 위한 허위 수상과 가짜 서류들이 난무하면서 2015학년도 이후로는 입학사정관제의 후신인 '학생부종합전형'이 대입 전형에서 주를 이루게 됩니다. 기존의 비교과 영역 활동은 삭제하고 학교생활기록부와 자기소개서, 면접 이 세 가지를 중심으로 평가하기 시작했습니다. 성적과 수능 점수라는 학업의 성취도 이외에 지원자의 인성과 성장 가능성까지 종합적으로 반영하겠다는 취지였습니다. 그러나 여전히 학생 입장에서는 학교 내신에 수능까지 준비하느라 시간이 부족한데, 교내 활동과 세부 특기 사항까지 챙겨야 하고, 진로에 맞는 자소서까지 준비해야 한다는 부담이 가중되었지요. 이에 교육 당국은 대학입시에서 자소서로 학생의 개별 역량을 계량화하기 어렵고 확인하기 어려운 면이 많아 결국 2024학년도부터 대입 자소서는 전면 폐지되었습니다.

반면 기업의 채용 과정에서는 자소서의 비중이 더 강화되는 추세입니다. 입사 전형에서 회사가 자소서와 면접을 중요한 당락 요인으로 보는 이유는 능력 있는 지원자를 선별하는 데 그치지 않고 기업문화와 그 조직에 잘 어울릴 수 있는 인재를 뽑기 위해서입니다.

성적이 아무리 뛰어나더라도 지원자의 성향이 기업문화에 맞지 않고 개인주의 성향이 강하다면 회사와 지원자 모두에게 득보다 실이 큰 결과를 가져옵니다. 성인이 된 이후 하루 중 대부분의 시간을 보내는 곳은 회사입니다. 수십 또는 수백 명이 함께 일해야 하는 곳이라면 어떤 조직보다 융합과 배려가 중요하지요. 당연히 조직은 평생을 함께할 배우자를 선택하는 마음으로 기업이 지향하는 가치와 기업문화에 좀 더 부합하는 인재를 뽑고자 합니다.

(1) 내 인생의 단단한 기틀, 자소서

자기소개서는 그야말로 내가 어떤 사람인지 소개하는 글입니다. 자소서는 명확한 목적을 가지고 나를 어필한다는 점에서 개인의 특성이나 정보를 전달하는 글과는 차이가 있습니다. 내가 살아온 생애 전반과 문제의식, 나의 가치관과 삶의 태도를 보여 줌으로써 해당 회사에서 요구하는 인재상을 얼마나 충족시킬 수 있는가를 구체적으로 보여 주는 방식입니다. 다시 말해 자소서는 '글로 보는 면접'입니다. 단순한 학업 성취도나 스펙으로는 정작 지원자의 생각과 태도를 알기 어렵습니다. 채용 담당자는 자기소개서를 통해 지원자의 성장 과정은 물론 가치관과 태도를 파악할 수 있기 때문에 이력서보다 자소서에 평가 비중을 많이 두게 됩니다. 특히 제출한 자기소개서는 면접 시 질문의 항목이 되는 만큼 면접을 준비하는 데도 반드시 명확하게 소화하고 넘어가야 할 과제입니다.

자소서에서 자신의 이야기를 체계적이고 구체적으로 주제에 맞게 잘 전달하려면 한 사람의 인생사를 보여 주듯 스토리텔링이 밑바탕에 깔려 있어야 합니다. 평가 항목에 따라 자신의 강점을 드러낼 수 있는 이야기의 소재를 얻으려면 그동안 자신의 삶을 돌아보고, 자기가 어떤 사람인지를 아는지가 중요합니다. 내가 무엇을 원하고, 어떤 분야의 일을 하고 싶고, 잘 할 수 있는지를 열거해 봄으로써 지난 삶을 돌아보고 앞으로 살아갈 인생을 설계해 봅니다. 꼭 입시나 취업을 위한 과제가 아니더라도 내 손으로 자기소개서 한 편을 써 보면 앞으로의 인생을 살아가는 데 자신을 지탱해 줄 단단한 기틀을 만들 수 있는 계기가 됩니다.

자기소개서를 쓰려면 나의 성향과 역량이 지원 분야와 잘 맞는지 근본적인 질문에 답해야 합니다. 당장 합격에 눈이 멀어 아무 데나 닥치는 대로 지원하다 보면 중도에 포기하거나 다시 원점에 서야 할 상황에 놓이게 됩니다. 결국 자기소개서를 쓴다는 것은 내가 지원하는 회사에 합격하기 이전에 나는 어떤 사람이고, 앞으로 어떤 비전을 가지고 살 것인지 스스로 정리해 보는 경험을 한다는 점에서 더 큰 의미가 있습니다.

(2) 자소서 너 얼마면 되겠니?

보통 자기소개서를 작성하는 데 짧게는 몇 시간이나 며칠 정도의 시간을 할애합니다. 그렇다면 지금 여러분이 쓰고 있는 자소서의 가치를 돈으로 환산하면 얼마나 될까요? 글의 가치를 돈으로 계산하는 게 쉽지는 않지만 하루 이틀 걸리는 노동이라고 가정해서 일당으로 계산해 보면 약 20만 원 정도의 문서 작업으로 볼 수 있습니다. 그러나 실제 자소서는 취업에 당락을 쥐고 있는 히든카드입니다.

한 회사의 근속 연수를 8년으로, 연봉을 약 5,000만 원으로 가정해 보면 자소서는 4억 원 이상의 가치를 지닌 글입니다. 그렇다면 지금 여러분 앞에 놓인 자기소개서는 과연 수억 원의 노력과 고민이 들어 있는 글인가요? 하기 싫은데 억지로 제출하는 과제 정도로 생각하고 자소서를 쓰고 있다면 큰 실수입니다. 내 자소서를 읽는 독자는 면접관이자 평가자이고, 오랜 시간 함께 생활할 동료나 의사 결정권 자가 분명합니다. 그들을 설득하지 못하는 자소서의 문장이라면 당연히 중요한 보고서나 제안서도 잘 쓸 리가 없습니다. 당장 합격만 하면 다신 글 쓸 일은 없다고 생각하지만 막상 회사에 들어가면 모든 커뮤니케이션은 문서로 이루어집니다. 한 장짜리 기안서부터 보고서, 기획안, 제안서 등 모든 업무와 평가가 텍스트로 가득합니다. 글로 자신을 제대로 표현할 줄 아는 사람이 곧 성인이고 바로 사회 인입니다. 그런 점에서 자소서는 사회인이 되기 위한 첫걸음입니다. 내 인생을 20만 원짜리 문서로 만들 것인지 4억 원 이상의 프로젝트 로 만들 것인지가 지금 내 앞에 있는 자소서에 달려 있다면 기분이 어떠신가요? 당연히 그 가치에 맞는 준비를 해야겠지요?

(3) 자소서의 시작, 끊임없이 질문하라

자소서를 쓰기 위해서는 원하는 기업에 대한 조사보다 먼저 자신에 대한 충분한 이해가 선행돼야 합니다. 지원자들 대부분 취업이라는 목표를 달성하고자 지원 회사나 직무에 대해서는 많은 정보를 찾아보지만 정작 본인이 어떤 사람이고, 어떤 성향을 가지고 있는지, 어떤 일을 할 때 자신이 가장 빛이 나는지는 질문하지 않습니다. 자신의 내면은 들여다보지 않고 외부 환경에만 집중해서 답을 찾으려고 합니다. 이런 정보를 바탕으로 자소서를 쓰면 누구나 알 법한 정보를 나열한 평범한 글이 나옵니다. 설령 입사한다고 해도 자신을 성찰하는 과정이 없었기 때문에 직장 생활에서 어려움을 겪거나 이직, 퇴사 등 다른 선택을 하는 경우도 많습니다. 나는 어떤 사람이고, 어떤 장단점이 있는지, 언제 가슴이 뛰고 어떤 상황이 힘든지, 지구력이 강한 편인지 순간 집중력이 높은 편인지, 체력은 좋은 편인지, 보상보다 성취감을 더 중요하게 생각하는지, 사람들의 시선을 많이 의식하는 편인지, 남보다 내 주관이 더 중요한지 자신에게 수없이 많은 질문을 던져야 합니다. 자신을 알아야만 상대도 정확히 볼 수 있습니다. 어떤 회사에서 어떤 일을 하는 것이 나에게 맞을지 제대로 결정할 수 있습니다.

자신에 대한 이해와 분석이 짧으면 내가 어떤 조직에서 생활하고, 어떤 일을 담당하게 될지 그 범위가 좁혀지지 않기 때문에 막연한 자소서가 나옵니다. 일반적인 정보와 짧은 지식으로 직무에 지원하면 비효율적인 자소서를 쓸 수밖에 없고, 깊은 고민과 성찰로 쓰인 지원자들 대비 경쟁력은 떨어질 수밖에 없습니다.

잠시 쉬어 가는 의미에서 아래 빈칸을 채우면서 내가 어떤 사람인지 알아보고 가겠습니다.

나는 어떤 사람인가요?

질문	예시	나만의 노트
1. 나를 한마디로 표현하고 그 이유를 써 보세요.	나는 글로 세상과 소통하고 사람들을 성장시키는 부지런한 글쟁이다. 내가 가장 좋아하는 일은 책을 읽고 사람들과 소통하는 일이며 가장 잘하는 분야는 글쓰기다. 사람들과 함께 쓰고, 함께 읽을 때 가장 보람을 느낀다. 일반적으로 독서와 글쓰기를 생각하면 느리고 정적일 것이라 생각하는데 부지런히 움직이기를 좋아하는 성격을 더해 부지런한 글쟁이라고 표현했다.	
2. 나를 잘 표현해 주는 단어 3가지를 꼽는다면?	배려, 부지런함, 성장	
3. 나에게 가장 중요한 가치를 3가지만 소개한다면?	사랑, 행복, 성취	
4. 나에게 가치 있는 삶이란?	사람들과 공감하며 사는 삶 내 신념을 끝까지 유지하는 삶 죽을 때까지 배우고 성장하는 삶	
5. 10년 뒤 내가 원하는 모습을 구체적으로 그려 본다면?	국내 최고의 글쓰기 강사가 돼서 많은 사람들이 쉽게 글을 쓰도록 돕고 싶다. 내가 원하는 강의를 하고, 책을 쓰면서 삶이 곧 글이 되는 인생을 살고 싶다.	
6. 존경하는 사람(위인)을 소개해 보세요.	故 신영복 교수님. 감옥에서도 자신의 신념을 굽히지 않고 주체적인 삶을 살아온 인생을 존경한다. 세상과 타협하기보다 자신의 소신을 따라 자유롭게 살아온 인생을 보고 부드럽지만 강한 내면이 인상적이었다.	

7. 나에게 행복이란 무엇인가요?	행복에 대한 정답은 없다. 그러나 행복은 경험을 통해서만 얻을 수 있는 감정이므로 매 순간 새롭게 보고, 느끼고, 체험하는 자세를 가진다면 결과가 아닌 삶의 과정 전체가 행복이 될 것이다.	
8. 내가 원하는 직업과 그것을 통해 궁극적으로 하고 싶은 일은 무엇인가요?	나는 작가가 되고 싶다. 누구나 쉽게 글을 쓰도록 도와주고 나를 찾는 곳이면 어디든 가서 열강을 펼치고 싶다.	

비록 8개의 짧은 문항이지만 빈칸을 채우면서 내가 어떤 것을 중요하게 생각하고, 어떻게 살고 싶은지 알 수 있습니다. 막상 글로 자신에 대해 쓰면 평소 자신이 생각해 오던 것과 사뭇 다른 면을 발견하기도 하지요. 이렇게 여러분이 발견한 '나'는 자기소개서의 중요한 글감이 됩니다. 나의 진로를 설정하는 글에 나의 특성과 가치관에 부합하지 않는 내용을 쓴다면 앞으로의 내 선택에도 문제가 발생하고 자기소개서를 읽는 채용자도 내 글을 신뢰하기 어렵습니다.

자기소개서를 쓸 때 자주 '직업'과 '진로'를 혼동하는 경우가 많은데요, 직업은 보통 교사, 화가, 변호사, 의사와 같이 한 단어로 표현되는 일입니다. 그러나 자기소개서에서 요구하는 것은 직업이 아니라 진로와 구체적인 직무(담당 업무)입니다. 진로는 직업에 구체적인 비전을 더해 만들어집니다. '나는 작가가 되고 싶어'가 아니라 '나는 누구나 쉽게 글을 쓰게 도와주는 작가가 되고 싶어'와 같은 식입니다. 채용 담당자는 구체적인 진로 계획을 가진 지원자를 선발하고자 합니다. 입학이나 취업이 목적이 아니라 그 이후에 어떻게 성장

할지 그 가능성을 염두에 두기 때문입니다.

(4) 나만 모르는 내 마음

이 세상 무엇보다도 가장 모르는 게 자신의 마음이지요. 특히 우리나라 사람들은 남의 눈치를 보는 데는 단수가 꽤 높으면서도 정작 자신의 마음은 들여다보려고 하지 않습니다. 방법도 모르고 훈련도 되어 있지 않지요. 그러나 사회생활은 동료의 마음과 상사의 마음, 고객의 마음 등 상대방의 마음을 잘 살펴 그 요구를 충족시키는 과정입니다. 내 마음도 모르는 사람이 어떻게 상대의 마음을 알고, 성공적으로 사회생활을 할 수 있을까요? 다소 어색하고 불편하더라도 자신의 마음을 살피는 훈련을 반드시 해야 합니다. 자신과 대화하면서 스스로를 알아 가는 일은 사실 평생에 걸친 인간의 과제이기도 합니다. 더디더라도 하나씩 질문하고 답해 본다면 내가 무엇을 원하고, 잘할 수 있고, 잘하고 싶어 하는 사람인지 진정한 '나'의 모습에 더 가까워질 수 있습니다.

질문을 통한 이야기 소재 목록 작성하기

질문	예시	나만의 노트
살면서 가장 기뻤던 일과 가장 슬펐던 일		
성취감이 컸던 경험		
관심 있는 분야와 특별히 잘하는 분야		
공동체 생활에서 인상 깊었던 경험		

조직 생활에서 리더십을 발휘한 경험		
조직의 일원으로 협력하고 봉사한 일		
내가(또는 남들이) 생각하는 장단점		
살면서 가장 실패했다고 느낀 경험		
가장 큰 내적 갈등 사례		
가장 후회스러운 경험		

2. 취업 자소서 뽀개기

(1) 취업 자소서의 기본 문항과 평가 항목

과거 기업들은 지원자가 얼마나 많은 지식을 머리에 저장하고 있는지, 조직에 순응하는(말 잘 듣는) 인성을 가졌는지를 채용에 우선 순위로 두었습니다. 출신 학교와 성적이 평가 요소였지요. 반면 요즘 기업들은 다양한 분야를 결합하고 새로운 가치를 만들어 낼 수 있는 창의적이고 융합적인 인재를 선호합니다. 따라서 21세기 취업을 위한 경쟁력은 바로 '융합적 사고 능력'과 '창의성'으로 볼 수 있습니다. 지식이 아닌 지혜를 평가하고 지원자의 다양한 사고력을 측정하기 위해 기업에서도 점차 자소서와 면접을 중요시하는 추세입니다. 융합적 사고와 창의력은 단시간에 길러지는 능력은 아닙니다. 유료 서비스나 컨설팅을 통해 수학 공식 같은 자소서를 준비하기보다 지금까지 내가 겪었던 경험과 준비해 온 과정, 그것을 통해 느낀 점을 정리하고 소재 목록을 작성하면서 세상에 단 하나뿐인 나만의 스토리를 준비해 봅시다.

취업에 필요한 자기소개서는 일반적으로 4가지 기본 문항을 중심으로 구성됩니다.

취업 자소서 기본 문항

1. 성장 과정
2. 성격의 장단점
3. 지원 동기 및 포부
4. 직무에 맞는 자신의 강점 또는 경험

기업의 채용 담당자는 자소서의 기본 문항을 통해 지원자가 필요한 업무 수행 능력을 가지고 있는지, 직무에서 요구하는 지식과 태도를 겸비하고 있는지 업무 역량과 가치관을 파악하고자 합니다. 따라서 자소서의 질문에서 기업이 요구하는 세 가지 항목이 구체적으로 표현될 수 있도록 자신만의 장점과 에피소드를 테이블로 정리해 보는 과정이 필요합니다.

자소서를 통해 기업이 평가하고자 하는 항목

∨ 업무 수행 능력
∨ 특정 분야의 전문 지식
∨ 가치관과 태도

취업 준비생들은 대부분 기업마다 자소서의 질문과 소재가 서로 다를 것이라고 생각합니다. 그러나 기업이 자소서에서 던지는 질문과 지원자에 대해 알고 싶은 항목은 크게 다르지 않습니다. 표현 방식은 조금 다르더라도 결국 기업이 파악하고 평가하는 가치는 동일하다는 의미입니다. 매번 지원서를 쓸 때마다 처음부터 다른 자소서를 준비하기보다는 나만의 질문과 소재 목록을 만들어 두고 이를 토대로 뼈대를 미리 구성해 둔다면 단문 형식이나, 에세이 작문 등 어떤 질문 형식이라도 쉽게 자소서를 준비할 수 있습니다. 특히 취업 과정에서 자소서는 면접관의 질문 소재가 되므로 채용 시점에 작성하는 것이 좋습니다.

(2) 첫인상은 직설적이고 간결하게

먼저 성장 과정과 성격을 묻는 1, 2번 문항에서는 함축적이거나 은유적인 표현보다는 '나는 ○○○입니다'와 같이 간결하고 직설적인 자기소개가 효과적입니다. 성격은 추상적인 표현보다 경험과 사례를 통한 스토리로 보여 줄 수 있으면 더욱 좋습니다. 예를 들어 '저는 누구보다 성실합니다'라는 추상적인 표현보다는 '365일 언제나 6시면 눈을 뜨는 하루를 시작합니다'와 같이 구체적이고 직설적인 표현을 사용해 봅니다. 이런 첫 문장은 채용자의 호기심과 흥미를 끌고 좋은 첫인상을 줄 수 있습니다. 자소서는 글로 보는 면접입니다. 단어 하나, 문장 한 줄, 특히 첫 문장은 나의 첫인상이라고 생각하고 한 글자 한 글자마다 나의 장점과 열의를 보여 주도록 합시다.

(3) 관계성은 은유적으로 표현하기

기업은 누구보다 관계성이 좋은 사람을 선호합니다. 직장은 수많은 이해 당사자가 한 공간에 모여 겯고 트는 조직이기 때문입니다. 자소서에서 자신의 대인관계나 인간성을 강점으로 드러내고자 할 때는 '나는 마당발이다'라는 식으로 표현하기보다 실제 경험담을 통해 자신이 가진 커뮤니케이션 능력을 성격과 연결해서 간접적으로 드러나게 합니다. 유명 인사들 중에는 언변이 뛰어나거나 외모가 훌륭하지 않아도 다양한 상식과 순발력으로 대중의 인기를 얻는 사람들이 있습니다. 오히려 평소에는 잘 드러나지 않는 사람인데도 주변 평판이 좋고 관계가 원만한 사람들은 어떤 특징을 가지고 있는지, 내가 활용하거나 배울 점은 없는지 살펴봅니다. 원만한 대인관계를 맺고 유지하는 데 있어서 말을 잘하거나 주변에 사람이 많다는 부문에만 초점을 둘 것이 아니라 말수는 다소 적지만 잘 들어 주고, 중간자 역할을 잘하는 것도 의사소통 능력이므로, 솔직하게 내가 가진 장점을 살려 신뢰를 줄 수 있는 사례를 찾아봅니다.

(4) 자신의 전공을 무시하지 말자

취업을 준비하다 보면 어디든 들어가고 싶은 절박감이 큰 나머지 자신의 적성과 전공 분야를 소홀히 하는 사람이 많습니다. 합격만 된다면 과거의 '나'는 모두 버리고 새롭게 회사의 인재상에 맞추고자 하는 것 같습니다. 일부 기업을 제외하고 대부분의 기업은 특정 학과에 한정해서 지원자를 선발하지 않습니다. 오히려 어떤 전공이든 지원자가 그 분야에 얼마나 집중하고, 열정을 보였는지, 그 지식을 어떻게 활용하고자 하는지 태도에 더 관심을 둡니다. 경영학, 심리학, 전산학, 화학 등 전공이 다양할수록 지원자의 관점과 해석도 다를 수밖에 없습니다. 기업은 지원자가 자신의 전공을 직무에 맞게 적용할 수 있는지, 다양한 관점에서 조명해 보기를 원합니다. 정답보다는 새로운 답을 갈구하는 것이죠. 또한 전공 지식은 학창 시절 지원자의 성실함과 신뢰성을 판단하는 근거가 되므로, 해당 기업이 자신의 전공과 일부 연관성이 떨어지더라도 자신의 전공 지식을 살려 직무 역량을 기술해 보는 것이 좋습니다.

(5) 다양한 경험보다 무엇을 느꼈는지 소개하기

기업이 경험의 사례에서 알고자 하는 것은 지원자가 그 상황에서 느꼈던 감정과 개인에게 미친 영향, 그리고 어떻게 판단하고 해석했는지에 대한 이야기입니다. 각기 다른 전공과 배경을 가진 지원자 다섯 명이 똑같이 국토 순례길을 걸었던 경험을 자소서에 소개한다고 가정해 보겠습니다. 어떤 지원자는 국토 순례 자체를 포기하고 싶었던 도전과 절망의 순간이었다고 이야기할 것이고, 누군가는 직접 걷고, 보고, 느끼며 생각했던 감정을 이야기할 수 있습니다. 다양한 지형과 자연환경을 소개하거나, 역사적 관점에서 우리나라를 재조명할 수도 있겠지요. 같은 경험을 한다고 해도 같은 결과가 나오지 않습니다. 자소서에서 자신의 경험을 소개할 때는 경험 자체의 특수성에 초점을 맞추기보다 소박한 일상의 사례라도 솔직한 나의 감정을 표현하고 과정을 통한 해석과 변화된 관점에 집중하도록 합니다. 우리가 할 수 있는 경험치는 생각보다 다양하지 않습니다. 오히려 유사한 경험 속에서 다른 느낌과 감정을 설파하고, 새롭게 해석한다면 창의적인 사례라는 인상을 줄 수 있습니다. 직무와 전혀 관계가 없어 보이는 경험도 어떻게 해석하고 자신의 삶에 적용했는지에 따라 연관성이 높은 사례로 활용할 수 있지요.

취업을 위한 자소서에는 항상 직무와 연관된 경험과 활동을 소개하는 문항이 등장합니다. 지원자 대부분은 남들과 비슷하게 대학 시절을 보냈고 별다른 경험은 없다고 생각하지만, 작은 에피소드라도 내가 관심 있고 좋아하는 분야에 스스로 어떤 노력과 투자를 했는지를 적극적으로 피력하는 게 중요합니다. 관심과 흥미를 가지고 어떤 분야에 몰입해 본 사람은 직장에서도 마찬가지로 집중력을 보여 줄 수 있기 때문입니다. 직무와 꼭 들어맞는 경험은 아니더라도 남과 다르게 대상을 보고, 해석하고, 행동할 수 있었다면 그 역시 큰 경험입니다. 이런 사람은 스스로 동기부여를 하고 성취하기 위해 노력을 아끼지 않습니다. 지금까지 내가 해 왔던 경험들 가운데 스스로 계획하고 자발적으로 움직였던 사례를 모아 소재 목록에 담아 봅니다. 대단한 수상 이력이 아니더라도 나를 가슴 뛰게 만들었던 경험은 채용자의 마음도 움직이게 합니다.

(6) 성공 사례 VS 실패 사례

왜 기업들은 지원자에게 성공과 실패 사례를 반드시 물을까요? 인간은 누구나 과거를 통해 현재가 있고, 현재의 생각과 가치관으로 미래를 판단하기 때문입니다. 성공한 사람은 어떻게 성공을 했는지, 그 과정에서 어려운 점은 무엇이었고, 무엇을 극복해서 결과를 얻었는지 알고 있습니다. 실패를 경험한 사람은 목표를 달성하지 못한 이유가 무엇이었는지, 극복해야 할 변수가 무엇이었는지를 깨닫습니다. 이런 성공과 실패 경험은 미래에 긍정적으로 작용합니다. 따라서 직장 생활에서 발생할 무수한 변수에 다른 사람보다 현명한 판단을 할 것으로 기대하게 되는 거지요. 일반적으로 지원자들은 과거자신의 성취 결과와 성공 사례에 중점을 두고 자소서를 씁니다. 내가 어떤 상을 타고, 어떤 결과를 이루었는지에 집중하기보다는 성공과 실패에 어떤 과정이 있었고, 어려움을 어떻게 극복했는지 과정에 집중하는 이야기를 만들어 본다면 실패도 빛나는 경험으로 바뀌고, 성공 사례는 보다 큰 미래 가치로 만들어 갈 수 있습니다.

(7) 차별화된 나의 능력을 어필할 수 있는가

나와 동일한 직무에 지원한 여러 지원자가 있으므로 경쟁자들보다 뛰어난 능력, 즉 차별화된 역량과 적극적인 의지를 보여 주는 것이 유리합니다. 내가 선택한 진로와 전공에 따라 직무를 선택했고, 이를 위해 어떤 준비를 해 왔으며, 궁극적으로 이루고자 하는 목적이 무엇인지, 그 과정에서 어떻게 자기 계발을 할 것인지 적극적이고 강한 의지를 보여 주어야 합니다. 이는 내가 남들보다 일을 잘할수 있다는 효율성과 가능성을 어필하는 과정으로 단계적인 로드맵을 보여 준다면 상대에게 큰 신뢰감을 줄 수 있습니다. 단순히 '일을 잘할 수 있습니다'보다는 자신의 인생과 커리어를 위해 계획적으로 설계하고 접근해 간다는 인상을 주는 것이 좋습니다. 이를 위해 기업이 필수적으로 요구하는 기본 역량에 더해 차별화 포인트가 있으면 도움이 됩니다. 관련 자격증이나 인턴 경험, 유사 분야의 활동이나 간접지식(독서, 영상 매체 활동 등), 어학 능력, 개인적 자질(암기력, 계산력, 손재주 등) 등 경쟁자와 차별화된 포인트를 직무 역량과 함께 노출하도록 합니다.

(8) 회사에 대한 열정과 동기 보여 주기

채용 담당자는 지원자가 다른 회사에도 수십 개의 원서를 제출했다는 것을 이미 알고 있습니다. 그런 지원자들 가운데 진정으로 자신의 회사에 열정을 가진 옥석을 가려내기도 쉽지 않지요. 회사에 대한 열정을 말하라면 무조건적인 충성심이나, 업계 상식 수준의 회사 동향을 이야기하는 경우가 많은데요, 기업이 원하는 것은 지원자가 원서를 제출했기 때문에 보이는 억지 로열티가 아니라 한 고객으로서 당사에 대한 관점과 시각을 엿듣고자 합니다. 단순히 회사의 매출이나 시장성을 암기하는 것으로는 회사에 대한 열정을 보여 줄 수 없습니다. 오히려 소비자 입장에서 기업을 바라보고 일상의 접점에서 드러나는 회사의 장단점을 정리하는 것이 낫습니다. 기업 정보를 인터넷 검색이나 스터디에서 얻은 자료로 제한하는 것은 가급적 지양합니다. 이왕이면 직접 지원한 회사에 가 보고, 시장에서 그 회사의 물건을 구매해 보면서 실질적인 경험을 더하는 것이 노력의 흔적을 보여 주는 방법입니다.

(9) 자신의 역량에 맞는 직무를 찾으려면

우리는 직접적인 경험을 통해 자신의 마음과 행동을 지켜볼 수 있습니다. 그냥 책상에 앉아서 '내가 어떤 사람이지?' 하고 물어서는 정확한 답을 이끌어 내기 어렵습니다. 그러나 많은 시간을 학교생활과 공부에 할애했거나, 소극적인 학생들은 외부 자극이 충분하지 못할 수 있습니다. 다양한 심리검사는 이런 부족한 경험을 보완해 주고 자신을 파악하는 데 유용한 자료로 활용됩니다. 심리검사에는 직업 가치관, 성격, 흥미, 적성을 측정하는 요소가 포함됩니다. 다만 검사 결과를 절대적인 것으로 받아들여서는 안 됩니다. 심리검사라고 해도 우리 미래를 100퍼센트 예측할 수 없고, 아직 여러분은 언제든 변화하고 적응할 수 있는 민감한 시기에 있기 때문입니다. 따라서 검사 결과를 참고해 내가 실제로도 이러한지 자신에게 질문하는 도구로 활용하는 것이 좋습니다. 다양한 심리검사는 객관적으로 자신을 바라보는 좋은 계기가 됩니다.

3. 백전백승 취업 자소서 쓰기

이제부터 본격적으로 나를 잘 팔리게 하는 취업 자소서를 써 보는 시간입니다. 앞서 회사에서 공통으로 요구하는 인재상이 무엇인지, 기본적으로 자소서에서 무엇을 보고자 하는지를 살펴봤다면 여기에서는 각 항목별로 어떻게 이야기를 풀어 나갈 것인지 알아보겠습니다. 먼저, 자기소개서를 쓰기 전에 그동안 자신이 쌓아 온 스펙이 부족하다거나 이렇다 할 경험이 없다는 겸손한 자세는 잠시 접어 두겠습니다. 지금부터 '나'를 시장에서 가장 잘 팔리는 상품으로 포장해야 합니다. 자신을 세일즈할 방법을 배우고, 세부 항목에 적용한다면 합격을 부르는 자기소개서, 여러분도 쓸 수 있습니다.

(1) 자기소개서에 반드시 등장하는 단어, 이렇게 적용하자

자기소개서에 자주 등장하고, 반드시 노출해야 할 단어들이 있습니다. 혼동하기 쉽고 개념이 명확하지 않은 어휘들을 정리해 보겠습니다. 정확한 개념 숙지와 더불어 자기소개서에 어떻게 각 어휘들을 사용할 것인지 적용 방법을 소개해 드리겠습니다.

① 직무

'직무'는 작업의 종류와 수준이 비슷한 업무들을 모은 덩어리로 직업상에서 책임을 지고 담당하게 될 주요 업무를 뜻합니다. 즉 비슷한 업무 내용을 가진 직위들을 하나의 관리 단위로 설정한 용어 인데요, 쉽게 말하면 '내가 맡은 일'입니다. 비슷한 직무를 묶은 상위 체계는 '직군'이라고 부릅니다. 예를 들어 총무·재무·인사·구매 등의 직무는 '사무직군'에 해당하고, 조립·운반·노무직은 '생산직군'에 속합니다. 대기업을 기준으로 볼 때 기획·총무 직무는 '경영직군'으로, 영업·마케팅·홍보 등의 직무는 '고객/서비스 직군'으로 분류합니다. 물류·구매·재고·품질관리 직무는 '물류직군'으로 분류합니다. 그 밖에도 회계·법무·재무 등의 '전문직군'도 있는데요, 조직이 작으면 직무와 직군을 구별하지 않고 담당 업무인 직무를 중심으로 조직을 구성하기도 합니다. 여기서 중요한 것은 직무를 직업과 동일하게 생각하지 않는 것입니다. 기업에서 채용은 구체적인 직무별 지

원자를 선별하는 것이므로 내가 원하는 회사와 내 역량에 맞는 직무가 잘 연결되어 있는지를 확인해야 합니다.

▶ 자기소개서에 내가 지원하는 직무와 직군을 정확히 확인하고, 담당 업무에 맞는 자신의 역량과 직무를 연결해서 쓰도록 합니다.

② 역량

'역량'의 의미는 다양하게 해석할 수 있습니다. 기업에서 말하는 역량이란 조직 환경에서 탁월하고 효과적으로 업무를 수행해 낼 수 있는 조직원의 행동 특성이나 동기, 특징 또는 능력을 의미합니다. 일반적으로 조직원의 역량이란 직무 수행에 필요한 지식, 전문성, 특정한 기술을 포함하는 개념으로 기업 내 직업훈련 및 교육을 통해 기업이 원하는 수준까지 발전시키고자 하는 목적이 있습니다. 따라서 지원자는 자신의 역량이 기업에서 요구하는 직원의 역량과 연관성이 있는지 판단하고, 이를 가장 잘 표현할 수 있는 경험과 구체적인 사례로 어필해야 합니다. 특히 기업에서 중요하게 파악하고자 하는 역량들은 직무와 연관성이 높은 것들입니다. 예를 들면 성취 지향성, 전문성, 창의성, 위기관리 능력, 의사소통 능력, 대인관계 능력, 문제 해결 역량 등 평가 요소 역량은 직무별로 수십 가지에 달합니다.

▶ 자기소개서에 반드시 포함되어야 할 역량은 창의성, 열정, 적극성, 도전 정신, 성실성, 책임감, 적응력, 긍정적인 사고, 팀워크, 리더십, 소통 능력 등이 있습니다. 이 단어를 적절하게 사용해 자신의

경험 사례에 녹이도록 합니다.

③ 창의성

취준생들은 새롭고 대단한 결과물을 만들었을 때 '창의적'이라고 생각합니다. 그러나 창의성이란 '새로운 관계를 자각하거나 차별화된 아이디어를 산출하는 것, 또는 전통적인 사고 유형에서 벗어난 새로운 유형으로 사고하는 능력'을 말합니다. 결과물이 아니라 기존의 방식을 답습하지 않고 새로운 관점에서 바라보는 자세를 뜻하지요. 이를 토대로 본다면 새로운 결과물을 만들어 낸 경험은 물론이고, 새로운 발상을 고안했거나 시도한 경험은 모두 창의성의 사례로 들 수 있습니다. 자소서 항목에서 '창의적으로 문제를 개선한 사례를 제시하시오'라는 질문을 자주 볼 수 있는데요, 자신의 지난 활동 경험(아르바이트, 동아리, 여행) 가운데 기존의 틀을 깨고 새롭게 시도한 사례를 제시하는 것도 한 방법입니다.

▶ 창의성의 사례를 들 때는 결과물에 집착하기보다 과정에서 새로운 시도를 했던 경험과 그를 통해 얻게 된 성과, 느낌, 개선점 등을 중심으로 이야기를 소개하도록 합니다.

④ 열정

'열정'의 사전적 의미는 '어떤 일에 열렬한 마음을 가지고 열중하는 것'입니다. 일반적인 감정보다는 훨씬 깊고 뜨거운 마음이라고 할 수 있지요. 그러나 기업에서 요구하는 열정은 뜨거운 마음에 그치지 않습니다. 뜨거운 마음에 노력과 의지가 얼마나 부합되어 있는가를 진정한 열정으로 판단합니다. 단순히 다른 것보다 '더 좋아하는 것'에 열정을 국한하지 말고, 내가 물심양면의 노력을 들인 분야를 열정 대상으로 정리하는 것이 좋습니다.

▶ 가슴을 뜨겁게 했던 경험들 가운데 쟁취하기 위해 노력했던 사례들을 묶어 자신의 열정을 소개하도록 합니다. 단순히 '좋아하는 것'과 '열정'의 대상은 꼭 분리해야 합니다.

⑤ 적극성
'적극성'은 지원자가 얼마나 긍정적인 사고를 하는지를 보여 주는 역량입니다. 조직 내 어떤 문제가 주어졌을 때 해결 의지를 가지고 성실하게 임하는 것이 바로 적극적인 태도라고 할 수 있습니다. 누구나 어렵다고 말할 때 할 수 있다고 말하고 솔선해서 시도하는 자세는 긍정적이고 적극적인 태도입니다.

▶ 사례를 소개할 때 스토리에 자신이 적극적이고 성실한 태도로 임했다는 것을 보여 주도록 합니다. 주변 사람들이 주저할 때 먼저 나섰다거나, 다소 위험한 상황에서도 손해를 감수하고 희생한 경험은 지원자의 적극성과 긍정적 태도를 보여 주는 좋은 방법입니다.

⑥ 의사소통 능력
최근 기업은 개인의 전문성이나 지식 못지않게 타인과의 관계

성을 중요하게 생각합니다. 조직원으로 잘 어울릴 수 있고, 그 안에서 자신의 역할을 충분히 해낼 수 있는지, 대외적인 소통 능력은 어떠한지를 파악하고자 하지요. 어렵게 뽑은 지원자가 조직에 적응하지 못하고 퇴사한다면 기업으로서도 굉장한 손실입니다. 회사 구성원들과 내부 소통이 잘 이루어져야 조직이 원하는 인재로 성장할 수 있고, 외부 소통 능력이 있어야 고객 관리나 대외 비즈니스도 원활하게 수행할 수 있으니까요. 의사소통 역량의 포인트는 경청, 요점 파악, 의사 표현과 문장 표현 능력으로 요약할 수 있습니다. 요즘에는 상대에게 정확한 의사를 표현하는 말하기 듣기 능력은 물론이고 보고서나 프레젠테이션, 제안서 등의 문장 표현 능력을 중요하게 여깁니다. 자기소개서는 문장 능력을 평가할 수 있는 가장 좋은 도구이니 이 부분을 염두에 두고 작성하도록 합니다.

▶ 잘 말하는 사람이면서 잘 듣고, 조율하는 지원자라는 장점을 어필할 수 있는 경험을 모아 봅니다. 유창한 언변을 자랑하기보다 잘 듣는 사람이라는 부분을 강조한다면 단점도 강점으로 승화시킬 수 있습니다.

⑦ 장단점
개인의 장단점은 자소서에 빠지지 않고 등장하는 단골 소재입니다. 대부분 자신의 장점은 그런대로 작성하는 편이지만, 단점에 대해서는 솔직하지 못하거나 장점을 마치 단점인 것처럼 포장합니다. 인간은 누구나 자신의 단점을 드러내고 싶어 하지 않지요. 그러나 같

은 성격도 직무에 따라 장점이 될 수도 있고, 단점이 될 수도 있습니다. 활발한 성격은 영업이나 마케팅 직무에서는 장점이 될 수 있지만 연구직에는 적절치 않을 수 있습니다. 한 가지에 몰두하는 몰입력은 연구직에서는 장점이지만 조직 관리나 사무직에서는 적절하지 않을 수 있지요. 결국 장단점은 직무에 따라 서로 다르게 적용되니 자신의 장단점을 솔직하게 작성하고 지원 직무에 따라 어떻게 단점을 강점으로 승화시킬 수 있을지를 고민해 봅니다. 예를 들어 자주 깜빡하는 버릇이 단점이라면 이를 보완하기 위해 메모하는 습관을 들여 중요한 일에서는 실수를 줄여서 오히려 주변에서 중요한 부분을 나에게 묻는 경우가 많았던 사례를 소개해 보는 거죠.

▶ 장단점은 직무에 맞게 필요한 역량과 자질에 녹여 낼 수 있도록 합니다. 이를 위해서는 지원하고자 하는 직무에 요구되는 역량과 자질을 꼼꼼히 살펴보고 여기에 자신의 장단점을 대조해 가며 단점을 보완할 구체적인 사례나 다짐을 생각해 봅니다. 단점을 드러내는 데 인색하지 마세요. 단점을 감추면 오히려 진실성이 떨어집니다.

⑧ 지원 동기와 포부

회사에 원서를 넣을 때 단순히 그 회사의 잘 알려진 이미지와 연관시켜 지원 동기를 밝히는 것은 채용자에게 다소 안일한 태도로 비칠 수 있습니다. 지원 회사를 파악하고 정보를 수집하는 것은 기본 중에 기본이지요. 이 기업에 왜 지원했는지를 쓸 때는 그 회사의 장점에 덧붙여 앞으로의 비전을 달성하려면 나 같은 역량을 가진 인재가 반드시 필요하다는 주장을 내세워야 합니다. 만약 A사가 휴대폰 생산 2위 기업이라면 나름의 장점을 인정하되, 디자인 측면을 보완하면 세계 1위로 도약할 수 있다는 점을 설파하면서 자신이 가진 디자인 능력과 쇼핑 취미를 더해 그 비전에 함께 기여하고자 한다는 포부를 밝히는 방식입니다.

▶ 지원 동기와 포부는 기업의 장점과 연관된 자신의 호감을 밝히고, 기업의 비전에 기여할 수 있는 나만의 역량과 열정을 보여 주는 것이 핵심입니다. 여기에는 직무 역량이 핵심적으로 들어가야겠지요. 그래야 구체성이 살아나고, '내가 당신이 원하던 바로 그 인재입니다'라는 인상을 줄 수 있습니다.

⑨ 스토리텔링 경험 소개

채용 담당자는 매번 수천수만 장의 자소서를 읽어야 합니다. 아무리 지원자의 스펙이 화려해도 자소서에 쓰인 내용이 진부하고 재미없다면 인사 담당자는 자소서를 끝까지 읽지 않습니다. 그렇다면 채용 담당자의 눈길을 사로잡는 자소서는 어떤 글일까요? 바로 스토리텔링, 즉 구조적이고 재미있는 이야기입니다. 단순히 자신의 경험이나 사례를 열거하는 방식은 나열식 구조입니다. '대학 때는 무엇을 전공했고, 어떤 동아리에 있었고, 어학연수를 어디로 다녀왔고, 자격증은 무엇을 땄다' 등으로 단순한 사실을 열거하듯이 쓰면 담당자는 도표로 된 스펙 리스트를 보는 느낌을 받습니다. 실패한 자소서의 대표적 방식입니다. 나열식 자기소개서가 실패하는 이유는 비슷한 내용을 장황하게 열거해 어느 한 목표를 향해 가는 구체적인 과정이 없고, 그 과정에서 주는 감동이 없기 때문입니다. 자소서에 자신의 경험을 소개할 때는 기승전결의 맥락을 가진 이야기를 한 편의 영화를 보듯 스토리로 전달해야 합니다. 마치 짧은 영웅서사시 한 편을 소개하듯이 말이지요. (☞ 구체적인 방법은 2부 실전편 – 8장 수필의 '말하지 말고 보여 주라'를 참조하세요.)

　스토리텔링으로 자소서를 쓰는 목적은 이야기에 재미와 공감을 더해 자신의 경험을 효과적으로 보여 주는 것입니다. 자소서에 '자신이 창의적으로 행동해서 일을 개선한 사례를 소개하시오'라는 질문이 나왔다면 이야기를 어떻게 풀어야 할까요? 앞서 말씀드린 대로 창의성은 이전과는 다른 방식으로 문제에 접근하고 새로운 시각에서 문제를 해결하는 성향을 말합니다. 따라서 창의적으로 일을 해결했다는 것에는 결과를 떠나서 스스로 판단하고, 용기를 내서 시도하고, 그 과정에서 어려움을 어떻게 해결했는지의 과정이 포함되어야 합니다. 특히 스토리텔링 이야기 구조에서는 영웅서사시와 같은 난관과 갈등을 극복해 가는 굴곡이 있을 때 보다 전달력이 살아납니다.

　우리는 자신과 비슷한 처지를 묘사한 글이나 자신이 겪을 수 있는 상황을 그려낸 글을 읽을 때 가장 공감합니다. 성장하기 이전의 모습을 묘사할 때는 솔직하게 글을 쓰는 것이 좋습니다. 내가 얼마나 힘들었는지, 얼마나 나약하고 외로운 존재였는지, 얼마나 어리석고 실수투성이였는지, 그럼에도 어떻게 극복하고 일어났는지 독자에게 고백하듯이 써 보시기 바랍니다. 솔직한 고백을 담은 이야기에 독자는 깊이 빠져들고 공감합니다. 스토리텔링 방식으로 자신의 경험을 소개하면 공감을 얻기 쉽습니다. 여기에 갈등과 위기를 극복한 사례를 덧붙이면 '감동'까지 선물로 줄 수 있습니다. 솔직하고 시원하게 자신의 이야기를 풀어 공감을 얻고, 위기를 극복한 반전을 통해 감동을 준다면 자소서의 절반은 이미 성공입니다.

▶ 스토리텔링으로 경험을 소개하려면 기본적인 사건(사례)에 상상력을 동원하여 생동감을 불어넣어야 합니다. 처음에는 힘들었지만 어떻게 극복했는지, 처음에는 잘됐지만 중간에 어떤 난관에 봉착했고 어떻게 해결해 나갔는지 구체적인 상황을 보여 주듯이 이야기합니다. 단 경험 가운데 직무와 관련된 주제를 가지고 점층적으로 이야기를 풀어 가도록 합니다.

4. 직무별 합격 자소서 사례

그렇다면 합격한 자기소개서에는 어떤 비법이 들어 있을까요? 이번 챕터에서는 주요 직무별로 합격한 자기소개서의 특징을 분석하고 배워 봅시다. 가능하면 자신의 이야기로 베껴 쓰는 것도 좋은 연습 방법입니다.

(1) 인사 팀이 원하는 인재상을 아르바이트 경험으로 잘 녹여 낸 글

사람과 관계 맺기를 좋아하고, 평소 잘 들어 주는 성격을 가진 저

에게 ○○회사의 인사 팀은 최적의 직장이라는 생각이 들었습니다. 대학교 2학년 때 1년 반 동안 일했던 학교 앞 편의점에서는 조기 퇴사 문제를 해결해 최장 근로자로 선정된 적이 있었습니다. 당시 편의점에서 일하는 아르바이트생의 평균 근속기간이 채 3개월을 넘지 않았는데 저는 취업 전까지 가능한 한 시간을 조율하면서 사장님과 약속을 지키려고 노력했습니다. 학교 앞 편의점은 주로 대학생이 아르바이트를 하다 보니 개인 사정으로 자주 직원이 바뀌고 업무의 연속성이 떨어지는 문제를 가지고 있었습니다. 채용을 위해 장기적으로 근무할 수 있는 직원 위주의 면접을 진행하고, 아르바이트생끼리 시간 조율을 통해 업무 인수인계가 빠르게 이루어지도록 SNS 단톡방을 활용했습니다. 비록 제가 편의점의 주인은 아니지만 내가 만약 사장이라면 어떻게 할 것인지 주인 입장에서 한 번 더 고민하고 문제해결에 나서자 1년이 지날 무렵에는 점장님께서 아르바이트 채용 권한도 주셨습니다. 결과적으로 근무 기간 동안 총 4명의 아르바이트생을 뽑았고 평균 6개월 이상 근속하면서 조기 퇴사 문제를 해결할 수 있었습니다. 편의점에서 많은 손님을 대하고, 직접 채용을 진행하면서 관계에 대한 중요성을 깊이 느꼈습니다. 저마다 다른 개인의 요구를 절충해서 조직에 잘 반영하고, 조율하는 과정에서는 깊은 희열도 느꼈습니다. 입사 후 더욱 사람과 인사의 중요성을 생각하며 조직의 성과에 기여할 수 있는 담당자가 되겠습니다.

▶ 인사 팀의 주요 업무와 연관성이 있는 편의점 아르바이트 채

용 경험을 소개함으로써 직무 관련성을 높이고, 실질적인 문제해결 사례를 보여 주고 있습니다. 또한 기업이 원하는 자기 주도성, 주체적인 문제해결 능력을 보여 주는 자소서입니다. 편의점에서 일하면서 느꼈던 성취감과 희열감을 통해 지원자의 열정과 긍정적인 성격도 드러나고 있습니다. 끝으로 인사 팀에서 가장 중요하게 생각하는 가치(사람과 인사의 중요성)를 언급하면서 인사 담당자로서의 적합성을 보여 주고 있는 글입니다.

(2) 마케팅 업무 분석을 통해 자신의 역량을 잘 표출한 글

2018년 대학생 광고 공모전에서 서울시를 홍보하는 프로젝트를 기획하여 입상하였습니다. 광고 공보전은 대부분 제품 광고나 PR 중심의 광고 디자인 기획이 많은데 어학당 친구들의 의견을 모아 제가 태어나고 자란 도시 서울을 참신하게 소개하고 싶었습니다. 우리가 알리고 싶은 내용을 중심으로 접근하기보다 서울을 방문했거나 여행한 경험이 있는 외국인을 대상으로 의견을 묻는 설문조사를 진행했습니다. 고객이 무엇을 원하는지, 불편한 점이 무엇이었는지에 중점을 두고 서울을 홍보하자는 콘셉트로 방향을 잡고 프로젝트를 제안했습니다. 그 결과 입상작으로 선정되어 서울시에서 프로젝트의 일부 기획안을 실전에 활용하고 싶다는 제안을 받았습니다. 마케팅은 시장에 대한 분석과 전략 수립이 가장 중요한 업무라고 생각합니다. 고객과 경쟁사, 시장에 대한 환경을 조사하고 니즈에 맞는 대안을 설정함으로써 기업이 목표로 하는 매출, 홍보, 시장성에 기여할 수 있었던 소중한 경험이었습니다. 조금은 다른 시각에서 세상을 바라보고, 반대편의 입장에서 생각해 보는 성격이 프로젝트를 성공시킬 수 있는 밑거름이 아니었나 생각합니다. 실제 업무에서도 창의력을 바탕으로 고객의 니즈를 파악해 기존의 성과를 극대화할 수 있는 마케팅 담당자가 되겠습니다.

▶ 마케팅은 무엇보다 시장과 고객에 대한 전략이 중요합니다. 뻔한 소재가 될 수 있는 서울을 다른 시각으로 접근해 문제를 해결하는 과정은 기업에서 원하는 마케팅 직무의 인재상이라고 할 수 있습니다. 또한 창의적 발상이 더해져 입상까지 이루어 낸 부분은 성과 창출이라는 기업의 목표와도 맞닿아 있어 어떤 회사든 이 지원자의 글을 좋아할 수밖에 없습니다. 마케팅 담당자가 되는 데는 특별한 자격증이 필요하지 않지만 시장조사를 위한 리서치 실무, 문서 작성과 발표 능력 등 실무와 연관된 사무 능력을 갖춘다면 채용에 유리합니다.

(3) 서비스 업무에 자신의 인생관을 잘 녹여 낸 글

부모님께서는 늘 다양한 경험을 쌓아야만 세상을 바로 보는 가치관이 정립된다고 말씀하셨습니다. 도전을 좋아하던 저 역시 많은 경험을 통해 직접 몸으로 배우는 분위기에서 자랄 수 있었습니다. 캐나다에서 교환학생으로 지내면서 멕시코 친구와 교재를 했던

적이 있습니다. 문화 차이에서 발생하는 오해를 서로 잘 극복해 보자는 이야기를 했는데 생각보다 개방적인 라틴 문화를 보면서 보수적인 한국 정서로는 이해하기 어려운 부분이 많았습니다. 그러나 친구들과 이야기를 하다 보니 편견을 가지고 세상을 바라보고 있는 저를 발견했습니다. '남미 지역은 성적으로 다소 문란할 것이다', '후진국의 학생들은 지저분할 것이다', '유럽인들은 젠틀할 것이다' 등 아시아인이었던 저는 백인 사회에 피해의식만 있는 것이 아니라 겉모습만 보고 다른 문화권에 선을 긋고 선입견을 쉽게 버리지 못하고 있었습니다. 비단 해외뿐 아니라 국내에서도 지역 간, 학교 간, 조직 간에 문화 차이로 인해 문제가 발생하는 경우가 많은데, 내가 늘 옳다고만 주장하기 전에 남의 의견에 귀 기울이고 열린 마음으로 상대를 바라보는 자세로 삶을 살아가겠습니다.

▶ 개인의 성장 과정을 소개할 때 자칫 뻔한 스토리가 나오기 쉬운데 위 지원자는 자신의 가치관과 에피소드를 연결해서 서비스 업무 담당자가 가져야 할 역량과 덕목을 잘 연결시켜 스토리로 보여 주었습니다. 상대의 말을 끝까지 경청하고 편견 없이 상대를 존중하는 태도는 많은 사람을 상대하는 서비스업의 핵심 역량이라고 할 수 있습니다. 세계인과도 잘 호흡할 줄 아는 지원자라면 채용 담당자 역시 지원자가 국내 서비스업에도 손색이 없다고 판단했을 겁니다.

(4) 영업의 직무 정의를 재해석한 글

저는 영업이란 '상대와의 관계를 통해 매출을 창조하는 일'이라고 생각합니다. ○○사의 영업 업무는 결국 사람과 사람 간의 계약을 통해 이루어집니다. 그 과정에서 끊임없는 대화와 설득, 그리고 작은 협상을 통해 계약을 성사시켜야 할 것입니다. 따라서 영업은 결국 고객과의 관계를 회사의 규모나 형태, 세부 사업 영업 등 각기 다른 특성에 맞게 어떻게 이끌고 나가는지가 결과에 직접적인 영향을 미치는 업무입니다.

▶ 자신이 담당할 직무 전반을 정확하게 이해하고 정리할 수 있는 사람은 채용자에게 '준비된 사람'이라는 인상을 줍니다. '○○○ 업무는 바로 ○○○입니다'라고 정확하게 정의 내리고 거기에 자신만의 생각을 입힐 수 있다면 합격을 위한 금상첨화 자기소개서가 됩니다. 학습을 통해 쌓은 직무 지식이나 정보, 경험을 통해 깨달은 점 등을 중심으로 자신만의 해석과 정의를 입혀 보는 겁니다. 직무에 대해 자기만의 철학과 비전을 제시할 수 있어야 합니다. 직무에 대한 생각은 면접에서도 동일하게 적용되는 질문이니 반드시 숙지하도록 합니다.

(5) 재무 담당자로써 업무 적합성과 지원 동기를 잘 설득한 글

최근 시장의 요구가 큰 면역성 질환의 백신 개발에 집중하며 일반인과 환우들에게 혁신적인 치료를 제공하기 위해 노력 중인 ○○ 제약회사의 비전에 제가 가진 이타심과 책임감, 재무회계 능력이 반드시 필요하다고 생각합니다. 학창 시절 장애인, 노인들의 건강을 돌보며 활동했던 키다리 동아리 봉사활동, 그리고 대학 4년간 쌓아 온 재무회계 전공 지식과 D사 회계 팀에서 6개월간 쌓은 실무 경험을 토대로 중소형 제약회사와의 M&A 전략 수립, R&D 투자에 대한 사업성 분석과 관리 업무를 담당하고 싶습니다.

▶ 자기소개서와 면접에서 답변할 때 모든 문장의 기본 구조는 사실＋생각으로 구성합니다. 정확한 사실에 지원자만의 소신 있는 답변이 결합되면 강한 설득력을 가집니다. 위 지원자는 ○○제약회사의 비전을 충분히 조사하고 당사에 필요하다고 생각하는 자질을 먼저 언급했습니다. 여기에 자신의 경험을 뒷받침하고, 향후 비전까지 제시하면서 바로 채용해서 직무를 맡겨도 될 것 같은 신뢰감을 주고 있네요.

(6) (IT) 인턴 생활의 에피소드를 잘 녹여 낸 글

지난 2021년 1월부터 8월까지 미국 ○○에서 인턴 생활을 하며 개발 실력과 문제해결 능력을 길렀습니다. 근무했던 하드웨어 관제 팀은 운송 기구나 대중교통과 같은 수송차량의 화물을 실시간으로 모니터링할 수 있는 시스템을 개발하여 고객사에 유지보수 서비스를 제공하는 부서였습니다. 미국 유학 시절에는 웹 프로그

램 개발을 공부했는데 하드웨어 장비를 통해 실제 공장에서 밸류 체인이 어떻게 가동하는지 모니터링하는 경험을 쌓으면서 현실 감각을 키울 수 있었습니다. 3개월 차에는 회사에서 라이선스가 만료된 O사의 데이터를 사용 중단하고 무료 서비스인 M사의 DB를 사용하라는 지시가 있었는데 기본키 생성 방식이 달라 저를 비롯한 많은 직원이 어려움을 겪었습니다. 저 역시 기업에서는 다양한 변수로 인해 얼마든지 프로젝트 내용이 변경될 수 있다는 점을 알았고, 이에 대처하기 위해 다양한 경험을 통한 문제해결 능력을 길러야 한다고 느꼈습니다. 변화와 역경 앞에서도 항상 당황하지 않고 실력과 경험을 바탕으로 뭐든 부딪쳐서 해결해 내는 주체적인 사원이 되겠습니다.

▶ 기업에서 가장 선호하는 인재는 뭐니 뭐니 해도 문제해결 능력이 탁월한 사람입니다. 특히 IT 업계는 급변하는 시대상과 소프트웨어, 하드웨어의 충돌이 언제나 비일비재한 전장이지요. 지원자는 자신이 인턴으로 일했던 경험을 소개하면서 그 속에서 어려운 상황을 어떻게 극복했는지 스토리텔링으로 소개하고 있습니다. 특히 IT 관련 전문적인 용어와 구체적인 지식을 들어 사례를 설명함으로써 전문적이고 신뢰감을 주는 자기소개서를 만들었습니다. 직무 관련 전문용어는 실제 면접에서도 자주 등장하는 부분이니 자기소개서와 면접을 준비할 때 꼼꼼히 확인하고 개념을 뒷받침할 만한 사례나 자신의 경험도 마련해 둡니다.

(7) 기업에 대한 거시적 안목과 포부를 차별화시킨 사례

한국가스공사는 '좋은 에너지 더 좋은 세상'을 기업 이념으로 1983년에 설립된 에너지 공기업입니다. 앞으로는 통일 시대에 대비하여 북한 지역의 가스 공급 기반 건설 및 효율적 이용을 계획해야 한다고 생각합니다. 그것은 오로지 한국가스공사만이 할 수 있습니다. 저는 가까운 미래 남북 협력과 통일 과정에 한 축을 담당하는 업무에 저의 능력과 재량을 펼치고자 당사에 지원했습니다. 입사 후에는 한국가스공사의 조직에 빠르게 적응해서 누구와도 협동하여 성과를 낼 수 있는 팀 플레이어가 되는 것이 단기 목표입니다. 그 후 안전관리 분야에서 전문가로 성장하고, 다른 분야에 대해서도 지식과 경험을 쌓아 조직 전체를 볼 수 있는 거시적인 사람이 되는 것이 중기 목표입니다. 더 나아가 한국가스공사가 통일을 준비하는 비전을 제시할 수 있는 비전 전문가가 되고, 후배들이 능력을 발휘할 수 있도록 제 지식과 경험을 나누는 것이 최종 목표입니다. 어느 곳, 어느 분야에서 업무를 담당하더라도 제가 서 있는 자리에서 성과의 꽃을 피우고, 한국가스공사의 미래에 없어서는 안 될 인재가 되겠습니다.

▶ 한국가스공사는 사람에 대한 신뢰, 사회에 대한 책임, 미래를 향한 변화, 세계를 향한 도전을 핵심 가치로 하여 'Next Energy, with KOGAS'를 비전으로 삼고 있습니다. 공기업인 만큼 협력과 존중을 중시하는 기업문화를 가지고 있습니다. 지원자는 글 서두에 회

사에 지원하게 된 동기를 회사의 비전과 연결해서 단기, 중기, 장기의 포부로 제시하고 있습니다. 입사 후 본인만이 할 수 있는 일을 특화시키는 한편, 통일 시대를 준비하는 거시적인 안목과 비전을 제시함으로써 다른 지원자들과는 달리 넓은 시야를 가진 신뢰감 있는 인상을 주고 있습니다.

(8) 기업이 추구하는 비전과 가치를 입사 동기에 녹여 낸 사례

"우리는 아름다움으로 세상을 변화시킵니다"
아모레퍼시픽은 도전과 혁신을 통해 장기적 성장 비전을 가지고 국내 1위를 넘어 세계 1위를 향해 무한 성장을 이루고 있는 기업입니다. 그 비전에 제가 가진 창조적 역량을 더하여 아모레퍼시픽과 무한 성장의 미래에 함께하고자 합니다. 2020년 미국 로레알사 유타주에 인턴으로 근무하며 창의성을 발휘해 성공적으로 마케팅 캠페인을 수행한 적이 있습니다. 당시 로레알은 30~40대를 주 타깃으로 한 오프라인 매장 위주의 판매 방식으로 SNS를 통한 온라인 판매가 저조했었는데, 유타주 내에 대학 동아리 모임을 후원하고 개인의 성향에 맞는 제품 추천 사용 후기 등을 SNS로 홍보하면서 20~30대 매출이 전년 대비 17퍼센트나 늘어나게 되었습니다. 유타주는 다른 주에 비해 보수적이고 젊은 층이 적어 회사에서도 적극적인 마케팅에 나서지 않는 분위기였는데, 유학생이라는 특수성을 살려 SNS 홍보를 진행했고, 친구 초대와 추천 기능을 달아 주력 상품 광고 트래픽을 모니터링할 수 있었습니다. 제품의 기능과 자신의 MBTI를 매칭해 추천 상품을 받아 보는 캠페인은 이용자 수가 많아 캠페인 후에도 고정 링크 페이지로 사용되었습니다. 비록 인턴사원이었지만 제가 만든 캠페인이 이후에도 계속 호응을 얻고 실무에 활용되는 것을 보면서 좀 더 다른 시각으로 접근하고 도전하기를 멈추지 말아야겠다고 생각했습니다. 이제는 열정과 창의성을 바탕으로 한 단계 더 성장하면서 세계로 뻗어 나갈 아모레퍼시픽의 발전에 한 페이지를 남길 수 있는 신입 사원 ○○○이 되겠습니다.

▶ 지원자가 생각하는 취업 가치관을 회사의 가치관에 조화롭게 담아냈고, 자신의 역량과 능력을 보여 줄 수 있는 구체적인 사례를 소개했습니다. 특히 새로운 관점에서 업무 프로세스를 개선하고 새로운 캠페인을 시도한 사례는 아모레퍼시픽에서 원하는 '혁신적인 인재'상과 일치합니다. 입사 후에도 충분히 지원자 스스로 업무를 수행하고 개선이 가능한 인재로 보입니다. 기업은 이렇게 자신의 비전과 미래를 함께할 인재가 뜨거운 심장과 참신한 아이디어로 저 문을 열고 들어오기를 기다립니다.

자소서 핵심 꿀팁

문장은 강렬하고 심플하게

호흡이 긴 문장은 일단 가독성이 떨어지고 부담스럽습니다. 수많은 자소서를 읽어야 할 채용 담당자를 배려하기 위해서라도 첫 문장은 무조건 짧고, 간결하고, 강렬해야 합니다. 짧은 문장은 전달력이 강하고 깊은 인상을 남깁니다. 심지어 담당자로 하여금 금방 일을 끝낼 수 있을 것 같은 심리적 안정감도 준다는 점 잊지 마시길요.

예문

저는 인내심이 강해서 남의 말을 잘 들어 주고, 소통을 잘 하는 것은 물론 다른 사람을 잘 칭찬하는 배려심을 강점으로 가지고 있습니다.

〈짧은 문장으로 수정〉

저는 소통의 대가입니다. 잘 말하기 위해서는 잘 들어 주는 것이 중요하다고 생각합니다. 저는 누구보다 인내심을 가지고 상대의 말을 끝까지 들을 수 있습니다. 상대방의 장점을 잘 발견하는 것도 대인관계를 잘 유지하는 저만의 비법입니다.

마지막에 감동과 여운 남기기

무조건 합격만 시켜 주면 열심히 하겠다는 식상하고 불필요한 표현은 하지 않습니다. 자소서의 결론에는 자신이 이 기업에 입사한 후의 포부를 경험에 녹여 소개하면서 한 번 더 강한 인상을 남겨야 합니다. 그것이 자소서 결론의 목적입니다. 무조건 열심히 하겠다는 말보다 이러이러한 비전과 가치관을 가진 회사에 제가 가진 역량의 장점을 더해 함께 성장하고 발전하는 ○○○이 되겠다고 정리하는 것이 좋습니다. 글에 자신이 있다면 마지막에 느낌표와 물음표를 붙여 강한 의지를 드러내는 것도 참신한 방법입니다.

예문

1) 그 안에서 배운 지식과 경험들을 살려 조직 내에서 실제적인 연구개발에 참여하면서 기업의 이익 창출에 기여하고 스스로도 성장해 가는 보람을 느껴 보고 싶습니다.

2) 고객과 경영주에 대한 경청을 하나의 업무로 생각하겠습니다. 그들의 의견을 배려하고 존중하는 자세로 업무 시간 전부를 진실의 순간으로 만들어 내는 ○○○기업의 대표 인재가 될 것입니다!

차별화, 저 아니면 아니되옵니다

차별화는 자기소개서의 경쟁력입니다. 개성 있는 경험과 과거의 스펙을 전략적으로 녹여 내려면 대학 때부터 향후 인생의 방향과 비전을 설정하고 그에 따른 경험을 쌓아야 합니다. 예를 들어 해외 영업 직무를 희망하는 지원자라면 외국 생활 경험이나 인턴 경력을 통해 구체적인 언어나 문화, 습관을 익히는 것이 차별화 전략이라고 할 수 있습니다.

일반인의 인식을 벗어나는 맥락으로 자신의 강점을 어필하는 것도 하나의 차별화 전략입니다. 예를 들어 여학생이 약하고, 부드러울 것이라는 편견을 깰 수 있도록 마라톤, 복싱, 검도 같은 강한 체력을 요구하는 운동을 취미로 소개한다거나, 남들보다 지구력을 가지고 한 군데에서 오래 아르바이트를 했던 경험을 소개한다면 차별화 포인트가 됩니다. 직무와 유관한 사례를 소개할 때도 예상 가능한 일반 범주의 사례보다는 반전을 보여 주는 경험이 차별화 소재가 될 수 있습니다.

예문

- 태권도 3단, 문무를 겸비한 비서
- 한 번 시작하면 끝을 보는 알바생(한 곳에서만 3년)
- 작지만 가장 길게(키가 작은 단점을 지구력으로 보여 주기)

• 가난해서 행복했습니다(불우한 가정환경으로 일상의 소중
  함을 느낀 경험)

부족한 스펙을 살리는 힘, 스토리텔링

영웅서사시 구조를 갖춘 이야기는 평범한 경험도 특별한
스토리로 바꿀 수 있습니다. 자신의 단점을 장점으로 보완할
때도 스스로를 부족한 사람(악당)으로 만들었다가 그것을 극
복하는 과정을 이야기하면서 반전을 보여 주는 (영웅)이야기
구조를 활용한다면 평면적인 자기소개서도 입체적으로 만들
어 감동을 주고 공감을 얻을 수 있습니다. 무엇보다 기업이
요구하는 직무 역량을 자신의 경험과 딱 맞아떨어지게 하는
연결고리를 찾고 이야기에 영웅스토리 구조를 갖추어 스토리
를 살려 봅니다.

매력적인 소제목으로 반전 효과를 노려라

많고 많은 자기소개서 가운데 내 이야기를 돋보이게 할
장치로 '소제목'을 활용하면 좋습니다. 소제목이 없으면 시선
이 흩어져 글에 집중하기가 어렵지만 매력적인 소제목을 붙
인다면 그 자체만으로도 시선을 끌 수 있기 때문인데요, 거기
에 참신하고 반전 있는 문구라면 금상첨화겠지요.

- 쪽박 난 가게도 대박 나게 만든 친화력
- 남들이 다 말할 때 무조건 경청하는 사람
- 안 되면 되게 하라, 암기력만큼은 세계 1등
- 꺼진 불도 다시 태우는 열정 100% 충전 완료
- 야행성? 아니죠. 야근이 전문인 '악바리 알바생'
- 직장은 제2의 가정
- 정직이 정답이다

합격과 불합격의 한 끝 차이, 품격 있는 디테일

다양한 분야에 경험이 많고, 성격은 좋고, 도전적으로 살아왔고, 뽑아만 주면 열정을 다해 잘할 것이라고 에둘러 말해봐야 채용자의 머릿속에 아무런 인상도 남지 않습니다. 전달력을 높이려면 구체적인 사례와 세심한 단어 선택이 필요합니다.

〈구체적인 표현으로 바꾸기〉

- 다양한 <u>스포츠</u> ➡ 하프마라톤, 스카이다이빙, 암벽 등반에 도전
- 다양한 알바 경험 ➡ 편의점, 전단지, 생산관리, 대리운

전까지

- 자상한 부모님 밑에 원만한 가정에서 자라…→ 키로 보나 성격으로 보나 저희 세 식구는 늘 친구 같은 가족입니다.
- 미래를 위해 신기술을 배웠다 → 대한민국 미래 먹거리 산업이 될 수 있다는 가능성을 보고 컴퓨터를 활용한 POS 시스템과 조리, 운영 매뉴얼을 연결할 수 있는 방안을 연구했습니다.
- ○○회사에서 인턴으로 근무했습니다 → 카카오톡 플러스에서 고객사 브랜드의 메뉴 홍보 및 할인 프로모션 메시지를 기획하고 전송하는 업무를 맡았습니다.

직무 역량을 먼저 보여 주고 마지막 포부에서 자신의 의견을 피력하라

자소서는 자신을 세일즈하기 위해 상대를 설득하는 일종의 논설문입니다. 자신이 채용되어야 하는 이유를 구체적인 사례와 근거를 들어 제시함으로써 담당자들이 나를 뽑지 않고는 견딜 수 없게 해야 합니다. 자기소개서에서는 내가 강조할 직무 역량을 항상 먼저 정리하고, 그것을 포부에서 어떻게 마무리할 것인지 구체적으로 밝혀야 한다는 것을 기억합시다. 포부에서 강조할 역량은 자소서 다른 부분에 경험과 사례, 성격에서 적절히 배치하는 것이 구조적으로 완벽한 자소서겠지요.

예문

〈직무 역량 + 자신의 포부와 의견 보여 주기〉

"포스트 코로나 시대 항공사 직원이 갖추어야 할 역량이 무엇인지 서술하시오."

➡ 항공사 직원의 중요한 자질은 시대의 변화에 능동적이고 창의적으로 대체하는 능력이라고 생각합니다. 코로나 이후 국내외 항공노선이 중단되고, 많은 실무자가 직장을 잃었습니다. (▶직무 역량 설명) 위기는 기회의 또 다른 표현이라고 합니다. 언제 닥칠지 모르는 국제적 위기에 대응하기 위해 항공사 직원은 미시적인 담당 업무뿐 아니라 항공 업무 전반에 대한 이해와 교육이 필요합니다. 또한 취항 노선이 장기 결항되었을 때 화물 수송, 쇼핑 체험, 기내품 판매 등 기업의 다른 성장 가능성을 제고하고, 그에 맞는 자기 계발과 업무 역량을 확대해야 할 것입니다. 변화에 발빠르게 대처하고, 새로운 시각에서 도전을 멈추지 않는 자세로 위기 속에서도 성장을 멈추지 않는 항공사 직원이 되겠습니다. (▶자신의 의견과 포부를 함께 드러냄)

11장 보고서

단순함이 최고다(Simple is the best).
레오나르도 다빈치

1. 직장인의 공포, 쓰기

(1) 직장인의 일상, 보고서

재수 삼수를 통해 어렵게 취업 경쟁을 뚫고 들어간 회사에서 직장인 대부분은 하루의 절반 이상을 글을 쓰거나 글을 쓰기 위한 자료를 모으는 데 시간을 보냅니다. 보고서 쓰기 싫어 퇴사한다는 말이 나올 정도입니다. 직장에서 글쓰기가 얼마나 중요하길래, 글쓰기를 잘하면 회사에서 어떤 이점이 있길래 늘 그림자처럼 우리 뒤를 따라다니는 걸까요?

사실 직장인이 글을 특별하게 잘 쓸 필요는 없습니다. 직장에서 글을 잘 썼다고 특별히 표가 나지도 않고, 필력이 좋다고 상을 주는 일도 없습니다. 하지만 직장인이 글을 못 쓰면 표가 확! 납니다. 직장 내 인트라넷intranet에서 쓰는 문자메시지와 이메일, 매일 쓰는 기안서와 품의부터 거래처에 제출하는 제안서와 기획안까지 모든 커뮤니케이션 방식이 글로 이루어지기 때문입니다.

짧은 문자에서 긴 제안서까지, 직장인은 말보다 글로 소통하는 일이 더 많습니다. 그래서 글쓰기를 잘하면 회사에서 이점이 많습니다. 고객이나 제휴사에 보내는 문서를 읽기 쉽게, 보기 좋게 작성하면 회사에 긍정적인 이미지를 줄 뿐 아니라 판매와 매출을 증진할 수 있습니다. 업무용 문서를 잘 쓰면 회사 발전에도 기여할 뿐 아니라 개인적 성공에도 덕을 볼 수 있습니다. 보고서는 문서를 통해 이루어지는 '소통'입니다. 상사와 부하 직원 사이에, 그리고 팀원들 간에, 외부 거래처와 제휴사 사이에도 소통이 잘되어야만 원활한 의사결정이 가능하고 조직이 가고자 하는 방향이 하나로 통합될 수 있습니다.

통계에 따르면 직장인은 하루 평균 세 시간을 컴퓨터 앞에 앉아 문서 작성하는 데 보내고, 한 달 평균 여섯 건 이상의 보고서와 기획안을 작성한다고 합니다. 그럼에도 직장인의 업무 중 가장 궁금하고 자신 없는 일이 문서 작성이며, 가장 간소화해야 할 업무의 1위로도 '문서 작성'을 꼽았다고 합니다. 결국 직장인은 대부분의 시간을 문서를 작성하고 수정하는 데 소비합니다. 출근하면 이메일 확인으로 하루를 시작하고, 팀장님께 품의서를 올린 뒤에는 기획안을 작성하지요. 그뿐인가요? 매주 월요일마다 주간 업무 회의 자료를 준비하고, 부서 간 자료를 취합해야 합니다. 2주 단위로 업무 추진 계획안을 작성해야 하고 그에 따른 중간보고는 필수입니다. 회의가 끝날 때마다 회의 결과 보고서는 당연한 숙제로 남고, 월간 임원 회의 자료와 거래처 제안서, 분기 단위 실적 보고와 연말 사업계획안 보고서까지 보고에서 시작해 보고로 끝나는 일상입니다.

(2) 잘 쓰려면 잘 버려야 한다

보고서 작성 지시가 떨어지면 머릿속이 하얘진 채 컴퓨터 앞에 앉아 깜빡이는 커서만 멍하게 쳐다보던 경험 있으신가요? 제목만 몇 단어 쓰고 한 시간, 커피 마시며 생각하다가 한 시간, 날짜와 번호만 매겨 놓고 그냥 퇴근해야 했던 경험은요? 우리는 왜 보고서 지시만 받으면 머릿속이 하얘질까요? 쓸 게 없어서? 할 일이 너무 많아서? 현대인들이 보고서 쓰기를 어려워하는 이유는 반대로 아는 게 너무 많고, 쓸 말이 많아서입니다. 넘쳐 나는 정보 때문에 오히려 머릿속이 복잡해지기 때문입니다. 따라서 보고서의 첫 단추를 잘 끼우려면 수많은 정보 가운데 중요한 한두 가지 포인트만 선택하고 나머지는 과감히 버릴 수 있는 '잘 버리는' 용기가 필요합니다.

직장인들 가운데서도 특히 공무원이나 공기업에 다니는 분들이 문서 작성을 어려워합니다. 일반 직장인의 문서는 다양한 서식과 양식으로 내용을 돋보이게 할 도구를 활용할 수 있는 반면, 공기업의 문서는 일반적으로 정해진 규칙과 규격에 따라야 하고, 그 형식 안에서만 창의성과 변화를 보여 줘야 하기 때문입니다. 그러나 대한민국 직장인 가운데 학사, 석사, 박사 등 지식의 끈이 긴 사람은 있어도 보고서 쓰기를 체계적으로 배운 사람은 없습니다. 직장 상사나 선배들도 업무는 친절하게 가르쳐 주지만 글쓰기는 가르쳐 주지 않습니다. 본인도 잘 모르고, 사실 제대로 배운 적이 없기 때문입니다. 아직 걱정하긴 이릅니다. 보고서는 시나 소설 같은 문학 장르보다 훨씬 쉬운 법칙이 존재합니다. 보고서는 개인의 주관적 취향보다 상대가 알고자 하는 주요 정보를 일정한 형식에 따라 작성하는 문서입니다. 기본적인 틀에 맞추고 단계별로 간결하게 문장을 작성할 수 있다면 상사의 결재를 받기 일보 직전이라고 볼 수 있습니다.

책의 서문에서도 말씀드렸지만, 글쓰기는 우리의 평생을 따라다니는 숙제입니다. 내가 글쓰기를 정복할 것이냐, 글쓰기에 내가 정복당할 것이냐에 인생의 성패가 달렸다고 해도 과언이 아니지요. 그렇다면 비즈니스 문서를 작성하는 것은 일반 문장을 쓰는 것과 어떤 점이 다르고, 어떤 형식에 따라 써야 하는 걸까요? 이번 장에서는 보고서 쓰기의 기본 원칙부터 종류별 접근 방법에 대해 소개하려고 합니다. 마지막 핵심 꿀팁까지 놓치지 말고 챙겨 가시기 바랍니다.

2. 보고서 쓰기 3단계

앞서 보고서를 잘 쓰려면 많은 정보 가운데 한두 가지 중요한 것을 골라내고 나머지를 모두 버릴 줄 아는 용기가 필요하다고 말씀드렸습니다. 보고서를 한마디로 정의하면 어떤 종류의 글일까요? 보고서에 대한 정의가 많지만 딱 한 문장으로 정리한다면 '선택한 정보를 체계적으로 분류해서 효과적으로 전달하는 글'이라고 표현할 수 있습니다. 보고서란 중요한 정보를 골라 간결하게 요약하고, 요약한 정보를 체계적으로 갈무리해서 의사결정이 쉽도록 효과적으로 전달하는 문서입니다. 보고서의 목적은 의사 결정권자가 알고 싶어 하고,

가장 먼저 하고 싶어 하는 것을 정리해서 보여 줌으로써 의사결정에 도움을 주는 것입니다. 상대가 가장 원하는 정보만을 선택해서 그에 대한 원인을 분석하고 사례를 검토하여 대안과 문제점을 체계적으로 분류한 다음 판단하기 쉽게 보여 줌으로써 궁극적으로 시간을 아끼고, 의사결정을 돕는 일 그것이 우리가 보고서를 쓰는 목적이자 이유입니다.

자, 이제 보고서의 정의에 따라 단계별로 보고서 작성을 시작해 보겠습니다.

가장 중요한 정보를 선택하기	▶	선택한 정보를 체계적으로 분류하기	▶	효과적인 방법으로 전달하기

1단계. 정보의 선택

보고서에서 가장 중요한 정보란 무엇일까요? 바로 보고서의 독자, 즉 의사 결정권자가 가장 궁금해하고 해결하고 싶어 하는 내용입니다. 의사 결정권자가 알고 싶어 하는 정보는 때와 목적에 따라 다릅니다. 진행되는 업무의 추진 과정일 수도 있고, 지난달 개발한 신제품의 출시 결과나, 민원 해결 방안, 제휴사와의 효율적 계약 방법, 영업이익을 높일 방법, 인력 운영의 효율적 방안, 최근 이슈가 되고 있는 기업의 ESG 경영 활성화 방안 등 무수한 정보 가운데 우리는 때와 목적에 맞게 가려운 곳을 긁어 줄 수 있는 명확한 정보만을 골라 보고서에 담아야 합니다.

만약 공공기관에 근무하는 직장인이 '관내 민원 급증 해결 방안'

에 대해 보고서를 써야 한다고 가정해 봅시다. 여기에는 최근 민원 현황이 어떠한지(월별 민원 통계치, 직원당 업무 처리 건수, 만족도 등), 민원 발생의 원인이 무엇인지, 가장 큰 문제는 무엇이며 어떻게 해결할 것인지, 현실적인 대안은 무엇인지 다양한 정보가 필요합니다. 그렇다면 의사 결정권자가 가장 알고 싶어 하는 정보는 무엇일까요? 월별 민원 처리 건수 현황이나 민원의 종류와 같은 문제점일까요? 당연히 문제를 어떻게 해결할 것인지 '대안'이 가장 궁금할 겁니다. 그렇다면 이 보고서의 제목이나 접근 방법은 결과를 미리 보여 줄 수 있는 두괄식 대안 형식이 적합합니다. 사실 공무원의 정해진 인력으로 늘어나는 민원을 다 소화하기란 쉽지 않습니다. 근무 시간 외에 온라인 창구를 운영해 간단한 민원 업무가 처리되도록 자동화를 추진하고 접수된 업무의 콜백 서비스를 도입해 유선 상담 처리 창구를 보완한다면 시간제 근로나 인력의 재배치만으로도 업무 처리 효율을 높일 수 있습니다. 24시간 상시 운영한다는 점을 노출함으로써 직접 방문해야만 가능했던 업무에 불필요한 발걸음을 줄여 고객 만족도도 높일 수도 있겠죠.

이 보고서의 제목은 대안을 먼저 노출시킨 "24시간 온라인 창구를 활용한 민원 업무 효율 개선안"으로 정하고 결론을 구체적으로 보여 주는 방식이 의사결정에 도움이 됩니다.

2단계. 목적에 맞게 분류하기

요즘 기업에서 가장 선호하는 보고서는 OPR(One Page Report)이라고 하는 한 장짜리 보고서입니다. 수많은 정보에 둘러싸여 일분

일초를 다투는 CEO들은 아무리 긴 내용도 한 장으로 요약해서 중요한 사항만 노출하고 나머지는 첨부 자료로 참고하기를 원합니다. 그렇다면 각종 정보의 중복과 누락을 막고 한두 장으로 요약하려면 어떻게 해야 할까요? 바로 정보를 목적에 맞게 분류하는 데서 그 답을 찾을 수 있습니다. 대부분의 OPR 보고서는 대안을 제시하기 위한 목적에서 출발합니다. 그 대안을 위해 논리적인 근거와 방법을 제시하는 거죠. 그렇다면 내가 조사한 자료들을 원인과 대안, 목적, 현황별로 분류할 수 있어야 합니다. 문제 원인을 조사하고, 유사 사례(경쟁사와 과거 시장 사례)를 검토하고, 현황을 비교함으로써 대안을 모색하기까지 취합한 정보가 하나의 카테고리에 동일한 목적을 가지고 있어야 합니다. 정보의 체계적인 구성을 위해 활용할 수 있는 분류 항목은 다음과 같습니다.

개요 / 배경 / 현황 / 문제점 / 해결 방안 / 기대 효과 / 조치, 필요 사항

보고서의 종류나 길이에 따라 분류 항목은 일부 생략하거나 덧붙일 수 있지만 주로 위 항목 내에서 결정됩니다. 같은 종류별로 묶어서 정보를 정리하면 나중에 추가하거나 뺄 때도 시간을 줄일 수 있습니다. 정보를 체계적으로 분류하지 않으면 보고서는 목적을 잃고 산만한 글이 되기 쉽습니다. 예를 들어 '2023년 화장품 시장 트렌드' 보고서를 작성한다고 가정해 보겠습니다. 시장 현황을 조사한 자료를 그냥 나열하면 아래와 같은 문서가 나옵니다.

예시

보고서 주제: 2023년 화장품 시장 트렌드

- 코로나 엔데믹 선언으로 화장품 수요 증가

- 립 제품 매출 급증, 아이 메이크업 제품 수요 증가

- C2C(Consumer to Consumer), D2C(Direct to Consumer) 판매
  채널 등장

- 온디맨드 C2M(Customer to Manufacturer) 비즈니스 수요 증가

- 고가 외제 화장품 선호도 증가

- 피부 톤에 대한 기초 제품 수요 증가

- 온라인 구매율 증가

- 중국 시장의 매출 하락

- 전년 대비 매출 감소

이렇게 조사한 내용을 두서없이 늘어놓으면 독자는 '내년에 무언가 이슈가 많은 거 같은데 뭘 어쩌란 말이지?' 하는 생각이 듭니다. 정보는 많은데 정보가 체계적으로 분류되지 않았기 때문입니다. 이때 정보들을 같은 수준의 레벨로 묶고 인과관계가 있는 정보를 따져 보고 동일한 범주를 모으면 분류 항목에 따라 아래와 같이 정리할 수 있습니다.

➡ 2023년 화장품 시장 트렌드

코로나 엔데믹 선언으로 화장품 수요 증가

- 마스크 해제로 립 제품 수요 급증, 아이 메이크업 제품 수요 증가

- 피붓결과 톤에 집중되는 기능성 제품 확대

친환경 소비 추구
- 무방부제, 무색소 천연 화장품 관심 증가
- 기초 제품 중심으로 인체와 환경에 무해한 제품 선호

소비의 다각화
- 비대면 수요 증대로 인한 온라인, SNS 판매 증가
- 해외 거래 침체로 인한 내수 소비 집중 필요

유통 및 판매 채널 다변화
- 유통사 없이 직접 판매하는 채널 D2C 등장
- 소비자의 니즈를 바로 반영 제작하는 C2M 비즈니스 수요 확대

어떤가요? 시장 현황을 크게 네 가지로 분류해서 코로나, 친환경, 소비, 유통 채널로 나누고 이에 따른 세부 현황을 정리하면 보고서 양식이 일목요연해져서 독자가 이해하기 쉽습니다.

3단계. 효과적으로 전달하기
'보고서의 딜레마'

보고서를 읽는 사장님은 항상 결과부터 보고 싶어 하는데, 보고서를 작성하는 직원은 늘 일한 순서대로 적거나 가능한 한 일을 많이 한 티를 내고 싶어 합니다. 수십 장의 보고서 안에는 '사장님, 저

일 많이 했어요'라는 흔적이 남습니다. 읽는 사람은 주절주절 긴 문장과 분량에 질려 읽기도 전에 짜증부터 납니다. 단언컨대 보고서는 여러분이 승진하기 위한 평가서가 아닙니다. 내가 얼마나 많은 일을 했는지는 중요하지 않습니다. 보고서는 철저하게 수요자를 주체로 설정하고 언제나 의사 결정권자인 상대방 입장에서 작성되어야 합니다.

학교 다닐 때 배운 글쓰기는 자기 생각과 경험, 느낌을 잘 드러내면 좋은 글이라는 평가를 받습니다. 독자 없이 자신의 생각을 드러내는 글이지요. 그러나 보고서는 철저하게 독자 입장에서 정보를 선택하고, 분류하고, 잘 전달할 수 있어야 합니다.

어떤 보고서가 의사 결정권자에게 잘 전달되는 소통의 글일까요? 체계적으로 정보를 잘 분류하고 선택했다면 마지막으로 효과적으로 전달할 수 있는 문장인지를 검토해야 합니다. 메시지는 구두로 전달할 수도 있고, 텍스트로 된 문서로 소통할 수도 있습니다. 한 장의 그림이나 도표로 의미를 전달하기도 하지만 번호와 기호를 사용해 우선순위를 나타내기도 하지요. 내가 취합한 정보와 메시지를 효과적으로 전달하려면 의사 결정권자의 경험, 지식수준, 문화적 배경, 특성, 정보 등을 고려해 최적화된 언어로 표현해야 합니다. 내 상사의 시력이 나쁘다면 가능한 글자 크기를 키우고, 텍스트보다 이미지를 선호한다면 표나 그래프, 그림을 통해 시각화된 메시지로 변환하도록 합니다. 글자 크기와 편집, 페이지의 레이아웃, 색상 등은 상대의 나이와 경험, 성향을 모두 고려해서 작성해야 합니다.

3. 보고서의 형식

보고서는 시작과 중간, 끝에 의사 결정권자가 기대하는 항목과 요소들을 적재적소에 배치해야 빠른 의사결정을 얻을 수 있습니다.

(1) 보고서의 시작

의사 결정권자는 보고서를 처음 받아볼 때 가장 먼저 '왜?'라는 질문을 던집니다. 왜 이 사업을 하려고 하는지, 이게 지금 왜 필요한지, 이게 자신에게 무엇을 요구하는지를 알고 싶어 합니다. 보고서의 시작 단계에서는 다루려는 문제와 용건을 먼저 밝힘으로써 의사 결정권자의 흥미를 유발하고 관심을 끌도록 해야 합니다. 시작으로 공감을 얻고, 제목과 개요, 추진 배경에 핵심 단어를 사용해서 시선을 붙잡아 둡니다. 시작이 흐지부지하면 의사 결정권자의 눈빛이 흔들리게 되고 보고서의 성패가 가려집니다.

(2) 보고서의 중간

보고서의 문을 잘 열었다면 의사 결정권자는 구체적인 내용과 배경을 궁금해할 겁니다. 어떻게 이 사업을 한다는 건지, 구체적인 계획이 무엇인지, 문제 해결 방안은 있는지 등이지요. 중간 단계에서는 상대의 호기심에 대해 가려운 곳을 긁어 주는 명쾌한 답을 보여주어야 합니다. 중간 단계에는 보고서의 설득력을 높일 수 있는 통계, 사례, 인용, 수치 등의 자료를 활용해서 의사 결정권자의 신속한 판단과 결정을 돕도록 합니다.

(3) 보고서의 끝

시작과 중간을 통해 의사 결정권자는 보고서의 내용을 파악하고, 자신이 무엇을 결정해야 하는지 고민합니다. 이 사업을 위해 어떤 의사결정을 내려야 하고 무엇을 정확하게 판단해야 하는지, 위험 요소는 없는지 자신의 선택과 결정의 과정으로 넘어갑니다. 보고서의 마무리 단계에서는 이러한 의사 결정권자의 판단을 돕기 위해 보고서가 현실화되기 위한 조건과 예상 결과를 제시합니다. 사업의 기대 효과를 제시하고, 이를 위한 예산과 행정·실무의 요구사항을 요약해서 보여 주면 의사 결정권자는 사업의 현실성과 위험 요소를 고려해 빠른 결정을 내릴 수 있습니다.

(4) 보고서의 항목과 요소

보고서 중 가장 많은 비중을 차지하는 업무 보고서와 새로운 사업을 제안하는 기획서에는 공통으로 들어가는 항목이 있습니다. 주요 항목과 항목별 요소들을 정리하면 다음과 같습니다. 주제나 사안에 따라 항목을 추가하거나 생략하면서 실무에 활용해 보세요. 간단히 메모해서 책상에 붙여 두거나 바탕화면에 메모장을 띄워 두고 보고서를 쓸 때 활용하면 분명 도움이 됩니다.

① 제목

제목은 관심과 흥미를 유발하는 단어를 중심으로 이 사업의 추진 결과를 보여 주는 제언이나 기대 효과를 현실화한 단어로 표현합니다.

- 효율성 제고 / 편의성 증대 방안
- 리스크 감소 / 효율 극대화 방안
- 개선 방안 / 경쟁력 제고 방안
- 매출 ○○% 증가 방안 / 생산성 ○○% 향상

기획서나 제안서는 수익과 편익 같은 사업의 기대 효과나 목적을 강조한 제목을 쓰는 것이 좋습니다.

- 탄력 근무제를 통한 고령자 인력의 효율적 활용
- 임직원 복리후생 개선을 위한 복지 포인트 활성화 방안

보고서의 제목은 가능한 한 구체적이고 세분화된 표현을 사용합니다. 문제의 해결 방안이라면 구체적이고 대표성을 띤 단어를 사용하고, 대안이 많을 경우는 '~한 체계 / 시스템 구축'으로 실행에 초점을 두는 포괄적 어휘를 넣습니다. 통계나 수치 등의 명확한 숫자가 있다면 제목에 핵심 키워드로 활용합니다. '증가'보다는 '○○% 상승', '1.2배 증가' 등으로 표현하고 '안정화'보다는 '전년 대비 ○○% 만족'과 같이 숫자를 제목에 활용하면 독자의 시선을 끌기 쉽습니다. 보고서의 제목은 되도록 한 줄을 넘지 않도록 하고, 문장보다는 명사형 구문으로 표현합니다. 글자 크기와 규격을 고려할 때 대체로 20자를 넘지 않는 제목이 적당합니다.

② 배경

사업의 추진 배경은 이 보고서를 왜 쓰는지를 설명하는 부분으로 구체적인 현황과는 달리 왜 이 사업을 해야 하는지, 보고 내용과 관련된 조건이나 이유를 기술합니다. 여기서는 이 사업을 추진하게 된 계기나 시장 현황을 중심으로 보고서를 쓰게 된 원인이 되는 사안들을 정리해서 보여 주는 데 초점을 맞춥니다. 어떤 현상이 증가하거나 감소한 경우, 사회적 위기나 큰 사건의 발생으로 회사에 영향을 미칠 때, 경쟁업체의 다변화, 고객의 니즈 등이 사업 배경 요소로 작용합니다.

예시

- 미국 금리 인상으로 예금·적금 상품 수요 급증
- 코로나 장기화로 인한 비대면 서비스산업 육성 필요
- 기후 온난화로 인한 식량 산업 패러다임 전환
- 코로나 장기화로 인한 기초학력 저하 문제 발생

③ 목적

목적은 이 사업을 해야 하는 취지와 이유, 사업의 필요성을 말합니다. 보고서의 목적 항목은 다른 항목에 비해 다소 정성적이고 추상적인 개념으로 구체적인 결과를 예측하는 '기대 효과'보다는 궁극적으로 달성하고자 하는 지향점을 표현한다고 볼 수 있습니다.

④ 현황

보고서는 과제를 해결하기 위해 작성하는 문서입니다. 현황이란 이 보고서에서 과제로 주어진 상황으로, 모든 현황을 기재하는 것이 아니라 보고서를 통해 변화시킬 사항만을 기술합니다. 특히 지금 현실의 문제와 제시할 대안 간의 차이가 명백히 드러나게 서술합니다. 보고서를 쓸 때 작성자는 과제를 분명히 해야 하는데, 과제와 관련한 상황을 잘 드러내는 것이 '현황'의 역할입니다. 그러고 나면 문제의 본질과 원인을 분석해서 '문제점'을 발견하고, 문제를 개선하거나 해결 방안을 제시하는 것이 보고서를 써 가는 단계입니다. 현황을 쓸 때는 관련 사항을 그대로 나열하거나 설명하기보다 과제가 지향하는 목표와 차이점을 드러내야 합니다. 그래야 현황에서 보이는 문제점을 해결하는 대안으로 이어지기 때문입니다. 상황의 본질을 보여 주는 숫자와 통계를 활용해 명료하게 목표와 현실의 차이를 보여 주거나 내·외부 환경의 변화 중 회사가 지향하는 바와 거리가 커진 사안을 중심으로 현황으로 선택합니다.

예시

• 2% 경제성장률 둔화로 수출산업의 확대가 필수적임

• 환경문제 심화로 인한 국제적 규제 강화

• ESG 의무화로 인한 경영방식 제고 필요

⑤ 문제점

문제란 현재 불만족스러운 상황이나 불편을 초래하는 환경을 말합니다. 현황에서 구체적인 상황을 보여 주었다면 문제는 그 상황을 분석해 구체적이고 본질적인 원인을 드러내는 항목입니다. 따라서 문제점은 대체로 현황에 대해 부정적이거나 현실적 한계에 초점을 둔 경우가 많습니다. 지금 현실과 문제의 차이에서 발생하는 부정적인 요소들로 그 차이가 곧 문제의 원인이 됩니다. 문제점을 분석할 때는 SWOT 방법을 주로 활용합니다. 강점(strength)과 취약점(weakness), 기회(opportunity)와 위협 요인(threat) 사이에서 현재 문제가 어디에 있는지 따져 보고 가장 큰 차이와 거리를 보이는 요소를 우선순위로 문제에 배정합니다. 문제점을 정리하기 애매한 경우에는 기업에서 주로 거론하는 이슈를 활용하는 것도 하나의 방법입니다. 보고서에서 문제점으로 자주 등장하는 요소로는 '예산, 인프라, 조직, 역량, 운영, 조직, 시스템, 시설' 등이 있습니다. 자신의 조직에서 이 요소에 해당하는 내용을 찾아본다면 문제점을 발견하는 데 도움이 됩니다.

⑥ 해결 방안

문제점이 목표와 현실의 거리감에서 나타난 결과물이라면 이 부정적 요인들을 긍정적으로 바꾸거나 개선하는 것이 '해결 방안'입니다. 이때 해결 방안은 듣기 좋은 소리나 이상적인 방향을 제시하는 것이 아니라, 실현 가능한 대안을 중심으로 문제 해결을 위한 우선순위와 실행 단계를 고려해 제시해야 합니다. 어느 기업이든 정해진 예산과 인력, 내부적인 한계를 가지고 있습니다. 따라서 일반적인 대안을 제시하기보다는 주변 환경과 여건을 고려해서 제한된 자원으로 어떻게 문제를 해결할 것인지를 염두에 두고 현실적이고 구체적으로 작성해야 합니다. 예를 들어 낙후된 리조트 이용 활성화 방안을 '해결 방안'으로 정리한다면 다음과 같습니다.

예시

낙후된 리조트 활성화 방안

- 노후화된 시설의 순차적 개보수
- 가족 단위 참여 프로그램 개발
- 진입로 확대 및 보수를 통한 지리적 접근성 확보

⑦ 기대 효과

의사 결정권자의 결정과 판단을 돕는 가장 좋은 방법은 그 사업의 결과를 예측해서 보여 주는 것입니다. 기대 효과는 그 사업을 실행했을 때 어떤 결과가 나타날지를 의사 결정권자에게 미리 보여 주는 부분입니다. 곧 현실화될 결과들이 눈앞에 그려질 때 의사 결정권자는 빠른 판단을 내릴 수 있습니다. 기대 효과는 사실에 바탕을 두되 이익과 기대 효과를 잘 드러내는 것이 좋은데요, 효과를 잘 보여 주는 방법에는 정량적인 데이터와 정성적인 표현 방식 두 가지가 있습니다. 매출 상승, 이익, 점유율, 판매율, 손익 등 수치로 표현할 수 있는 것이 정량적 방식이라면 기업 이미지의 제고, 평판, 만족감, 홍보 효과 등 수치로 표현할 수 없는 사업의 효과를 말과 글로 표현하는 방법이 정성적 방법에 해당합니다.

예시

정량적 기대 효과

• 전년 동기 대비 매출 12% 상승

• 설비당 1,500만 원의 생산비 감축

• 7% 신규 일자리 창출 가능

정성적 기대 효과

• 친근한 기업 이미지로 고객 접근성 확대

• 임직원을 비롯한 내부 고객의 충성도 증대

• 수요자 중심의 서비스 개선 가능

• 친환경 농산물 유입 확대로 국민 건강 증진에 기여

⑧ 조치 사항

사업을 실행에 옮길 때 필요한 인력과 예산, 일정, 협조 및 위험 요소와 극복 방안까지 실무적인 요건을 기재한 부분을 '조치 사항'이라고 합니다. 여기에는 주로 지원 방안과 예산, 세부 추진 계획 등이 포함됩니다. 해결 방안을 실제 행동으로 옮기기 위해 의사 결정 권자가 무엇을 지원하고 고려해야 하는지가 여기에 해당합니다. 업무의 추진 주체와 부서 간 업무 분장, 추진 일정과 인력 운영 방안, 가장 중요한 예산 사항이 명시되며 향후 예기되는 위기에 대한 대응 방안도 포함됩니다.

예시

향후 추진 계획

- 9월 2주 해당 지자체 협의 완료
- 9월 3주 유관 부서 및 예산 심의 완료
- 9월 4주 샘플 조사 시행
- 10월 1주 금감원 심의 신청 및 통과

그 밖에 필요한 조치 사항들은 '기타' 항목으로 분류하되 가능한 한 간단히 정리하도록 합니다. 사업에 필요한 후속 조치 사항이 너무 길거나 복잡하면 사업을 추진하는 데 리스크 요인이 되므로 의사결정에 큰 영향을 미치는지 검토한 뒤 보고서에 반영하도록 합니다.

4. 보고서 작성 원칙 5

보고서를 작성할 때 지켜야 하는 원칙은 생각보다 단순합니다. 문서를 읽는 대상과 목적을 정확히 분석하고, 최대한 설득력 있고 간결한 문장으로 보여 주면 됩니다. 모든 비즈니스 문서는 상대를 내가 원하는 방향으로 설득하는 데 목적이 있습니다. 상대를 설득하려면 무엇보다 내 문서를 읽는 의사 결정권자에 대한 정확한 분석이 필요합니다. 보는 사람의 눈높이에 맞춘 편안한 문서이면서 관심을 끌 만한 내용도 충분해야 끝까지 읽게 할 수 있기 때문이지요. 대부분의 보고서에서 결론을 앞에 배치하는 것 역시 상대의 주목을 끌기 위해서입니다.

비즈니스 문서는 기본적인 격식을 갖추되 최대한 명료하고 심플하게 메시지를 전달하는 것이 중요합니다. 기본을 갖춘다면 창의적으로 양식을 바꾸거나 감성을 더해 상대방에게 깊은 인상을 남길 수도 있습니다. 그렇다면 필자의 경험을 토대로 비즈니스 문서 작성의 기본 원칙 5가지를 소개하겠습니다.

원칙 1. 공급자가 아닌 수요자 중심으로

직장인의 보고서는 누구를 위한 글일까요? 당연히 직장 상사나 제휴사, 고객 등 나보다 직위가 높거나 모르는 상대가 대상입니다. 목적은 그들을 설득하는 것이지요. 보고서가 어렵다고 말하는 직장인의 상당수가 이 부분을 놓치고 있습니다. 작성자(나) 중심으로 글을 쓰다 보니 내용은 장황해지고, 더러는 자신의 노력을 어필하려는 욕심이 지나쳐서 본질에서 벗어난 문서가 만들어지지요. 직장인의 문서는 반드시 내가 아닌 상대, 즉 의사 결정권자의 입장에서 작성해야 합니다. 그래야만 상대가 무엇을 알고 싶은지, 어떤 순서로 전달해야 하는지 등 최종 판단을 돕는 편집 방향이 정해집니다. 대체로 조직의 의사 결정권자가 보고서를 통해 얻고자 하는 정보는 최종적으로 업무가 완료됐을 때의 결과와 업무의 진행 상황, 그리고 새로운 아이디어와 해결 방안 등으로 요약할 수 있습니다. 모두 의사결정에 중대한 이슈들이지요. 보고서의 준비 과정이나 배경을 소개하는 데 지나치게 많은 분량을 활용하면 주객이 전도된 문서가 탄생합니다.

잘 쓴 보고서는 반드시 내 문서를 읽는 상대의 입장과 눈높이에

맞춘 문서여야 합니다. 상사에게 제출하는 보고서는 상사 입장에서
작성해야 하고, 한 번도 만나 본 적 없는 고객에게 전달하는 메시지
라도 철저하게 고객 입장에서 작성해야 합니다. 특히 직장에서 상사
에게 제출하는 문서는 직속상관뿐 아니라 최종 결정권자까지도 보
는 문서이기 때문에 숨겨진 독자까지 고려해야 합니다.

원칙 2. 최대한 간결하고 단순한 문장으로

하룻밤 사이에도 정보는 넘쳐나고 할 일은 계속 쌓여 갑니다. 시
간은 한정돼 있는데 세상은 더 복잡하고 관계와 소통은 늘어 갑니
다. 그야말로 정보 과잉 시대입니다. 넘치는 정보와 할 일 더미에 묻
힌 현대인에게 필요한 것은 '간결함'입니다. 복잡할수록 핵심을 가려
내기가 어렵고, 진실에 다가가기가 힘들어지기 때문입니다.

"Simple is the best." 레오나르도 다빈치의 명언입니다. 이 말은
원래 "Simplicity is the ultimate sophistication"에서 유래했습니
다. 단순함이 가장 세련된 표현이며 궁극적인 정교함이라는 뜻인데
요, 여기서 단순하다는 것은 시간적·공간적으로 무조건 길이가 짧고
쉽다는 의미가 아닙니다. 문서 작성에서 단순함이란 무수히 많은 샘
플 가운데 선택과 집중을 통해 가장 핵심적이고, 필요한 단어를 찾아
문장에 담는다는 뜻입니다. 시간과 지면을 아껴서 핵심만 보여 주되
전문적인 지식을 간단명료하게 표현하는 것이 바로 '간결함'입니다.

간결한 문장을 만들려면 조사하고 준비한 자료 가운데 통계와
리서치, 전문 지식을 종합해서 핵심 메시지를 보여 주어야 합니다.
사건의 배경부터 주변 시장의 이야기까지 서론을 길게 늘이지 않습

니다. 일반적으로 결론부터 보여 주고 도입-전개-결말의 순서대로 정리하도록 합니다. 길게 쓴 보고서치고 칭찬받는 문서는 없습니다. 짧고 단순할수록 성공합니다. (☞ 보다 자세한 문장 쓰기 방법은 1부 입문편 - 3장 '문장 쓰기'를 참조하세요.)

원칙 3. 시작은 강한 동기유발로, 결론부터 보여 주기

직장인의 문서는 내가 원하는 방향으로 상대의 생각과 행동을 이끌어 내는 것이 중요합니다. 내 글을 통해 독자가 생각을 바꾸고 실행에 옮기도록 하려면 문서의 첫 단추를 잘 여미어야 합니다. 심리학에서는 '동기'를 행동의 방향과 강도를 설명하는 기준으로 자신의 선택에 대한 당위성과 적극성을 보여 주는 척도가 된다고 말합니다. 문서의 첫 단추는 바로 설득당하고 싶은 '동기'를 유발하는 데 있습니다. 먼저 문제 제기를 통해 관심을 가지고 변화의 필요성을 느끼게 해야 합니다. 그 후에는 대안을 제시해서 결과를 통해 얻는 실질적 기대와 변화 후의 만족을 보여 주도록 합니다.

그렇다면 읽고 싶게 만드는 동기유발 문서는 어떻게 시작해야 할까요? 방법은 결론부터 보여 주는 것입니다. 문제 해결을 제시하는 문서라면 결론에 해당하는 '해결 방안'부터 제시하고, 다른 대안을 제안하는 문서라면 '어떻게 할 것인지'에 대한 제안을 보여 주고 그렇게 해야 할 이유를 설명하는 방식이지요. 예를 들어 거래처와 미팅 후 결과 보고서를 작성한다면 미팅 과정과 내용을 먼저 소개하기보다 미팅의 결과와 성과를 먼저 제시해야 합니다. 결론을 먼저 보여 주고, 미팅의 구체적인 안건과 세부 내용, 보완할 부분과 다음 과정에서 필요한 사항 순으로 시간과 역행하는 글을 쓰도록 합니다. 비즈니스 문서는 반드시 결론부터 제시하는 두괄식 방법으로 써야 한다는 것을 기억합니다.

원칙 4. 명확한 문장과 축약된 단어로 핵심만 전달하기

직장인의 문서는 화려한 필력이나 빈틈없는 맞춤법보다 명확한 내용 전달이 중요합니다. 핵심 내용을 정확하게 전달하는 문서라면 약간의 오탈자나 문장의 오류도 눈감아 줄 수 있다는 거지요. 비즈니스 문서의 핵심은 명확한 의사 전달입니다. 밤새워 작성한 보고서를 상사가 대충 훑어보고는 "그래서 핵심이 뭔데?"라고 피드백을 주었다면 내 문서는 명확한 내용 전달에 실패했을 가능성이 높습니다. 명확한 문서를 작성하기 위해서는 한 장짜리 보고서를 만들어 보는 것이 도움이 됩니다. 한 장의 보고서는 짧은 시간에 집중해서 읽게 만드는 장점이 있습니다. 수많은 정보와 자료를 한 장으로 정리하는 실력도 기를 수 있지요. 이렇게 한 장으로 정리하는 보고서의 핵심은 나에게 중요한 정보를 기술하는 것이 아니라, 상대에게 중요한 정보와 자료를 중심으로 핵심 내용만 추려 내는 것입니다.

만약 A라는 제품이 왜 판매 부진인지 이유와 대안을 제시하는 보고서가 최근 시장 현황이 어떤지, 제품의 특장점은 무엇인지를 장황하게 설명한다면 이 보고서는 핵심을 비켜 갔을 뿐 아니라 문제를 정확히 파악하지 못한 문서입니다. 판매 부진 이유를 순위별로 명확하게 제시하고 대안이 될 방법은 실현 가능한 부분부터 시간과 노력을 요하는 방안까지 정확하게 전달하는 것이 과녁을 정통한 보고서입니다.

원칙 5. 마지막으로 점검하기

보고서를 쓰는 과정은 어느 것 하나 쉽지 않은 고통의 연속입니다. 쓸 때는 완벽해 보이고 자신감이 넘쳤지만 막상 초안을 보면 논리적인 비약과 허점이 가득합니다. 하고 싶은 말이 너무 많거나 정보량이 넘칠 때 중언부언하기 마련입니다. 아무리 시간에 쫓기더라도 보고서 초안을 들고 회의실에 들어가는 일은 없어야 합니다. 작성한 문서를 검토할 때는 여유를 가지고 반드시 여러 번 퇴고를 거쳐 완성도를 높이도록 합니다. 단어와 문장을 세부적으로 뜯어고치기보다, 내가 쓴 문서가 정확한 목표와 방향을 가진 글인지 확인하고, 상대방에게 충분히 설득력이 있는지 전체적으로 점검하는 과정입니다. 의사 결정권자를 설득할 만한 논리적이고 일관된 흐름으로 보고서 내용이 전개되고 있는지 본질에 집중해서 점검하고 세부적인 맞춤법은 마지막에 살피도록 합니다.

보고서를 퇴고할 때도 내가 설득해야 하는 상대의 입장에서 검토해야만 글의 완성도가 높아집니다. 내가 상사라면, 내가 의사 결정권자라면 어떤 질문을 할지 생각해 봅니다. 실제로 직장에서 상사들이 가장 많이 하는 질문을 떠올려 보면 이해하기 쉽습니다.

"현실적으로 가능해? 할 수 있겠어?"

이런 질문을 자주 받는다면 내가 올린 보고서가 현실적으로 적용 가능한지, 지나치게 이상적인 내용은 아닌지, 비용이나 인력, 기술적인 한계에 부딪히지는 않는지 다시 살펴봐야 합니다. 실행 계획은 최대한 구체적이고 명확해야 합니다. 확신이 없거나 비현실적인 대안은 상사의 공격을 받기 쉽습니다.

"대체 뭔 소리야?"

만약 상사가 이런 말을 자주 한다면 내가 쓴 보고서가 모호해서 뜬구름을 잡고 있거나 핵심에서 비켜난 글이라는 뜻입니다. 보고서에 들어갈 내용은 산만하지 않도록 가능한 한 체계적으로 정리하고, 핵심을 중심으로 결론부터 전달하도록 합니다.

자신이 쓴 보고서를 검토할 때는 가능한 한 거리를 두고 객관적으로 보아야 합니다. 내가 쏟은 정성과 시간을 생각하다 보면 어느 순간 문장 한 줄 한 줄이 자식처럼 사랑스럽고 완벽한 그야말로 손댈 데가 없는 문서로 보입니다. 퇴고 작업은 되도록 공간과 시간을 바꿔 가면서 다른 시각에서 접근해 봅니다.

보고서는 반드시 출력해서 눈으로 먼저 확인하고 소리 내어 읽어 보거나 중요한 부분을 체크하도록 합니다. 컴퓨터 화면으로 보면 디테일한 정보를 편집하기는 쉽지만 글의 전체적인 흐름과 맥락을 놓치기 쉽습니다. 그뿐만 아니라 종이로 보면 화면에서는 볼 수 없었던 문서 디자인과 글자 크기, 색상과 단락의 구성 등 보다 면밀한 검토가 가능합니다. 불편하더라도 보고서는 반드시 출력해서 검토합니다.

5. 종류별 보고서 쓰기

(1) 기안서

기안서는 의사 결정권자의 결재를 받기 위해 사무 내용의 초안이나 기획안을 담은 문서입니다. 사업 시행에 앞서서 실무자가 최초로 작성하는 문서로 1~2장 내외의 간결한 보고서라고 할 수 있습니다. 반면 품의서는 기안서를 토대로 실행된 내용이나 예산 집행 등의 동의를 구하는 문서로 기획안이나, 기안서와는 다른 집행의 의미를 가진 보고서입니다.

기안서는 회사마다 특성을 반영한 고유의 양식을 사용하는데 대부분 우측 상단에는 네 칸 정도의 결재 항목이 표기됩니다. 결재자의 지위, 직급에 따라 상위 부서가 추가되기도 하고, 간단한 기안서는 '전결'을 통해 직속상관 선에서 결재가 마무리되기도 합니다.

기안서 상단에는 보통 기안을 올리는 담당자와 부서, 작성일, 문서 번호 등이 표기됩니다. 전자 문서의 경우 이런 항목들이 자동 기입되기도 하지만, 수기로 작성해야 할 경우 기본적인 사항이나, 명칭, 숫자가 틀리지 않도록 반드시 여러 번 검토하도록 합니다. 본론에는 제목과 내용, 비고가 들어가는데 제목은 요청 사항을 요약한 구문 형식으로 보기 쉽게 적습니다.

본론에는 무엇을 왜 요청하는지 한두 문장의 제언으로 시작합니다. '3분기 현장 수요 증가로 인하여 아래의 내용으로 브로슈어 추가 제작을 요청하는 바입니다'와 같이 전체 내용을 한두 문장으로 요약해서 결론부터 제시합니다.

본론의 항목은 번호와 소제목을 붙여서 무엇을 왜 요구하는지 간결하게 작성하도록 합니다. 추진 배경, 세부 계획, 일정 및 예산 사항, 비고 등을 순서대로 제시하고 마지막에는 '끝'을 표기해서 문서가 마무리되었음을 명시합니다.

예시

기안서 양식

문서번호				담당자	과 장	대표자
시행일자		**기 안 서**	결 과			
보존기간						

경 유	
수 신	
참 조	

기 안 자	사 번		소 속	
	직 급		성 명	
기안일자				
제 목				
상세내용				
특이사항				

(2) 검토 보고서

검토 보고서란 회사에서 계획한 사업이 시행 가능한지 여부를 조사하고 사업의 타당성을 검토하는 보고서입니다. 작성자는 사업의 시장성, 기술성, 경제성 등 항목별 타당성을 검토한 뒤 종합적인 의견을 제시해야 합니다. 어떻게 하면 상대를 쉽게 설득하는 검토 보고서를 작성할 수 있을까요? 형식은 간결하되 그 안에 나름의 스토리로 상대의 공감을 얻을 수 있으면 됩니다. 보고서의 스토리텔링은 질문에서 출발합니다. 첫째, 왜 지금 이 문제를 검토해야 하는지 이슈의 배경에 대한 질문과 답을 통해 상대의 공감을 사야 합니다. 둘째, 그 문제가 얼마나 중대한지를 질문하고 현상을 분석한 결과를 간결하게 제시합니다. 셋째, 그렇다면 어떻게 해결해야 하고 무엇이 필요한지 구체적 문제 해결 방안이 드러나도록 합니다. 넷째, 문제 해결을 위해 필요한 자원과 여건, 고려 사항을 덧붙입니다.

보고서 스토리텔링 4단계

1단계	2단계	3단계	4단계
왜 지금 필요한가?	무슨 문제인가?	어떻게 해결할 것인가?	세부 계획은 무엇인가?

1단계. (보고서의) 배경

상사는 왜 나에게 보고서를 요구했을까요? 시기적으로 급하거나, 중요한 과제이기 때문입니다. 그렇다면 이 사업이 왜 필요한지, 왜 지금 당장 해야 하는지 이유를 생각하고, 필요하다면 현황을 조사해서 정리해 봅니다. 보고서의 첫 덩어리는 '배경'으로 시작하는 것이 좋습니다. 상대방이 이 보고서를 원하는 마음을 헤아려 공감해 주는 거지요. 보고서의 첫 부분에서 읽어야 하는 이유와 그 가치를 보여 준다면 다음 전개가 훨씬 수월해집니다.

2단계. 현황과 문제점

상대의 공감을 얻었다면 바로, 무엇이 문제인지 주요 현황과 문제점을 보여 주도록 합니다. 현재 무슨 문제가 있고, 어떤 이슈가 발생했는지, 지금까지는 어떠했고, 새롭게 발생한 골칫거리는 무엇인지 세부적으로 분석합니다. 여기서 중요한 것은 상황을 조사하고, 문제를 나열하는 데 그칠 것이 아니라, 왜 그런 문제가 발생했는지 원인을 파악하며 문서를 작성하는 것입니다. 궁극적으로 보고서는 실행을 위한 문서이기 때문입니다. 현황을 분석하고 문제를 도출했다면 바로 해결 방안을 제시해야 합니다. 따라서 현황과 문제 파악에는 철저한 원인 분석이 뒷받침돼야 다음 단계 '해결 방법 제시'로 넘어갈 수 있습니다.

3단계. 해결 방안 제시

해결 방안을 제시하는 단락은 보통 '개선 방안', '해결 방안', '대안 제시' 등으로 표현됩니다. 문제 해결 방안을 제시할 때는 단순히 새로운 아이디어를 나열하는 데 그쳐서는 안 됩니다. 근본적인 문제 해결 방안이 있을 수 있고, 담당자의 직무 범위에 따라 세부적인 방안이 나올 수도 있습니다. 만약 문제의 원인과 통제 범위에 따라 다른 해결 방안이 나온다면 통제 범위별로 대안을 제시하고, 담당자별 방안이라면 분류 요소를 삽입합니다. 즉 문제를 분석한 원인에 따라 해결 방안은 전략 수립이 될 수도 있고, 방향 설정, 대안 제시 등 여러 관점에서 정리해 볼 수 있습니다.

4단계. 세부 추진 계획

해결 방안을 제시한 다음에는 반드시 세부 추진 계획이 들어가야 합니다. 해결 방안은 그야말로 생각이지 구체적인 실행서는 아니니까요. 보고서가 실제로 현실적인 변화를 가져오려면 세부적인 실행 계획이 들어가야 합니다. 먼저 필요한 내부 자원이 무엇인지 사람, 돈, 시간 등을 산출해 제시합니다. 어느 팀 또는 담당자가 주가 될 것인지, 예산은 얼마가 소요될 것인지, 기간은 얼마나 필요한지, 협의 사항이 있는지 예산, 인력, 조직, 규정을 계획해야 합니다. 필요하다면 외부적인 자원(경쟁사, 언론사, 투자 유치)도 고려해서 세부 추진 사항에 제시하도록 합니다. 그래야만 대안이 현실성을 가지고 움직일 수 있습니다.

이 4단계 스토리텔링 보고서 작성법은 문제 해결을 위한 어떤 보고서에도 적용할 수 있습니다. 물론 사안에 따라 분량과 명칭, 중요성은 달라질 수 있지만 어떤 주제라도 이 네 가지 단계별로 생각하고 문서를 작성한다면 이전보다 쉽게 보고서 작성에 접근할 수 있습니다.

(3) 계획 수립 보고서

모든 행사나 이벤트에는 계획 수립 보고서가 들어갑니다. 계획 수립 보고서에는 왜 이 행사를 주최하는지, 어떤 메시지를 전달할 것이며, 세부 추진 계획은 무엇인지가 들어가 있어야 합니다. 보통 계획 수립 보고서에는 행사의 개요나 일정만 넣는 경우가 많은데 여기에도 일정한 스토리가 담겨 있어야 합니다. 보고서의 첫 단락에는 행사의 기본적인 방향이나 목적을 기재해서 내용을 환기하는 역할을 하도록 합니다. 두 번째는 행사의 구체적인 개요를 적고, 마지막에는 세부 추진 계획을 기재하도록 합니다. 예를 들어 '회사 창립 20주년 행사 계획안'을 작성한다고 할 때 보고서의 항목은 다음과 같습니다.

예시

창립 20주년 행사 계획안

Ⅰ. 기본 방향

 – 행사의 취지와 목적

 – 기대 효과

Ⅱ. 행사 개요

 – 일시

 – 장소

 – 행사 내용

 – 주요 초청 인사

 – 식순

- 행사장 및 부대 행사

Ⅲ. 추진 계획

- 소요 예산

- 홍보 계획

- 관리 방안

- 기타 고려 사항

(4) 프레젠테이션 보고서

요즘에는 자료 보고나 제안서 설명을 모두 프레젠테이션 방식으로 진행합니다. 프레젠테이션 보고서는 글이 아니라 그림으로 보여 주는 문서라는 점에서 일반 보고서와 차이가 있습니다. 또한 문서 작성 스킬 외에도 발표력이 중요한 변수가 되지요. 프레젠테이션의 본질은 내 생각을 글자가 아니라 화면의 그림으로 보여 준다는 데 있습니다. 문서 작성 방식으로 접근했다가는 엄청난 텍스트로 암호화된 화면을 마주치게 됩니다. 프레젠테이션은 직관적으로 빠른 이해를 돕기 위해 사용하는 문서 도구입니다. 10장짜리 보고서보다 한 장의 사진이나 그림이 효과적일 때 사용하는 거지요. 특히 다수의 특정 집단을 상대로 발표를 해야 한다면 문서보다는 화면을 통한 이미지 보고가 효과적입니다. 따라서 한 장의 화면에는 나의 생각을 글이 아닌 그림으로 그려서 표현할 수 있어야 합니다.

① 화면 구성

프레젠테이션 화면을 하나의 덩어리로 가정하고 한 화면을 네

개 이하의 덩어리로 구성합니다. 블록이나 그림, 도표를 삽입할 때도 가능한 한 덩어리는 네 개를 넘지 않아야 청중이 집중할 수 있습니다. 화면의 색감은 글자와 배경을 상반되게 표현하도록 합니다. 어두운 바탕에는 밝은 글씨를, 밝은 화면에는 굵고 어두운 글씨를 사용합니다. 이미지들의 색감은 전체적으로 통일감을 주는 것이 좋습니다.

프레젠테이션의 문장은 완전한 문장으로 구사하지 않고 핵심 단어로 축약해서 간결하게 제시합니다. 화살표 같은 방향 지시표를 사용하면 시간의 흐름과 인과관계를 나타내는 데 용이합니다. 경우에 따라 긴 한글 단어보다 YES, NO 같은 영어를 기호처럼 사용하는 것도 강조하는 포인트가 됩니다.

② 디자인 통일

프레젠테이션은 글로 보여 주는 문서가 아니라 텍스트를 이미지로 시각화한 보고서입니다. 따라서 보고서 전체 글자의 모양이나 크기, 색을 미리 정하고 형식에 맞추어 사용합니다. 글자의 크기나 모양은 사안의 중요도에 따라 변경합니다. 같은 레벨의 제목과 글자 크기는 상대가 같은 선상의 내용으로 이해하도록 돕는 역할을 합니다. 프레젠테이션 보고서의 색감은 통일감을 갖추되 농도의 변화를 통해 중요도와 시각적 효과를 줄 수 있습니다. 중요한 단어에 한 가지 색을 지정했다면 끝까지 같은 색으로 노출해서 노출의 빈도에 따른 인지 효과를 거두도록 합니다. 파란색이 메인 컬러라면 도표는 하늘색으로, 블록은 밝은 파란색, 바탕은 흰색에 파란 글씨체를 활용하는 방식입니다.

③ 가독성 확보

파워포인트에서 텍스트 상자를 만들어 글을 쓸 때는 행간이 [1.0]으로 자동 설정됩니다. 그러나 행간 [1.0]은 가독성을 확보하기에는 다소 좁은 간격입니다. 가능하면 [1.5]로 변경해서 문서를 작성하는 것이 가독성에 도움이 됩니다. 글자의 폰트 크기를 조정하기보다 글줄과 글줄 사이에 적당한 간격이 있어야 글이 더 잘 읽힙니다. 실무자 선에서 보고용 자료로 만드는 프레젠테이션 보고서는 글자 간격을 표준 그대로 설정해도 되지만 발표 자료나 좀 더 디자인에 신경 써야 하는 문서에 자간을 좁게 설정하면 텍스트 자체가 하나의 덩어리(블록) 형태의 느낌을 줍니다.

프레젠테이션의 텍스트는 되도록 왼쪽으로 정렬하고 안내선을 통해 상하좌우 간격을 일정하게 조정하도록 합니다. 미세한 차이지만 좌우 정렬이 틀어지거나 왼쪽정렬이 아닌 가운데정렬을 섞어 사용하면 가독성이 떨어져 집중하기 어렵습니다. 텍스트뿐 아니라 표의 행, 열 간격도 일정하게 사용합니다. 표와 도형의 크기를 균등하게 맞추고 폰트 크기도 통일하면 보다 안정감 있고, 세련된 인상을 줄 수 있습니다.

④ 효율적인 색감

문서를 디자인할 때 색상으로 강조 효과를 넣는 경우가 많은데요, 자칫하면 알록달록 무지개 보고서가 될 수 있습니다. 기본적으로 문서에는 네 가지 이상의 색은 사용하지 않도록 합니다. 너무 많은 색상은 그 현란함으로 문서의 핵심을 가리기 때문입니다. 문서에 색을 사용할 때는 기본색(검정)에 메시지를 강조할 색상(파랑, 빨강)과 포인트를 줄 색상(초록, 오렌지) 등을 구분해서 선택하도록 합니다. 검정 바탕이라면 기본 텍스트 색은 흰색이 됩니다. 메시지를 강조할 색상은 눈에 띄는 색상으로 메시지나 핵심 단어에 어울리는 색을 선정하되 애매한 파스텔 톤보다는 빨강, 파랑 같은 색상을 선택하고 너무 많은 곳에 사용하지 않도록 합니다. 포인트 색상으로는 회사의 로고, 광고, 상품과 연관된 색을 선택해서 표, 배경, 부분 강조, 또는 연관된 자료나 이미지에 사용하도록 합니다.

그럼에도 새로운 색상이 필요하다면 기본색과 강조색의 명도와 채도를 조정해서 사용하는 것이 좋습니다. 검정은 회색 톤으로 명도를, 녹색은 연한 녹색 톤으로 채도를 달리해서 사용하면 문서에 다양한 변화를 주면서도 무지개 같은 튀는 느낌을 주지 않습니다. 채도를 바꾸면 업무의 진척이나 단계별 중요도를 나타내는 데도 효과적으로 사용할 수 있습니다. 흰색-회색-검정의 명도 변화에서도 일반적으로 사람들은 중간색이나 명도가 낮은 부분은 덜 중요하다고 느끼므로 이 부분도 염두에 두고 작성합니다.

한 장의 문서에는 한 가지 메시지만 담는 것이 원칙입니다. 강조하고자 하는 메시지에 강조색을 사용하고 나머지는 채도를 낮추거나 기본색을 사용해서 메시지가 명백히 대비되도록 합니다. 위에서부터 모든 내용을 읽지 않아도 변경되는 사항에 시선이 가도록 포인트 색을 사용해 시선을 끈다면 내용을 빨리 이해시킬 수 있습니다.

단색을 사용하는 도표와 그래프에서는 변화의 주기나 주목할 부분에 블록 색상을 입혀서 시선을 집중시키도록 합니다. 블록은 표나 그래프뿐 아니라 텍스트 단락에도 효과가 있습니다. 시선의 방향을 잃지 않고, 덩어리로 메시지를 인식하게 해서 내 의도대로 보는 사람의 시선을 이끌 수 있습니다.

⑤ 강조하기

강조하고 싶은 부분은 텍스트를 굵게 표현하거나, 밑줄을 칠 수도 있습니다. 폰트 크기를 키우는 것도 시선을 모으는 강조 방법이지요. 그러나 폰트를 자주 키우면 문서 전체의 폰트 크기가 왔다 갔다 해서 혼란을 줄 수 있으므로 통일감을 지키는 데 더 비중을 두도록 합니다.

문서의 내용 중 강조하고 싶은 부분은 강조색으로 표시하는 것이 글자 크기를 키우는 것보다 효율적입니다. 단순한 숫자보다는 앞뒤 맥락까지 구문으로 강조해 주고, 표나 그래프의 경우 화살표나 점선으로 집중력을 높여 줍니다.

보고서 핵심 꿀팁

한 번에 하나의 정보에만 집중하라

보고서나 기획안의 내용을 관련 있는 내용끼리 묶어서 하나의 메시지로 전달합니다. 한 단락에 한 주제만 다루고 (1부 입문편-3장 '단락 구성하기' 참조) 관련 있는 내용을 하나의 메시지로 전달하면 문서는 간결해지고 핵심이 뚜렷해집니다. 인터넷에서 조사한 자료를 여러 장으로 나열하면서 자신의 노력을 자랑할 의도가 아니라면 필요한 정보만 취합해서 자료 사이에 관계를 만들어 메시지를 응축하고 강화하는 데 집중합니다.

선택지가 많으면 쉽게 포기한다

심리학자 배리 슈워츠는 『선택의 심리학』에서 "선택할 수 있는 대안이 많아질수록 사람들은 오히려 불만족하게 되고, 더 나아가 선택 그 자체를 포기하게 된다"(웅진지식하우스, 2005, 9쪽)라고 말했습니다. 대안이 많아지면 상대는 그만큼 포기하는 것에 불안해하고, 잘못된 선택을 할까 봐 고민합니다. 이것저것 골라 먹는 재미는 식탁에서 누리시고 문서에서는 선택의 범위를 줄이는 데 집중합니다.

현장의 소리를 문서에 담자

큰 프로젝트를 기획하거나 거래처에 제안서를 보낼 때는 설문조사와 통계자료를 많이 이용합니다. 인터뷰를 통해 고객의 의견을 직접 듣기도 하는데 전문 기관을 거치면 시간이 걸리고 비용이 발생한다는 문제가 있습니다. 이때 현장 답사를 통해 주제와 관련 있는 사람들을 인터뷰하고, 현장의 목소리를 담아낸다면 상사로부터 인정을 받는 것은 물론 문서의 설득력을 높일 수 있습니다.

과감하게 버리자

며칠 밤 공들여 작성한 내용이라도 문서가 본래 목적이나 주제를 벗어난다면 과감하게 자르고 버릴 수 있어야 합니다. 처음에는 자식처럼 아끼는 자료나 문장도 다른 자료와 비교할 때 가치가 떨어진다고 판단되면 단호하게 삭제합니다. 불필요한 내용을 버릴수록 문장은 간결해지고 주장은 명쾌해집니다.

쉽게 쓰자

자신의 전문성을 부각하려고 약어나 전문용어를 쓸 생각은 무조건 버리셔야 합니다. 보고서, 제안서, 기획안 등 직장인의 문서는 쉽게 이해할 수 있는 문장으로 표현할 때 그 가치가 높아집니다. 가급적 단문을 사용하고, 전문적인 용어는 더 쉬운 표현으로 바꿉니다. 기술적인 용어를 꼭 사용해야 한다면 설명과 주석을 활용합니다. (☞ 단문 쓰기의 기본 원칙은 1부 입문편－4장 '글쓰기 다이어트'와 5장 '퇴고, 밀고 두드리기'를 참조하세요.)

첫 장에 반드시 할 말을 다 넣자

한 장부터 수십 장까지 보고서의 분량은 저마다 다르지만 분명한 건 누구나 반드시 첫 장을 본다는 점입니다. 특히 최고 의사 결정권자로 갈수록 바쁜 시간을 쪼개서 의사결정을 해야 할 일이 많아집니다. 상대가 반드시 알아야 할 핵심, 보고서의 결과는 반드시 첫 장에 담아서 보고하시기 바랍니다.

보고서는 내 얼굴이다

직장 상사는 내 실력으로 날 평가할까요? 제발 보고서로 날 평가하지 말아 달라는 간절함은 마음에서 접으시길 바랍니다. 보고서는 공식적인 당신의 얼굴입니다. 당신의 실력은 당신의 문장에서 드러나야 합니다. 많이 알고, 숙련된 노하우가 있다면 지금부터 내 글에 담아내는 연습을 해야 합니다.

12장 돈 버는 문장

—

문장을 바꾸면 인생이 바뀐다.

1. 마케터의 문장

성인이 돼서도 글쓰기에 대한 두려움은 여전히 우리의 발목을 잡습니다. 어떤 수강생들은 직장 내 공문서나 중요한 보고서 작성을 앞두고 개인 과외를 요청하기도 합니다. 학생 때 시작된 글쓰기 울렁증이 사회생활까지 이어져 시험을 앞둔 수험생처럼 우리를 불안하게 합니다. 뒤집어 생각해 보면 직장인의 문장은 개인의 역량과 자신감을 높이는 중요한 무기라는 말이 됩니다. 배우는 학생이나 가르치는 선생님은 물론, 회사원이나 일반인 역시 글쓰기를 떠나 살 수 없습니다. 친구와 채팅을 하거나 리포트를 쓸 때도, 기획안을 제출하거나 입사 시험을 볼 때도 어디서든 내가 쓴 문장 없이는 '내'가 존재하지 않습니다. 글이 곧 그 사람인 시대입니다. 하물며 고객의 마음을 움직여 지갑을 열게 만들어야 하는 마케터에게 문장의 가치란 더 말할 것도 없습니다.

그렇다면 마케터의 문장은 일반인의 글과 어떻게 달라야 할까요?

마케터의 문장은 다른 장르의 글과 '목적'이 다른 출발선상에 있습니다. 마케터는 반드시 타깃에 맞추어 설득력을 갖춘 문장을 써야 합니다. 대상이 고객이든 상사든 직장인의 글은 그 문장의 끝이 바로 회사의 매출, 즉 '돈'과 연결되어 있기 때문입니다. 글쓰기 울렁증으로 고생하는 직장인과 영업 전선에 있는 모든 1인 기업을 위해 이번 챕터에서는 현장에서 쓰이는 마케팅 문장법을 소개해 드리겠습니다.

(1) 돈이 되는 문장은 간결하고 명확하다

우리는 어느 때보다 소통과 공감을 중요시하는 시대에 살고 있습니다. 다양한 커뮤니케이션 도구로 하루를 시작하고 매장의 가판대보다 온라인상의 여러 창구를 통해 소비와 매출이 일어납니다. 빠르게 변화하는 현대사회에서 잘 표현하고 잘 설득하는 일이 얼마나 중요한지는 각설하도록 하겠습니다. 시장이 복잡할수록 마케터의 문장은 간결하고 명료해야 합니다. 소비자들은 예전처럼 기다려 주지 않습니다. 직관적이고 감성적인 판단으로 의사결정을 하는 시대에 마케터의 문장이 복잡하거나 지나치게 많은 정보를 담는다면 고객의 마음을 단번에 사로잡기 어렵습니다. 잘 요약된 문장으로 전달력을 높인 메시지만이 공감을 얻고 돈을 벌 수 있는 강력한 무기가 됩니다. 간결하고 명확한 문장은 한 문장에 주어와 동사 하나를 원칙으로, 40자 이내로 써야 합니다. 쉼표나 이음새를 지양하고 되도록 하나에 한 의미를 담는 문장을 지향합니다. 지나친 접속사는 직관적인 판단을 해칩니다. 접속사를 빼고도 의미가 전달되는지 확인하고 가능하면 접속사를 '쓰지 않는' 연습을 해야 합니다. 강의장에서 저는 이 부분을 '낄끼빠빠' 원칙이라고 이름 붙입니다. 접속사는 낄 때 끼고, 빠질 때 확실히 빠져야 한다는 뜻입니다. 반대로 단어와 문구 단위로만 끊어서 메시지를 전달하지 않도록 주의해야 합니다. 특히 젊은이들의 SNS 대화를 보면 단어와 문구만으로 대화의 호흡을 끊어 가는 경우가 많은데 이런 습관은 좋은 문장을 쓰는 데 해가 됩니다. 간결하고 명확한 최소한의 문장으로 의사를 표현하는 습관을 들이면 공적인 문장력도 저절로 따라옵니다.

(2) 마케터의 문장법

마케터에게 좋은 글이란 시장에서 상품성을 가진 문장을 말합니다. 즉 고객의 지갑을 열게 하는 그야말로 '돈 되는 문장'이지요. 우리는 어떤 상황에서는 쉽게 지갑을 열지만 때로는 천 원 한 장을 가지고도 이리저리 계산하고 따집니다. 그렇다면 돈이 되는 문장을 쓰기 위한 마음가짐부터 점검해 보겠습니다.

① 제목과 첫 문장에 50퍼센트의 에너지를 쏟아라

소개팅에서 상대의 첫인상은 얼굴과 말투, 헤어스타일 등 외적인 부분이 많이 좌우합니다. 글도 마찬가지입니다. 글의 제목이 무엇인지, 첫 문장이 어떻게 시작되는지에 따라 독자들은 이 글을 읽을지 말지를 선택합니다. 구체적인 정보와 문장력도 중요하지만 글의 처음이라고 할 수 있는 제목과 첫 문장에 절반 이상의 힘을 실어 주세요.

② '감정 부호' 양념을 적절하게 활용하라

마케터의 문장은 상대, 즉 고객과 공감대를 형성해 내가 원하는 바대로 고객이 지갑을 열도록 설득하는 것이 목적입니다. 상품 자체가 매력 있고 호소력이 있다면 더 이상의 양념은 필요 없습니다. 그러나 적절한 양념과 향신료는 음식의 맛을 더해 주지요. 상대를 설득하는 데 감정 부호를 사용하면 보다 호소력 있는 문장을 쓸 수 있습니다. 의문부호, 느낌표, 말줄임표, 따옴표, 인용부호 등 감정에 호소하는 다양한 문장 도구를 적절히 사용한다면 문장의 첫인상을 강하게 남길 수 있습니다.

③ 모작은 가장 쉽고 훌륭한 훈련법이다

강의장에서 가장 안타까운 상대는 처음부터 너무 완벽한 문장을 원하는 수강생입니다. 광고 카피나 홍보 문구를 보면 한 번에 쉽게 쓴 문장 같고, 왠지 나도 금방 쓸 수 있을 것 같습니다. 마케터의 문장에는 언제나 함축적이고, 강렬한 한 방이 존재합니다. 에세이보다 시가 더 함축적이고, 논설문보다는 광고 카피가 더 인상적인 것과 같은 이치입니다. 긴 설명 없이도 마케터의 글은 하나의 문장, 한 구절의 메시지로 모든 것을 보여 주어야 합니다. 어설프더라도 시중에 유명한 광고 카피나 캠페인 문구를 흉내 내서 카피라이팅을 시작해 보세요. 감을 익히는 데 모작만큼 좋은 연습법은 없으니까요. 단, 연습 뒤에는 나만의 한 방을 창조해야 합니다. 은유와 비유, 상징과 대구를 모사하되, 핵심적인 한 방은 오롯이 자신의 것에서 꺼내 봅시다.

2. 당신의 고객은 누구입니까

이번에는 다소 원론적인 이야기를 해 볼까 합니다. 글쓰기와 '고객'이 무슨 상관이지? 하고 의구심을 품을 수도 있지만 고객은 단지 직장인에게만 필요한 존재가 아닙니다. 우리는 늘 사회 속에서 상호 간에 서비스를 주고받으며 살아갑니다. 연인 사이도 서로 '사랑'이라는 감정과 노력을 주고받는 고객 관계입니다. 어머니가 해 주는 밥을 먹는 가족은 어머니의 고객이 될 것이고, 월급을 받는 직장인에게는 회사와 소비자가 모두 고객입니다. 글쓰기를 전업으로 하는 작가에게는 시중의 독자가 고객이고, 개인적인 글을 쓰는 일반인에게도 반드시 글을 읽는 독자, 즉 고객이 존재합니다. 어떤 문장을 쓰더라도 창작자는 고객을 고려해야만 좋은 글을 쓸 수 있습니다.

독자를 고려하지 않는 글은 공감과 이해를 얻기 어렵습니다. 자신만의 세계에 심취해서 겉도는 느낌을 주게 되지요. 간혹 학생들에게 '일기는 독자가 없는 거 아닌가요?', '일기장은 검사하는 담임선생님이 독자인가요?'라는 질문을 받습니다. 여러분 생각은 어떠신가요? 일기에는 과연 독자가 있을까요? 있다면 누가 내 비밀 이야기의 독자일까요? 일기의 독자는 바로 '나' 자신입니다. 그래서 다른 사람은 다 속일 수 있어도 자신을 속이는 글은 일기가 될 수 없습니다. 나에게 질문하고 대답하는 과정에서 자신을 돌아보고 성장해 가는 과정을 담은 이야기가 바로 일기입니다. 일기는 어떤 글보다 솔직하고 경험적인 글입니다. 나를 독자로 쓴 진솔한 글은 다른 사람에게도 쉽게 공감을 얻을 수 있습니다. 그러니 우리가 쓰는 문장은 단순한 텍스트가 아닙니다. 쓰는 순간 글은 곧 나 자신이며 타인과 공감하는 하나의 세계를 형성합니다.

다시 '고객' 이야기로 돌아오겠습니다. 저는 스물여섯에 모 기업의 홍보실에서 마케팅 실무 경험을 쌓기 시작했습니다. 홍보실의 주요 업무는 회사를 알릴 만한 정보와 소식을 보도 자료로 만들어 기자단에 제공하고, 기사화된 내용을 검토해 기업 이미지를 관리하는 일입니다. 당시에는 새벽 가판신문이 나오는 시간에 맞춰 출근해서 7시 전에는 기사 스크랩을 완료해야 개인 업무를 시작할 수 있었습니다. 기업 홍보실의 고객은 참으로 다양합니다. 일반 소비자들은 물론, 취재원이자 동료인 직원들을 비롯해 회사를 출입하는 기자들 모두가 홍보실의 고객입니다. 지금은 많이 간소화됐지만 당시 출입기자는 홍보실에서 관리하는 고객 중 최고의 관리 대상이었습니다. 어느 날 출입기자들을 초청한 기업 간담회 행사를 마치고 나오는데 홍보실 팀장님께서 제게 물으시더군요.

"나 대리, 고객의 '고' 자가 한자로 무슨 뜻인지 아나?"

저는 아주 자신 있게 대답했습니다.

"팀장님, 고객의 '고' 자는 당연히 높을 고高 아닌가요?"

당시 TV 기업 광고에도 "고객은 하늘이다"라는 카피가 유행하던 시절입니다. 고객을 하늘같이 모시고 존중해야 기업이 살아남는다는 이미지가 강했지요. 그런데 의외의 답변이 돌아옵니다.

"열 명 중 아홉은 아마 그렇게 알고 있지. 그런데 고객顧客의 '고'는 돌아볼 고顧 자야. 사람은 주로 미련이 남거나 상대에게 마음을 두고 왔을 때 뒤돌아보거든… 상대가 준 선물에 감동받았을 때, 자신의 행동에 아쉬움이 남을 때, 그리운 사람이 보고 싶을 때… 반대로 미련이 남지 않으면 뒤도 돌아보지 않고 가 버리지. 마음을 두고 온 사람만이 뒤를 돌아보는 거야."

팀장님의 대답을 듣고 머리가 띵해지더군요. 여러분은 알고 계셨나요? 나를 향해 뒤돌아보는 사람, 나에게 마음을 두고 간 사람, 그게 바로 '고객'의 뜻이라는 것을요.

이때부터 저는 고객을 대상으로 글을 쓰거나 서비스를 제공할 때 '과연 내 고객을 돌아보게 만드는 한 방이 무엇일까?'를 고민하는 습관이 생겼습니다. '최고로', '멋진', '잘' 이런 뻔한 수식어로는 고객의 마음을 움직이기 어렵기 때문입니다. 어떻게 하면 나의 독자를 뒤돌아보게 하고 어떻게 하면 사랑하는 사람이 나를 한 번 더 생각하게 할 것인지, 새로 알게 된 '고객顧客'의 의미는 이후 제 삶에서 문장의 통찰력을 키우는 토대가 되었습니다.

경험담 하나 더 들려드리겠습니다. 보통 '호텔 서비스' 하면 어떤 이미지가 떠오르나요? 화려하고, 고급스럽고, 조금 부담스러운 가격이지만 한 번쯤 누려 보고 싶은 사치. 이런 것들이 연상되지 않나요? 그럼에도 호텔 로비에 들어가면 당당하게 서비스를 요구하기보다 뭔가 주눅이 들어 눈치를 보게 되는 건 저만 그런지 모르겠습니다. 얼마 전 동작구에 있는 H 호텔에서 지인과 함께 저녁 식사를 했습니다. H 호텔은 비교적 젊고 실용적인 가치를 추구하는 업체로, 식당은 저녁 9시에 마감하고 이후에는 이용객이 원하는 제품을 구입할 수 있도록 셀프 바를 운영하고 있었습니다. 사전 정보가 없던 저는 7시에 지인을 만나 식사 후 술을 한잔하려는데 갑자기 9시에 매장 문을 닫는다고 해서 기분이 언짢았습니다. 마침 호텔 지배인이 제 표정을 눈치챘는지 "저희가 영업은 9시까지 하지만 실제로 문을 닫는 건 아니구요, 식당 마감을 하면 시끄럽고 어수선해서 9시에 라스트 오더를 받습니다. 고객님만 괜찮으시다면 이곳에 더 계셔도 됩니다."라고 공손히 설명해 주었습니다. 일반적으로 격식 있는 대화는 친절하지만 단호해서 거절하기 어려운 경우가 많은데 지배인은 자신을 낮추고 고객의 눈높이에서 최대한의 서비스를 제공하려고 노력했습니다. 덕분에 저희는 두 시간 더 식사를 즐길 수 있었고, 아무도 없는 공간에서 호텔 대관이라는 호사를 누렸습니다.

H 호텔의 저녁 식사는 저를 뒤돌아보게 만든 서비스였고 이후에도 저는 자주 이 호텔을 찾는 충성 고객이 됐습니다. 사실 호텔 지배인이 저희에게 대단한 서비스를 제공한 것은 아닙니다. 단지 고객 입장에서 생각하고, 눈높이에 맞는 제안을 한 것이지요(아주 정확한 타이밍에). 우리 글도 '고객顧客'의 의미에 충실하면 더 진솔한 문장이 만들어집니다. 어떻게 하면 독자를 뒤돌아보게 할 수 있을지, 글의 시작과 끝에 항상 내 고객이 누구인지 생각해 본다면 반드시 문장 안에서 힌트를 얻을 수 있습니다.

3. 기획에서 출발하는 문장

직장인의 문장은 기획력에서 출발합니다. 목적을 가진 문장을 쓸 때 직장인은 먼저 다양한 방식으로 자유롭게 떠오르는 단어나 이미지를 구상합니다. 쓸 만한 아이디어들을 수집하고, 선별된 아이디어를 구체화한 다음 타깃에게 어떻게 전달할지 고민하지요. 이런 과정이 직장인의 문장 기획이라고 할 수 있습니다. 이때 머릿속에 떠오른 모든 단어와 생각들을 일관성 있게 정리하려면 일련의 '숙성' 기간이 필요합니다. 제한된 시공간에서 마감에 쫓겨 문장을 기획하면 원하는 결과를 얻기 어렵습니다. 가능하면 시간과 공간의 거리를 두고 마치 와인과 고기를 '에이징aging'하듯 아이디어를 숙성시켜 봅니다. 생각을 적은 메모는 책상이나 PC 화면에 붙여 두고 가능하면 내 생각들과 자주 마주하고 고쳐서 보완해 갑니다. 그 가운데 선별된 생각들은 단어에서 텍스트로 풀어서 짧은 스토리를 만들어 봅니다. 그런 다음 짜인 문장들을 모아 '키워드'로 분류하고 본격적으로 색깔 입히기 작업에 들어갑니다. 문장에 색을 입히는 작업은 거칠고 투박한 단어에 음악이나 영화, 음식, 장소, 향기를 불어넣었을 때 어떤 느낌일지 상상해 보는 일입니다.

예를 들어 여행을 소재로 새로운 브랜딩을 기획하는 업무를 맡았다고 가정해 보겠습니다. 처음 기획 단계에서는 여행과 연상되는 단어와 이미지, 생각 들을 모두 나열해 보세요. 바닷가, 비행기, 수영복, 여행 가방, 여권, 환전, 꼭 가 보고 싶은 여행지부터 과거 인상 깊었던 장소, 가고 싶지만 꿈만 꾸던 곳, 피하고 싶은 장소, 하고 싶은 일부터 모든 생각을 제한 없이 손가는 대로 써 봅니다. 다음에는 생각의 갈래에 따라 소재를 추리고 키워드로 묶어 봅니다. 장소, 동반자, 준비물, 경비 등 비슷한 키워드 안에 세부 가지치기를 해 둡니다. 그리고 키워드에 색을 칠해 봅니다. 떠오르는 영화 속 한 장면, 책, 색깔, 음악 등의 이미지를 떠올려 단어에 옷을 입혀 보는 것이죠.

(1) 카피라이팅 단계

1단계. 아이디에이션: 여행과 연상되는 단어 수집
→ 하와이, 유럽, 바닷가, 서핑, 비행기, 수영복, 환율, 비용, 여권,
　월급, 휴가, 연인, 가족

2단계. 키워드 분류: 단어 갈무리
→ 장소 – 하와이, 유럽, 바닷가
　동반자 – 가족, 연인, 친구들
　준비물 – 수영복, 비치웨어, 신발
　비용 – 월급, 저축, 환전, 환율, 비상금

3단계. 키워드에 옷 입히기: 단어와 연상되는 이미지 입히기
→ 파란색 하와이 바람 타고 시원한 서핑
　붉은 석양이 물든 바닷가에서 연인과 함께 칵테일 한잔
　풀빌라 리조트의 은은한 숲 향기

4단계. 공통된 이미지를 통해 핵심 가치 정하기
→ 설렘

5단계. 콘셉트에 맞는 카피 문구 작성하기

→ 여행은 설렘이다.

떠나기 전부터 즐거움이 배가 된다.

○○○를 만나면 준비부터 여행이다.

여행으로 연상되는 대부분의 이미지는 '설렘'과 '준비'에 연결됩니다. 푸른 해변에서 바람을 가르며 완벽하게 파도를 가르는 서퍼와, 붉은 노을을 보며 사랑을 속삭이는 연인, 그리고 럭셔리한 리조트의 서비스를 누리는 고객 모두 우리를 설레게 합니다. 여행 가기 몇 달 전부터 계획을 짜고, 구체적으로 현지 정보를 알아보면서 짐을 꾸리고, 기대와 계획으로 잠 못 자면서 준비해 온 시간 역시 실제 여행에서 주는 만족감만큼 큰 비중을 차지한다는 사실도 알게 됩니다. 그렇다면 여행을 소재로 브랜딩을 기획할 때 '여행은 설렘이다'라는 콘셉트를 세우고 하위 문장을 만들 수 있습니다. '떠나기 전부터 즐거움이 배가 된다', '○○○를 만나면 준비부터 여행이다', '설계만 해도 선물이 쏟아진다' 등등 여행을 떠나기 전에 느끼는 설렘과 준비 과정이 기쁨과 만족이 되는 서비스를 기획해 볼 수 있겠죠.

막연하게 마케팅 문장을 만든다고 생각할 때는 전문 기획자만 할 수 있고, 엄청난 창의력이 필요할 것 같지만 기획의 단계만 잘 따라가도 설득력 있는 문장이 탄생합니다. 아이디에이션과 키워드에 옷 입히기 작업을 마친 후에는 가능하면 팀원들이나 주변 사람들의 반응을 살펴봅니다. 기획 단계에서 문장은 완성된 자료나 광고 카피 라이팅이 아니어도 좋습니다. 한 장 분량의 문서나 짧은 PPT 한두 장도 기획 단계에서 상대의 공감을 얻고, 조직 내 의견을 반영하거나 수정하는 데 도움이 됩니다.

(2) 카피라이팅 원칙

① 인간의 기본적인 욕망을 자극하라

카피라이팅의 사전적 정의를 찾아보면 '상품이나 기업을 홍보하기 위해 신문, 잡지, 포스트 등에 사용하는 문구나 캐치프레이즈'라고 나옵니다. 그러나 카피라이팅은 꼭 상업적 목적으로만 사용되지는 않습니다. 일상으로 범위를 넓혀 본다면 가게의 메뉴판이나 영업시간을 알리는 작은 메모, 글의 제목과 행사의 슬로건, 각종 디자인과 홍보물 등 내가 의도하는 바를 상대에게 효율적으로 전달하기 위한 의사소통 수단은 모두 '카피라이팅'이라고 볼 수 있습니다.

카피라이팅이 일반 문장과 다른 점은 전달자의 목적과 의도가 분명하다는 것입니다. 전달자는 이 카피로 상대의 마음을 움직이거나 궁극적으로 지갑을 열게 함으로써 자신이 원하는 목적을 달성하고자 합니다. 그렇다면 카피를 보는 대상의 시선을 잡으려면 어떤 내용을 어떻게 전달해야 하는 걸까요?

사람은 기본적으로 자신과 관련 있는 대상에만 관심을 기울이고 시간을 투자합니다. 아무리 맛있는 음식도 배부른 상태라면 쳐다도 보기 싫은 것과 마찬가지입니다. 따라서 카피를 쓸 때는 상대가 '지금 내 이야기네?'라고 느끼게 만드는 것이 중요합니다. 사람들은 주로 자신의 편익을 제시할 때 관련성을 느낍니다. 자신에게 얼마나 이득이 되는지, 얼마나 금전적·물리적 보상을 주는지에 민감하게 반응하는 것이지요. 사람들은 상품을 선택할 때 얻게 될 행복을 즉각적이고 구체적으로 떠올릴 수 있을 때 지갑을 엽니다. 이때 상품을 통해 얻는 손익, 실용성 같은 기능성에서 만족을 느끼기도 하지만 디자인이 예쁘다거나 멋있어 보여서, 때로는 내 지위가 높아지는 것 같은 정서적 만족감 때문에 구매를 결정하기도 합니다. 최신 스마트폰을 구입하면 마치 자신이 트렌드를 선동하고 잘나가는 사람인 것 같은 느낌을 받지요. 대체로 사람들은 기능적 만족감보다는 정서적 편익 때문에 제품을 구매할 가능성이 큽니다.

인간이 가진 기본적인 욕망을 자극할 때도 편익 이상의 효과를 얻을 수 있습니다. 원래 광고는 사람들의 욕망을 깨워 '당신이 원하는 상품이 이것이죠?'라고 설득하는 세일즈 방법입니다. 상품 자체가 가진 장점을 어필하는 것이 아니라 그 상품을 구매하거나 사용한 사람이 자기 욕망을 얼마만큼 충족할 수 있는가를 그려 보는 것이 중요합니다. 어떤 제품이나 서비스를 위해 카피를 기획하고 있다면 내가 쓴 문구가 인간이 가진 욕망 중 어떤 부분을 그리고 있는지, 그 욕망과 결합된 구체적인 이미지(건강한 외모, 성공한 남성상, 사람들의 시선, 만족감, 기대에 충만한 얼굴)가 그려진다면 관여도가 높은 카피라고 볼 수 있습니다.

성, 사랑, 건강, 부와 명예부터 궁극적인 자아실현까지 인간의 기본적인 욕망을 자극해 상품을 팔고자 할 때는 어떤 카피 문구가 가장 욕망을 자극할지 생각해야 합니다. 미국의 세일즈 전문가 엘머 휠러는 20세기 중반 많은 사람이 물건을 사게 하는 특정한 문구가 있다는 것을 발견하고 이를 법칙화했습니다. 그가 얻은 결론은, 우리에게도 익숙한 "스테이크를 팔지 말라, 시즐을 팔아라! Don't sell the steak, sell the sizzle!"입니다. 여기서 시즐이란 스테이크를 구울 때 나는 지글거리는 소리를 의미합니다. 스테이크는 고기 자체보다 구울 때 지글거리는 소리에 끌려서 먹고 싶어집니다. 밤늦게 TV 먹방에 등장하는 삼겹살 굽는 소리와 라면의 면치기 소리에 나도 모르게 냉장고를 열고, 가스레인지에 불을 켰던 경험 다들 있으시죠? 가게에서 손님에게 어필해야 할 것은 지글거리는 소리나 고소한 냄새 같은 시즐입니다. 시즐은 소리에만 국한되지 않습니다. 넓게는 상품의 최대 세일즈 포인트를 의미합니다. 만약 부드러운 극세사 이불을 판매하려고 한다면 침대에 누웠을 때 느끼는 감촉과 따뜻함이 시즐이 됩니다. 고객에게는 극세사 이불의 강점을 이야기하기보다 한 번 만져 보고 감싸 안아 보기를 권하는 게 훨씬 더 좋은 판매 전략이 됩니다. 우리가 판매하고자 하는 상품은 저마다 강한 욕망의 시즐이 있습니다. 시즐을 찾아서 고객의 욕망 스위치를 자극하는 카피를 고민하고 있다면 여러분의 문장은 이미 돈 벌 준비를 마쳤다고 할 수 있습니다.

② 걸음을 멈추게 하는 카피

길거리를 지나면 수많은 광고판과 매장 주변의 POP(point of purchase advertisement) 광고를 접하게 됩니다. 그중 어떤 광고 문구에 발걸음을 멈추게 되나요? 소비자마다 기호가 다르지만 일반적으로 사람들의 이목을 끄는 카피에는 다음과 같은 공통점이 있습니다.

• 타깃을 좁혀서 나에게만 말하기

- 질문을 던지기
- 숫자와 순위를 사용하기
- 비유와 대비를 사용하기
- 얼마나 간편한지 보여 주기

홈쇼핑 광고에 가장 많이 등장하는 카피는 단연 '최초', '마지막', '신상품', '독점', '유일한' 등 나에게만 주어진 마지막 기회라는 느낌을 주는 문구들입니다. 자세히 보면 깨알 같은 글씨로 제한 조건이 명시되어 있지만요(한 달 기준, 이번 방송 기준, ○○시간 기준 등). 한정판 광고를 보는 소비자들은 이번 기회를 놓치면 다시는 못 살 것 같은 불안감마저 들지요. 또한 타깃을 좁혀서 바로 나에게만 던지는 메시지에도 마음이 동합니다. '키가 작아 고민하는 남성분'보다 '165cm 미만은 다 모이세요'가 타깃을 더 명확하게 한 광고지요. 판매 1위, 업계 최초, 매진, 100만 뷰 돌파 등 순위와 숫자를 사용하는 것도 사람들의 이목을 집중시키기 좋은 방법입니다. 다이어트에 정도가 없다는 사실을 우리는 모두 알고 있지요. 적게 먹고 많이 운동하는 게 정답이지요. 하지만 '하루 세 번 일주일이면 3kg 감량'이라는 손쉬운 방법에 눈길이 가는 이유는 무엇일까요? 인간은 누구나 쉽고, 빠르고 편한 방법을 원하는 '게으른' 존재이기 때문입니다. '붙이기만 해도 살이 빠지는', '먹기만 해도 살이 빠지는', '보고만 있어도 살이 빠지는' 방법이 없다는 걸 알면서도 이런 제목 앞에 걸음을 멈추는 것이 인간의 본능입니다. 상품을 팔 때는 장애물은 최소한으로 낮추고 고객이 얼마나 편하고 간단하게 편익을 누릴 수 있는지를 어필하면 팔기가 쉬워집니다.

4. 카피라이팅 문장법

변화무쌍한 시대를 살아가는 요즘 직장인을 경쟁에서 승리로 이끄는 필살기必殺技는 무엇일까요? 저는 단연코 '카피라이팅'이라고 말씀드립니다. 좋은 문장은 고객과 회사를 설득하고, 돈을 벌어들입니다. 때로는 돈보다 더 가치 있는 결과를 만들어 내기도 하지요. 그러나 현실은 생각만큼 녹록하지 않습니다. 직장인이라면 이런 경험 한 번쯤 해 보셨을 겁니다. 내가 개발한 제품만 유독 반응이 없고 잘 팔리지 않을 때, 회의 석상에서 상사가 무슨 말인지 못 알아듣겠다는 반응을 보일 때, 내가 만든 보고서나 기획안만 소리 없이 발표에서 사라질 때, 우리는 먼지보다도 더 작아지는 경험을 하게 됩니다. 최선을 다했는데 왜 늘 나만 경쟁에서 밀리는 걸까요? 모두 '카피라이팅'이 부족한 데서 온 결과입니다.

　과거에는 카피라이팅이 광고나 홍보에 종사하는 전문직 사람들에게만 필요하다고 생각했습니다. 현대사회는 다양한 방법으로 상대를 설득하고 내가 원하는 방향으로 행동하게 만드는 능력이 무엇보다 중요합니다. 기업과 제품이 다각화되었고, 1인 기업을 비롯해 업종 간의 경계가 무너졌습니다. 무한 경쟁의 바다에서 자신의 존재를 드러내고, 고객의 마음을 움직이려면 마케터는 강력한 한 방의 문장을 날릴 수 있어야 합니다.

지금부터 카피라이팅에 활용할 수 있는 문장법 열 가지를 소개해 드릴까 합니다. 예문이나 팁들은 모두 현장에서 얻은 따끈한 소재들을 활용했습니다.

① 구체적인 표현을 짧고 강렬하게

우리는 무의식중에 많은 양의 텍스트를 읽고 해석하며 살고 있습니다. 생각 없이 문장을 쓰면 평소 습관대로 상투적이거나 추상적인 표현이 나오기 쉽습니다. 고객의 시선을 사로잡는 카피는 직관적으로 시선을 끌 수 있어야 합니다. 가능하면 보는 이로 하여금 '어라?' 하게 만드는 발상이나 참신한 표현이 좋습니다.

예시

1) 시원하고 달콤한 맛이 나는 아이스크림
2) 입속에 빙하가 와르르!

1)의 '시원하고 달콤하다'는 우리가 평소에도 자주 사용하는 표현으로 마케터의 문장으로 쓰기에는 식상한 면이 없지 않습니다. 오히려 2)처럼 '입속에 빙하가 와르르'라는 표현이 직관적으로 시원하고 자극적인 맛의 느낌을 줍니다.

예시

3) 엄마 손맛이 느껴지는 숨은 맛집
4) 맘스 터치(mom's touch)

흔히 오랜 전통의 맛집을 이야기할 때 '엄마 손맛이 느껴진다'는 상투적인 표현을 쓰는데요, 이런 문장은 서술형 문장에는 어울리지만 마케터의 카피로는 진부한 느낌을 줍니다. 오히려 짧고 단언적인 표현이 고객의 시선을 끌기 용이합니다. 맘스 터치는 대기업 패스트푸드 브랜드에 맛과 영양을 콘셉트로 도전장을 내민 토종 햄버거 브랜드입니다. 맛과 영양의 핵심에는 엄마의 손맛이 있고, 그것을 진부하지 않게 표현하기 위해 짧은 영단어로 mom's touch라는 브랜드를 개발한 사례입니다. 이름만으로도 충분히 브랜드 스토리를 유추할 수 있는 강렬한 카피라고 할 수 있습니다.

② 호기심을 자극하는 단어

지금 여러분이 소개팅 자리에 앉아 있다고 가정해 보겠습니다. 처음 만난 소개팅 자리에서 상대에게 자신의 성장 과정부터 장단점까지 모두 다 이야기한다면 좋은 인상을 줄 수 있을까요? 자신의 패를 한 번에 보여 주는 상대에게 우리는 별 매력을 느끼지 못합니다. 자연스러운 대화 속에서 상대방을 궁금하게 만들어야 지속적인 만남으로 이어집니다. 고객과 마케터 사이에도 이런 밀당이 작용합니다. 제품 앞에 선 고객은 '이 제품은 대체 뭐지?', '왜 그렇지?', '진짜 그럴까?'라는 의문과 호기심이 생길 때 비로소 지갑을 열게 됩니다.

예시
1) 서른 살엔 미처 몰랐던 것들
2) 영어 공부 절대로 하지 마라

3) 클릭하면 나도 1억의 주인공

위 예문들은 대상의 호기심을 자극하는 책 제목들입니다. 1)은
서른 즈음인 고객들이 알고 싶어 할 것이고, 서른을 넘긴 고객들 역
시 내가 뭘 놓치고 있는지 궁금하게 만들어서 구매욕을 자극하는 카
피입니다. 2)는 상식과 반대되는 표현을 통해 '어라' 하는 궁금증을
유발합니다. 아닌 걸 알면서도 특별한 비법을 기대하게 하는 문장이
지요. 3)은 1억의 주인공이 되고 싶은 고객의 심리를 자극하는 카피
입니다. 요즘에는 3)과 같은 광고 카피가 난무해서 참신성이 떨어지
긴 하지만 호기심에서 구매로 이어지게 하는 역할을 충분히 하고 있
는 카피입니다

③ 단언하는 문장

장문보다 명쾌한 단문이 나은 것은 일반 문장에만 국한되지 않
습니다. 광고 카피는 짧고 강력한 단어일수록 더더욱 효과가 커집니
다. 서술적 표현이나 길게 설명하는 문장보다는 단문 형식이나 몇몇
단어의 조합이 카피에 잘 어울립니다. 짧게 단언하는 습관을 기르면
카피라이팅뿐 아니라 다른 일반적인 글쓰기와 말하기에도 도움이
됩니다. 공식 석상에서 마이크를 잡았을 때도 구구절절 설명하기보
다 강력한 비유 한 방을 넣었을 때 청중의 호응을 불러오지요.

예시
1) 다이어트, 오늘부터 절대 하지 마라

2) 우리는 꼴찌입니다

3) 못생긴 건 항상 옳다

4) 대한민국 1등이 세계 1등입니다

현대인의 필수 과제 다이어트, 오늘부터는 하지 말라니 이게 무슨 광고일까요. 해야 하니까 오히려 하지 말라는 역설로 단언한 표현입니다. 1)은 단언하는 문장을 통해 이 기업을 만나면 앞으로 내 인생에 다이어트가 필요 없을 거라는 욕구를 자극한 카피입니다. 2)는 시장에서 꼴찌인 브랜드가 자신의 단점을 오히려 기회로 내세운 광고의 일부입니다. 꼴찌이니까 앞으로 나아갈 기회가 많고, 겸손할 수밖에 없다는 기업 이미지를 강조한 문장입니다. 실제로 꼴찌가 아니더라도 우리는 솔직한 꼴찌에게 박수를 보내게 됩니다. 저 기업이 제품을 출시한다면 고급스럽지는 않더라도 최소한 정직한 제품과 합리적인 가격을 제안할 것이라는 믿음을 줄 수 있습니다. 3)의 '못생긴 건 항상 옳다'는 생김새와 가치판단을 연결한 부자연스러운 문장입니다. 부자연스러움을 당연하듯 단언함으로써 고객은 역으로 '그래?'라는 의문을 가지게 되고 호기심을 일으키게 됩니다. 단언하는 문장으로 가장 흔히 볼 수 있는 사례가 바로 4)의 자랑하기 방식입니다. 기업과 브랜드가 가지는 장점을 최전선에 내세워 자랑하는 단언법인데요, 심한 자랑질은 거부감을 일으키지만 그 또한 각인 효과를 가지고 있다는 점에서 자랑하는 카피는 손해 볼 것이 없습니다.

④ 숫자가 모든 것을 말해 준다

논리적인 글뿐 아니라 카피라이팅에서도 숫자는 열 개의 문장보다 강력한 한 방입니다. 구구절절 설명하고 달래지 않아도 숫자나 데이터를 보여 주면 상대를 쉽게 설득할 수 있으니까요. 숫자의 힘을 보여 주는 몇 가지 예시를 소개합니다.

예시

1) 경쟁사보다 저렴한 가격에 판매합니다.

→ 단 하루만 9,900원에 판매합니다.

2) 코로나 확진자가 급속히 늘고 있다.

→ 오늘 하루만 5,000명이 추가로 발생해 누적 4만 명을 넘었다.

3) 지금까지 팔로워 수가 1만 명을 넘는다.

→ 오늘만 1,323명이 댓글을 달았다.

4) 캐나다는 땅이 넓다.

→ 캐나다는 우리나라와 인구는 같지만 면적은 40배나 크다.

위 사례와 같이 구체적인 숫자를 내세우면 카피라이팅뿐 아니라 기획서나 프레젠테이션, 보고서 등 상대를 설득하는 데 유리합니다. 면접이나 자기소개서에서도 구체적인 숫자를 통해 자신을 소개할 때 상대에게 강한 인상을 줄 수 있으니 평소 주변의 정보를 '숫자화'하는 습관을 들여 봅시다.

⑤ 좁을수록 좋은 타깃

기업의 목적은 '이윤 추구'입니다. 가능하면 많은 고객이 왔으면 좋겠고, 되도록 많은 제품을 팔고자 합니다. 그러나 모든 사람을 만족시키려고 할수록 아무도 설득하지 못하게 됩니다. 타깃을 한정해야만 효과적으로 메시지를 전달할 수 있고, 대상에게 깊이 다가갈 수 있습니다. 간단하게 연령대를 제한하는 방법이 있습니다. 서점에서 자주 볼 수 있는 책의 제목들이 20대, 30대, 40대, 은퇴 후 등 연령을 제한한 문장을 사용하는 이유도 같은 맥락입니다. 그 밖에도 지역이나 기간, 성별, 직업, 학벌 등 타깃을 한정하면 그만큼 거기에 해당하는 사람들은 대상을 자신과 동일시하여 관심을 기울이게 됩니다.

요즘 잘나가는 책들의 제목을 모아 보면 타깃이 좁고 구체적이라는 것을 알 수 있습니다.

예시

- 『마흔, 논어를 읽어야 할 시간』
- 『100세 시대 행복한 노후를 위한 든든한 은퇴설계』
- 『수험생 직장인을 위한 필수 영단어』
- 『서른아홉』

사무실에서 근무하는 시간이 길어지면 아무래도 시장에 대한 '현장감'이 떨어집니다. 책상에서만 고객을 생각하면 문장이 모호해지고 포괄적인 방향으로 흘러가게 됩니다. 직장인의 문장은 가능한 한 타깃이 좁고, 명확할 때 설득력을 가집니다. 예를 들어 화장품 회사에서 제품의 타깃을 정할 때는 '직장인 여성'으로 범위를 정하기보다 '첫 사회생활을 하는 20대 여성 직장인'으로 가능하면 구체적이고 명확하게 대상을 설정합니다. 명확한 고객이 정해져야 대상에 대한 시장조사가 가능하고 이를 바탕으로 고객이 원하는 문장을 쓸수 있습니다.

명확한 타깃 설정이 얼마나 중요한지 여러분의 이해를 돕기 위해 뼈아픈(?) 경험 하나를 소개할까 합니다. 때는 바야흐로 제가 언론고시를 준비하던 스물한 살 미취업자 시절입니다. 세 형제 중 막내였던 저는 언니 오빠와 함께 쌈짓돈을 모아 부천 중동에 작은 주점을 열었습니다. 세 명 다 20대 청춘인지라 무서울 게 없던 시절이었죠. 그게 문제였습니다. 언니는 자신의 직장 선후배를 주요 고객으로 생각하다 보니 직장인에게 편안한 주점이기를 바랐고, 오빠는 혈기 왕성한 시절이라 야간에 흥에 겨운 분위기를 낼 수 있는 테크노 바Techno Bar를 원했구요, 저는 대학생 시절이라 친구들이 낮에도 들를 수 있는 카페 형식의 주점을 꿈꾸었습니다. 매장 이름은 음악과는 전혀 관련 없는 'JAZZ재즈'였는데, 낮에는 커피를 팔고, 밤에는 맥주를 팔고, 심야에는 칵테일을 판다는 말도 안 되는 콘셉트였죠. 자 저희 형제의 첫 사업은 어떻게 됐을까요? 결국 저희는 6개월 만에 매장 문을 닫아야 했고 보증금까지 날려 버리고 말았습니다. 지금은 웃으며 얘기할 수 있지만 당시 저희는 물심양면으로 큰 타격을 받고 한동안 서로 연락도 못 하고 지냈습니다.

'재즈'가 실패했던 이유는 명확합니다. 타깃 설정이 잘못됐기 때문입니다. 모든 연령과 성별을 대상으로 주점을 하려다 보니 결국은 술집도 카페도 아닌 정체성 없는 매장이 됐고, 경쟁사에도 지고 지인 찬스에서도 밀렸던 겁니다. 부천 중동이라는 상권이나 쇼핑몰 주변이라는 지리적 특성을 고려했다면 대학생보다는 구매력을 가진 직장인을 대상으로, 그중에서도 쇼핑을 즐기는 20~30대 경제력 있는 여성 고객을 타깃으로 설정했어야 합니다. 그랬다면 주점 이름은 '재즈'보다 '마니마니'가, 메뉴는 커피보다는 칵테일 소주에 여성들이 좋아할 저렴하고 다양한 종류의 A, B, C 세트 안주가 적합했겠지요.

세상에 실패한 경험은 없습니다. 부천 '재즈' 카페의 창업 경험은 제가 십수 년간 마케팅 실무를 할 때 가장 든든한 스펙이 됐으니까요. 실수하고 넘어져 봐야 단단해집니다. 그러니 글쓰기를 두려워하지 마세요. 한 번 두 번, 도전하고 다시 일어서다 보면 언젠가 일필휘지一筆揮之의 문장가가 되어 있을 겁니다.

⑥ 발상의 전환, 역발상

얼마 전 TV에서 자양강장제 광고를 보고 '탁' 하고 무릎을 쳤습니다. 여러분은 "학교 가기 싫다"라는 대사를 들으면 어떤 생각이 떠오르시나요? 피곤이 가득한 얼굴로 부스스한 머리를 한 수험생 얼굴이나 이제 막 입학한 어린 초등학생이 학교 가기 싫다고 엄마에게 땡깡 부리는 장면이 그려지지 않나요? TV 광고 속 한 젊은 여성이 "아~ 학교 가기 싫다"라며 밥상 앞에서 힘든 아침을 맞이하자, 화면 뒤로 중년의 어머니가 클로즈업되면서 "가야지, 니가 선생님인데?"라고 소리칩니다. 화면 속 주인공 여성은 '학생'이 아니라 '선생님'이었던 거죠. 방학을 끝내고 학교에 복귀하기 싫은 건 비단 학생만은 아닌가 봅니다. 학교에서 아이들을 가르치고, 함께 몸으로 뛰는 선생님의 모습이 이어지면서 "반가운 만큼 힘들지만 이 순간을 기다려왔잖아요, 다시 힘내자"라는 카피가 등장합니다. 반전이 있는 카피와 영상으로 광고 효과를 높이지 않았나 생각합니다.

마케터가 가장 경계해야 할 문장은 바로 '뻔하고 흔한' 이야기입니다. 익숙한 표현이나 카피는 독자의 관심을 끌 수 없고, 관심을 끌 수 없으면 당연히 고객은 마음의 문도 지갑의 문도 열지 않으니까요. 그렇다면 식상하지 않은 문장은 어떻게 만들 수 있을까요? 거꾸로 보는 발상의 전환에서 비롯합니다. 역발상이란 말 그대로 '반대로 생각한다'는 뜻인데, 우리가 당연하다고 여기는 것들을 한번 뒤집어 보는 겁니다.

예시

- 지구는 네모다.
- 말을 많이 하면 뚱뚱해진다.
- 밤하늘에는 별보다 달이 많다.

정답을 거부하고 일부러 오답을 찾는 과정에서 우리는 새로운 관점을 발견하고 아이디어를 얻습니다. 당연하다고 여기는 것들이 아닐 수도 있다는 가능성을 발견하기도 하지요. 역발상의 발상입니다. 맥주병은 항상 갈색이어야 한다는 고정관념을 깨고 신선함과 청량감을 강조한 투명 카스 유리병, 붕어빵 아이스크림, 독일에서 론칭한 한국의 MCM은 모두가 '예'라고 할 때 '아니오'라고 대답한 역발상의 사례들입니다. 말 안 듣는 일곱 살 아이처럼 일부러 오답을 냅시다. 적어도 시장에서 성공하는 문장을 만들고 싶다면요.

⑦ 답.정.펀(FUN) - 웃긴 게 정답이다

여자들이 가장 연애하고 싶은 남자가 누구일까요? 돈 많은 갑부? 잘생긴 연예인? BTS 같은 아이돌? 그럴 것 같지요. 20대 이상 미혼 여성의 응답 1위는 바로 재미있는 남자입니다. 개그맨들이 유독 미모가 뛰어난 여성들과 결혼하는 데는 다 이유가 있습니다. 왜 여성들은 조건 좋은 남자들을 마다하고 재미있고 웃긴 남자를 좋아하는 걸까요? 자신을 웃게 해 주기 때문입니다. 웃음은 곧 행복을 의미하지요. 자본주의 시장에서 의사 결정권은 대부분 여성이 쥐고 있습니다. 그렇다면 마케터의 문장에서 가능하면 답은 'FUN'이어야 합니다. 요즘처럼 경제가 어렵고, 코로나로 혼돈과 공포가 장기화되면 사람들은 무의식적으로 감성적이고 소소한 행복을 찾게 됩니다. 우리에게 필요한 건 무겁고 심각한 이슈가 아니라 같이 웃고 공감할 수 있는 경험이라는 거죠. '유머'는 그래서 카피라이팅에 큰 무기가 됩니다.

한동안 개그콘서트 프로그램에서 '애정남(애매한 것을 정해 주는 남자)' 코너가 인기를 끌었는데 저는 그 이유가 단언하는 문장과 유머의 합작이라고 생각합니다. 사실 애매한 상황에서 정답은 없거든요. 누가 먼저 단언하느냐, 가능하면 웃기게. 그래서 정답은 없지만 웃긴 게 정답이 되는 코너입니다.

질문 ➔ 우리 가족이 밥을 먹으러 가면 음식은 몇 개 시켜야 할까요?

일반적인 문장은 가족의 구성원 수와 식사량을 고려한 대답이 정답일 수 있습니다. 그러나 카피라이팅에서는 그런 합리적 계산보다 타깃을 겨냥한 재미있는 카피가 마음을 움직입니다.

정답 ➔ 엄마가 배부를 때까지 시킨다.

우리 가족의 대장님, 특히 음식에 있어서 의사 결정권자는 단연코 엄마죠. 엄마가 시키는 대로, 엄마가 배부를 때까지 시키면 그게 행복한 답, 가족의 정답이 됩니다. 시장에서는 웃긴 게 대부분 정답입니다.

⑧ 뻔하지 않은 삼행시
이도 저도 다 생각이 나지 않을 때는 키워드를 중심으로 삼행시나 오행시를 지어 봅니다. 가나다라마바사 순도 좋고, ABCD, 1234 순서도 가능하지요. 주변 사물들 이름을 키워드로 카피를 뽑아 봅니다.

예시
일. 어나자마자 떠오르는 사람
이. 닦을 때 생각나는 사람
삼. 겹살에 소주 한잔하고 싶은 사람

사. 무치게 보고 싶은 사람

오. 늘은 꼭 만날 수 있습니다

.

즉흥적으로 쓴 카피입니다. 커플 매니저나 웨딩 사업, 연애 관련 사업의 홍보 카피로 쓸 수 있겠네요. 저는 주로 강의안에 키워드 삼행시를 자주 활용합니다. 수강생들의 이해와 암기를 돕기 위해서인데요, 저에게 수강생은 매우 소중한 고객이니까요.

⑨ 심리를 이용한 문장

가끔은 누가 시키는 대로 그냥 남이 하는 대로 따라 하고 싶은 마음이 듭니다. 무수한 정보와 넘쳐 나는 음식과 쓸모없는 물건들 모두 현대사회에는 지나치게 많은 게 문제입니다. 무엇이 옳은지, 최고의 선택 앞에서 주저하게 될 때는 정해진 답에 몸을 기대고 싶어집니다. 본능적으로 안정성을 추구하는 거죠. 카피라이팅은 이렇게 인간의 본능과 심리를 활용하는 경우가 많습니다. 지나치게 선정적이거나 자극적이지 않다면 인간의 심리를 이용한 문장은 선택의 폭을 좁히는 데 큰 역할을 합니다.

캠퍼스를 홍보하는 슬로건에 대학 이름을 붙인 '~하라' 시리즈가 유행한 적이 있습니다. 하지 말라는 게 젊은이들의 발목을 잡는 요즘 '~하라'의 긍정 메시지는 왠지 기운을 북돋습니다.

예시

• 숭실하라 (숭실대학교) / 고려하라(고려대학교)

- 동작하라 (동작구)
- 낭비하라
- 퇴직하라
- 사람하라
- 정치하라

⑩ "사람이 먼저다" - 대통령의 카피

요즘에는 기업 광고와 같은 상업 시장 못지않게 정치 관련 선거 캠페인에서도 카피라이팅이 경쟁력을 발휘합니다. 특정 정당의 홍보물이나 TV 광고, 선거 유세 현장에서 강한 인상을 남기는 카피 문구를 볼 수 있습니다. 이전에는 유권자들에게 정당의 핵심 정책을 내세우거나 후보자의 정치 슬로건을 반복하는 정책 광고를 진행했다면, 최근 선거에서는 후보자의 이미지와 성격을 부각하고 이를 위해 로고송이나 한 줄 카피, 이미지 광고 형태로 홍보 캠페인을 진행합니다.

14대 故 김영삼 전 대통령의 경우 상도동과 새벽 조깅을 키워드로 서민적이고 성실한 이미지를 부각했고, 故 김대중 전 대통령은 이름의 이니셜 'DJ'를 따서 당시 인기 가수였던 DJ D.O.C의 노래를 활용해 'DJ와 춤을'로 가사를 개사했습니다. 당시 이 로고송은 청년층은 물론 일반인 누구나 쉽게 따라 불러서 고령의 후보자 이미지를 벗고 젊고 패기 넘치는 대통령으로 탈바꿈하는 데 큰 역할을 했습니다. 16대 대선에서는 어느 때보다 선거 광고 경쟁이 치열했습니다. TV 광고에서 직접 기타를 치며 민중가요 〈상록수〉를 불렀던 故 노무현 전 대통령은 '국민에게만 빚진 대통령', '투표가 권력을 이긴다'

라는 메시지를 전달하면서 유권자들의 감성을 자극하기도 했습니다. 이때부터 국내에서 내로라하는 카피라이터들이 후보자를 지지하는 정치 캠프에 합류하기 시작합니다. 카피라이팅의 중요성이 커졌고, 그만큼 영역도 넓어졌다는 방증이겠지요. 심지어 대통령도 카피라이팅의 생산자이자 소비자인 것을 보면요.

예시

- 나라를 나라답게
- 정의가 잘사는 나라
- 기회는 평등할 것입니다. 과정은 공정할 것입니다. 결과는 정의로울 것입니다.
- 사람이 먼저다.

19대 문재인 전 대통령은 카피라이팅을 선거 캠페인에 잘 활용한 정치인입니다. 그의 슬로건은 정치적이기보다 인간적이고 감성적입니다. 위의 예문은 문재인 전 대통령의 선거 홍보 캠페인 문장인데요, 카피라이팅이 소비자의 지갑을 여는 데서부터 한 나라의 대통령을 결정하는 힘까지 가지고 있다는 걸 알 수 있습니다. 정치, 경제, 사회, 문화 모든 영역에서 단 한 줄 문장으로 세상을 바꿀 수 있는 문장, 바로 카피라이팅입니다.

エピローグ

에필로그

부족한 경험과 글을 모아 책을 내려니 부끄러움이 밀려옵니다. 지난 일 년 동안 새벽 네 시면 어김없이 책상 앞에 앉아 원고를 써 내려갔습니다. 저와의 약속이기도 하고 곧 만날 독자를 향한 다짐이기도 했습니다. 바쁜 일상을 쪼개서 쓴 글이지만 글을 쓴다는 것은 언제나 즐거운 일이었습니다. 끝없이 펼쳐진 도화지 위에 자유롭게 발자국을 찍어 가며 글쓰기를 주저하는 누군가에게 닿을 그 순간만을 상상했습니다. 누군가와 생각을 공유하고 글쓰기의 불편함과 어려움을 해결하는 데 작은 도움을 줄 수 있다면 정말 행복하겠다는 생각뿐이었습니다.

그간 여러 자리에서 독서와 글쓰기를 가르쳤지만 여전히 제 문장은 서투르고 저 역시도 글쓰기가 어렵습니다. 깊은 사유와 재치가 돋보이는 글을 발견하면 부러워하고 베껴 쓰기를 반복합니다. 그래서 오늘도 책상 앞에 앉아 읽고 또 씁니다. 첫 페이지를 쓸 때보다 마지막 장을 향해 가는 지금이 좀 더 성장했다고 느끼기 때문입니다.

누구에게나 처음은 두렵고 설레는 경험입니다. 책을 쓰는 동안

314   에필로그

만큼은 다양한 독자 입장에서 저를 돌아볼 수 있어 행복했습니다. 독후감과 논술을 쓰느라 머리를 쥐어짜던 학창 시절부터 취업 낙방 소식에 좌절하며 똑같은 자기소개서를 다시 고쳐 제출하던 이십 대, 치열하게 경쟁하며 밥 먹듯 문장을 써야 했던 삼사십 대까지 빈 종이와 씨름하던 시절로 돌아가 글쓰기와 마주할 수 있었습니다. 망설이던 순간 용기가 필요했고, 좌절했을 때 격려가 간절했습니다. 강의장에서 온몸으로 애써 주던 수강생들이 떠올라 가슴이 벅찼습니다.

글쓰기에 많이 읽고, 많이 쓰고, 많이 생각하는 '문유삼다文有三多'보다 빠른 지름길은 없습니다. 산책하며 명상하고 나만의 책을 곁에 두는 독서 습관을 들이며 작은 메모부터 글쓰기를 시작해 봅니다. 독서와 글쓰기가 일상으로 들어오면 자신 있는 분야부터 가리지 않고 많이 써 보세요. 처음에는 가족을 독자로 시작해서 SNS나 블로그에 자신의 이야기를 시작해도 좋습니다. 언제든 좋은 문장이나 글귀를 발견하면 베껴 쓰기를 주저하지 마세요. 모작은 결코 부끄러운 일이 아닙니다. 글 쓰는 근육을 길러 주는 단백질 덩어리입니다. 글쓰기가 망설여질 때는 언제든 '글씨공장'의 문을 두드리세요. 공장장이 성의껏 답변해 드리겠습니다. 책이 부족하다고 느꼈다면 그런 필자의 도전에서 용기를 얻어 글쓰기를 시작해 보면 어떨까요. 이견이 있는 부분은 독자 여러분이 자유롭게 받아들이고 비판적으로 해석할 수 있기를 기대해 봅니다. 저 역시 부족한 부분은 더 채우고 모난 부분은 갈고닦아서 다음 출간을 기약하겠습니다. 끝까지 함께해 주셔서 고맙습니다.

참고 문헌

『라면을 끓이며』, 김훈, 문학동네, 2015.

『무진기행』, 김승옥, 문학동네, 2004.

『딸깍발이』, 이희승, 범우사, 1999.

『엄마와 나의 모든 봄날들』, 송정림, 알에이치코리아, 2020.

『마스크가 답하지 못한 질문들』, 미류·서보경 외, 창비, 2021.

『문해력 공부』, 김종원, 알에이치코리아, 2020.

『글쓰기 지우고 줄이고 바꿔라』, 장순욱, 북로드, 2012.

『내 문장이 그렇게 이상한가요?』, 김정선, 유유, 2016.

『고종석의 문장』, 고종석, 알마, 2014.

『과학 도시락』, 김정훈, 은행나무, 2009.

『말하다』, 김영하, 문학동네, 2015.

『작가의 글쓰기』, 이명랑, 은행나무, 2015.

『유시민의 글쓰기 특강』, 유시민, 생각의길, 2015.

『논리적으로 글 쓰는 테크닉』, 데구치 히로시, 현유경 역, 인포더북스, 2014.

『시 쓰기의 발견』, 오세영, 서정시학, 2020.

『윤태영의 글쓰기 노트』, 윤태영, 책담, 2014.

『당신의 글에는 결정적 한방이 있는가』, 가와카미 데쓰야, 한은미 역, 토트, 2017.

『고객을 유혹하는 마케팅 글쓰기』, 송숙희, 대림북스, 2012.

『카피사전』, 이종서, 키출판사, 2019.

『묘사의 힘』, 샌드라 거스, 지여울 역, 윌북, 2021.

『수필 쓰기』, 이정림, 알에이치코리아, 2020.

『에세이 만드는 법』, 이연실, 유유, 2021.

『기획자의 독서』, 김도영, 위즈덤하우스, 2021.

『만만한 자소서』, 문상식, 박문각, 2015.

『취업의 신 자소서 혁명』, 박장호, 성안북스, 2019.

『보고서의 법칙』, 백승권, 바다출판사, 2018.

『기획서 잘 쓰는 법』, 임영균, 스몰빅라이프, 2018.

『고수의 보고법』, 박종필, 옥당, 2015.